光文社文庫

文庫書下ろし

YT
県警組織暴力対策部・テロ対策班

林　譲治

光　文　社

この作品は光文社文庫のために書下ろされました。

YT 県警組織暴力対策部・テロ対策班

7月27日

手塚洋三《てづかようぞう》が現場に到着した時、現場の杉下公園では立ち入り禁止のテープが張られ、鑑識課による検証が行われていた。手塚が警備の警官に警察手帳を示すと、彼はテープを上げて手塚を通してくれた。それと入れ替わるように布を被せられた担架とすれ違う。それが被害者なのだろう。

手塚は県警組織暴力対策部のテロ対策班副班長であった。だから本来なら、殺人事件の現場に呼ばれることはない。こうした事件は刑事部の担当だ。上司の井本《いもと》班長から電話で緊急呼び出しがあったので、深夜にもかかわらずやってきたのだが、状況がいまひとつわからない。

「殺人事件が起きて、テロとの関連が疑われるので刑事部から応援を求められている」

それが井本班長から手塚が受けた説明のすべてであり、それ以上は現場で訊《き》けということらしい。当然ながら、現場には井本の姿はない。手塚自身は井本班長に含むところはないが、班長の方はどうも手塚を煙たがっている節がある。

それはチーム内の規律を重視する井本と、捜査のためなら多少の逸脱も躊躇《ためら》わない手塚との考えの違いのためだろう。上の方は井本と手塚でバランスを取ったつもりでいるらしい。手塚はもとより上の思惑など眼中になく、井本班長だけがストレスを抱えているようだ。とはいえ、それに対して手塚にできることはない。

手塚は公園の事件現場近くで周囲を観察する。杉下公園は大手ゼネコンの帝石《ていせき》本社ビルと幹線道路を挟んで反対側にある。

帝石は国内はおろか世界でもトップクラスのゼネコンで、海外での資源開発で定評がある。本社は日本だが国内の社員より、海外支社の社員の方が多いとさえ言われていた。

そんな場所なので杉下公園は帝石本社第二ビルから陸橋で繋《つな》がっていた。そもそも土地の所有者は帝石であり、公園として整備し、一般に開放しているのが杉下公園だ。

この周辺にはもう一つ桜坂公園という大きな公園もあるが、それもまた帝石の土地だった。こちらも帝石本社ビルと陸橋で繋がっている。

このため昼食どきには、一般市民に交じって帝石の社員がこれらの公園内で食事をしたり、屋外ミーティングにも活用するという。そのため小さな劇場のように屋根付きの空間に放射状にベンチが並べられているような小ホールが幾つかあった。

こうした場所で社員がプレゼンをしたり、あるいは週末にはアマチュア楽団や劇団が演奏会や演劇を披露していた。緑豊かな憩いの空間と言えるだろう。

ただし、物事には何でも良い面もあれば悪い面もある。善良な市民だけでなく、犯罪者にもこの公園は理想の場所であるからだ。樹木が多く、小ホールが多い地勢は犯罪が行われても、目撃者がほとんど期待できない。近くの幹線道路からすべてが丸見えの場所で、社内のプレゼンなどするわけがないのだ。

そこはゼネコンだけあって、開放的だが外部からは何も見えない設計で小ホールは造られていた。しかも、公園そのものが帝石のいわば私有地であるため、監視カメラの類《たぐい》も期待できない。

不審人物が陸橋から本社ビルや第二ビルに入らないための警備は厳重だが、監視カメラがあるのはその程度だ。

「あぁ、手塚さん、こんな時間にすいません」

そう言って手塚に頭を下げてきたのは、刑事部の笹川《ささがわ》係長だった。手塚より年下であったが、警察庁のキャリア組で、係長として地方警察に見習いの立場で赴任してきた人物だ。ただともかく相手が巡査でも先輩警官には腰が低い。それが決して嫌味でないのは、やはり育ちの良さのなせる業《わざ》だろう。

「どういう事件なんでしょう？　テロの可能性があるとしか班長から聞いていないんですが」

笹川はそれを聞いて意外そうな表情を見せた。おそらくもっと詳細な説明を井本班長にはしていたのか。

「そうですね。まず先ほど搬送されたご遺体は、遠山靖世《とおやまやすよ》、三六歳、独身。犯行現場はこの杉下公園で、犯行時刻は今夜の……あぁ、もう昨日か、昨晩の一〇時から一二時の間と見られています。殺害状況が凄惨《せいさん》で、致命傷なのは左胸を鋭利な刃物で刺されたことなのですが、そのですね、顔面が執拗に切り刻まれているんです。幸い、現金やカードなどは盗まれておらず、身分証などから帝石営業部勤務の遠山靖世とわかりました。ただスマホは持ち去られたようです。
　生憎と顔面の損傷が激しいので、本人確認はDNA検査の結果待ちです。被害者の住居はですね、ミッドタワー杉下、あそこのタワマンです」

笹川が示したのは、公園より東に見えるビルの一角だった。周囲を樹木で遮《さえぎ》られる中、航空障害灯だけでなく上層階はまだ幾つかの照明が点灯していた。

「四〇階建てだそうですよ。大手さんだと三〇代独身であんなところに住めるんですね。私らの官舎とはえらい違いだ」

そうぼやく笹川に手塚は曖昧《あいまい》な表情で答える。手塚は妻の実家が資産家のせいもあって、そこそこグレードの中古の戸建てに住んでいた。

正直、分不相応の住居ではないかとの思いはある。ただ妻の雪菜《ゆきな》は別の考えであるらしい。息子の俊輔《しゅんすけ》は中学受験を控えている。だから親の住所は大事なのだと雪菜は言う。どこに住んでいるかで家庭の格がわかると言うのだ。手塚にとっては自宅は寝に帰るだけの場所になっていただけに、息子のためと言われれば、妻に従うよりなかった。

「自宅近くの公園で殺されたわけですか」

「公園の入口にある監視カメラによると、一人で公園内に入ってます。誰かに会おうとしていたみたいなんですね」

笹川は、そういうと官給品のスマホで確認する。

「現時点でわかっているのは、被害者は一度、シャワーを浴びていて、食事も終えている。通常なら就寝時間なのに、なぜか着替えて出かけていたわけです」

「シャワーを浴びてるくらいは現場でわかるとしても、いまさっき自分と入れ違いで運ばれたばかりなのに、そんなことがわかりますか?」

「被害者は健康には普段から注意していたらしくって、スマートウォッチっていうんですか、あれを着用していたんです。そいつのログをみると、夕食は済ませていて、いつもは犯行時間には就寝中だった」

「そこまで記録しているなら、犯人の姿も記録してませんかね」

手塚としては、被害者のスマートウォッチのログから犯人への手がかりが掴めないかという意図だったが、笹川はそれを気の利いた冗談と受け止めたらしい。「まったくですよ」と笑う。

「それで本件の状況はわかりましたが、自分が呼ばれたわけは？　金目のものに手をつけていないし、顔を切り付けるのは深い憎悪によるものでしょう。猟奇殺人と言えばいえるかもしれません。

しかし、自分はテロ対策班の人間です。本件に自分の出る幕はないと思いますが？」

「あぁ、本当に何も聞いていないんですか……」

笹川は再び驚いた表情を見せる。何らかの悪意があるのか、それとも深夜で眠たかったのか、あるいは先入観なしで事件に接しろというのか、井本班長ならどれもあり得る。

「捜査情報で非公開部分も多かったので、お気づきにならなかったと思いますが……」

そうして笹川は、事件概要を説明した。

「そもそもの発端は二週間前の一三日です。深夜二三時半頃に、立川由利《たちかわゆり》という女性が殺害されました。帝石の社員で年齢は三八歳。場所は杉下公園に近い、城山通り二丁目の桜坂公園です」

「ここが本通り三丁目ですから、帝石の本社を挟んで反対側ですか」

確かにこの近くの公園で殺人事件があったというような話は耳にしていた。ただ管轄外のことなので、それ以上の関心はなかった。

「彼女は既婚者で、ここからは見えませんけど、公園近くのタワマンに住んでました。深夜に自宅から桜坂公園をジョギングする習慣があり、そこを襲われた。普段は夫妻でジョギングするのが、たまたま夫が出張で犯行当日は一人だった」

「旦那って人も帝石？」

「そうです。帝石は社員同士が結婚して共働きが多いそうですよ。働き方改革がどうのこうのって話で、会社が出会いの場を設けてるって前にテレビでやってましたよ。界隈のタワマンも帝石のグループ企業が建ててるから、社員なら安く購入できるって話です。まぁ、安いといっても億ションの八掛けですけどね」

笹川は愚痴っているようで、かなり事件について調べ上げたことを暗に手塚に伝えていた。

「で、部外に公開していないのは、被害者は顔面を切り刻まれていたことと、金品を奪われていないことです。ただスマホだけが遺留品の中に見当たりません。

この時は、さっき手塚さんが言ったように、顔面を切り刻むという激しい憎悪と金品には手を触れていない点で怨恨《えんこん》によるものと判断していました」

「スマホだけ奪ったのは、彼女と密接な関係を持つ相手だから、捜査の手が自分に伸びないためですかね？」

殺人事件としては、この辺は教科書的な判断だ。笹川も手塚の意見にうなずく。

「まぁ、スマホがなくてもキャリアに問い合わせれば通話履歴はわかるんですが、それを見る限り、怪しい通話記録は見当たらない。自宅に置かれた仕事用スマホは仕事関係者しか通話してませんし、奪われた私物の方はほぼ旦那とのやりとりだけです。結婚して八年、まぁ、仲の良い夫婦だったようです」

「仲の良い夫婦ですか、羨《うらや》ましいですな」

手塚はそう平然と受け流すが、心中はそこまで冷静ではない。自分の結婚はすでに十数年。子は鎹《かすがい》とはいうものの、妻との話題はすでに何年も前から息子の俊輔のことだけになっていた。自分の結婚は失敗だったのか？　そんなことがふと頭に浮かぶことも増えた。

「Z大学工学部をトップに近い成績で卒業し、帝石の技術開発部に総合職として採用されている。そこでやはり幹部候補の男性と知り合い結婚。順風満帆な人生ですよ。普通はそういう人間って何かしらトラブルを抱えるものじゃないですか。出世競争とか色恋沙汰の問題で。ところが捜査はすぐに行き詰まった。被害者の周辺に、彼女や夫を恨む人間が一人もいない。

夫はもとより、会社にも親戚にも、大学の同期にまで聞き込みをしましたよ。でも、誰も捜査線上に浮かんでこない。

就職してからも、退職して再就職がうまくいっていない友人のことを親身になって周囲に相談していたって話があるくらいで。

職場でも評判が良くて、秋の人事異動で昇進が内定していたんですが、妬《ねた》みの声ひとつ聞こえてこない」

それと自分が呼ばれたことの理由は何か？　手塚が口にする前に笹川は続ける。

「ところが事件から一週間後の七月二〇日、今度は城北公園で第二の殺人事件が起こるんです」

手塚は付近の地図を思い出す。

「城北公園というと、もしかして立川由利が住んでいたタワマンの隣にある公園ですか？」

「そうです。タワマンから見て最初の事件現場は南側、城北公園は北側に位置しています。犯行時刻は深夜一〇時から一二時の間。被害者は鳥居暢子《とりいようこ》、三四歳。既婚で、小学生の娘がいます。帝石の技術開発部勤務で、最初の被害者の立川とは大学時代のサークルの後輩で可愛がられていたようです。この時も顔面を切り刻まれ、金品は放置され、スマホが消えている。

残念ながら数少ない監視カメラは故障中で、公園内のことはわかりません。ただ隣接するタワマンの監視カメラが、公園に入ってゆく被害者の姿を捉えています。

実は、立川と鳥居は背格好も似ていて、さらに調べてみると、鳥居は社内で誰かと不倫していたという噂があります。不倫相手までは誰も知らなかったんですが、不審な行動は多々あったようです。立川が密かに不倫を止めるように諭《さと》していたとの証言もあります」

「もしかして、犯人は最初の犯行で背格好の似ている立川と鳥居を間違えてしまい、二回目の犯行で本当の標的である鳥居を殺したと？」

笹川はうなずく。

「あるいは不倫を止めるように諭した立川を不倫相手が逆恨みして殺害した可能性も浮かんできました。ともかく事件にはこの不倫が関わっているのは確かだと所轄も判断しました。鳥居の葬儀会場で、立川の旦那が鳥居の旦那と殴り合いの喧嘩になって喪主が逮捕される騒ぎになるとか、割とこの線で事件は決着しそうと思われたんですよ」

「決着しなかった？」

「鳥居の旦那には完璧なアリバイがあった。苦労して見つけた不倫相手の舘花幸男《たちばなゆきお》にもまたアリバイがあった。奥さんに不倫がバレて、深夜にもかかわらず弁護士のところで調停していたそうです。あちらは小学生の息子がいて、調停は泥沼化しそうだとか。ともかく有力容疑者の二人にはそれぞれアリバイがある。

そして、今回の遠山です。犯行の手口は同じで、前の二件は遺体の傷の部位や角度から犯人の身長は一七〇センチ前後と割り出されています。これも遠山の犯人像とも一致する。ただし遠山は技術開発部ではなく営業部で、先の二人とは接点がない」

「しかし、三人とも帝石の人間だと……」

手塚にはやっと自分が呼ばれた理由が見えてきた。それがわかったのか、笹川は続ける。

「最初の二件も犯人からの強い憎悪が感じられた。我々はその憎悪は不倫のような個人的な問題によるものと考えていた。しかし、それは違うのかもしれない。犯人の憎悪の対象は女の癖に大手企業に勤務する富裕層か、あるいは帝石という企業そのものか」

「つまり、一連の犯罪は企業を標的とした何らかのテロの可能性があるということですか？」

「ええ、もちろんテロと決まった訳ではありませんが、単純な怨恨とは思えません。鳥居の不倫が原因なら、遠山が殺される理由はない。憎悪は感じられますが、衝動殺人とは思えない。そこで県警本部から万が一のテロへの備えとして、テロ対策班との情報交換を行うよう命令が下ったわけです。一応、手塚さんには捜査本部に加わってもらうことになってます」

「自分がこの連続殺人の捜査本部に？」

「なにしろ帝石社員が関わってますから」

県の法人税収入の中で帝石が占める割合は小さくない。多くの社員や関連企業にも帝石は関係している。ここの経営が悪化すれば、税収の減少のみならず、雇用不安や社会保障費の増大になりかねない。

県警本部としても、帝石に関する限り、テロの臭いだけでも警戒するだけの理由があるのだ。

「テロと関係あるかどうかはわかりませんが、犯行時間こそ若干の相違はあるものの、三件の犯行は一週間おきの水曜に行われています」

「来週の水曜というと八月三日ですか、そこでまた犯行が？」

手塚は三件の犯行が水曜日に行われていることは事実として、来週の水曜日にも再び犯行が起こるかどうかについては懐疑的だった。警察が事件を不倫による怨恨の線で捜査していたことで、今回までは犯行が実行できたかもしれない。

しかし、事件が不倫による怨恨ではないと警察が判断した時点で、四回目の犯行は一気に困難になった。そのことは犯人だってわかっていることだろう。

むしろ笹川がこの程度のことに気がつかないことが手塚には意外であった。だが笹川には彼なりの根拠があった。

「まぁ、普通なら来週も水曜日に犯行を重ねるほど犯人も馬鹿ではないと考えるところなんですが」

「何か?」

「立川由利、鳥居暢子、遠山靖世、三人ともイニシャルがYTなんですよ。偶然とは思えないんだよなぁ。こうした規則性が犯人からの何らかのメッセージあるいは思考の癖だとしたら、水曜日の犯行は否定しきれないんですよ」

「どうなんでしょうねぇ」

手塚は首を振る。

「イニシャルがYTなんて、そこまで珍しいですかね？　自分だってイニシャルはYTですよ」

現場を引き揚げ、警察署に戻ってからも手塚は解放されることはなかった。いささか異例のことながら、捜査本部のメンバーとしてテロ対策班の人間として、手塚も刑事部の捜査に加わることになったのだ。

こうした異例の形になったのは、この連続殺人事件が単純な刑事事件ではなく、帝石という日本を代表する大手企業に対するテロの可能性が捨てきれないためだ。

県警の上層部としては、帝石の経営陣に対して、事件に対して県警が万全の態勢で臨んでいることを示すというのが手塚も加える主たる理由らしい。

万が一にもテロ事件となれば、捜査権はテロ対策班に移動するが、その時に刑事課の捜査状況を把握している人間がいれば、捜査の継続が迅速にできるということも期待されているらしい。

井本班長がその辺の説明をまったくと言っていいほどしなかったのは、そもそもこの決定は井本の知らない上の方で決まったためだった。彼が言われたのは、「信頼できる部下を誰か犯行現場に送れ」ということだったのである。

じっさいテロ対策班の井本班長としては副班長を連続殺人事件の捜査本部に派遣することにはかなり抵抗したという。テロ対策班とて人員に余裕があるわけじゃない。

確かに大きなテロ事件は起きていない。ただ帝石を標的として、組織犯罪を装う嫌がらせも少なくない。そしてテロ対策班としては、それが嫌がらせとわかるまでは、組織犯罪として対応しなければならないのだ。

県警トップが、手塚副班長を捜査本部に入れろと井本班長に命じたのも、大きなテロ事件が起きていないためだった。それに「信頼できる部下と言われて手塚を選んだのはお前だろう」と言われては、班長も反論できなかった。

ただテロ対策班としてもナンバー2を出す代わりに、それ以上の人材は事件がテロ事件と断定できるまでは出さないことで、ことは決着した。

このため手塚は捜査本部内でテロ対策班の人間として、籍を置くこととなった。

いま関係者として捜査本部に入ると、事件の規模が分かった。県警本部から捜査本部長が来るのは当然として、関係する人員は一〇〇人近くにはなろう。

そんな中で、手塚は刑事課の妻木《つまき》和俊《かずとし》に声をかけられた。妻木は、いくつかの合同捜査で一緒だったことがある刑事だ。自分より若いが、ITにも通じている優秀な警察官という印象がある。

「本件では、手塚さんと組むように言われました」

妻木は手を差し出した。手塚はその手を受け取る。

「こちらこそよろしく頼むよ。これだけ大所帯だと知った顔も少ないしな」

「三人目の犠牲者が出るまでは、本件は不倫による痴情のもつれと判断されて署内で捜査していたんですが、三人目が出たことで、正式に捜査本部を置くことになったようです。近隣から応援も来てるんで、知らない顔が多いのも仕方ありませんね」

「君は、KTか」

「なんですか、手塚さん」

「いや、イニシャルだよ。被害者は全員、イニシャルがYTだ。俺もYTだけどな。笹川さんが気にしてた」

妻木はちょっと考えるように口を開く。

「統計を見たわけじゃないですけど、名前とか苗字って、偏りがあるじゃないですか。田中《たなか》とか武田《たけだ》なんてのは珍しくないし、優子《ゆうこ》とか洋子《ようこ》という名前もよく耳にする。YTの組み合わせは、驚くほど珍しくないと思いますけど。手塚さんだってYTだけど事件関係者じゃないでしょ」

「事件関係者だよ、こうして捜査本部にいるんだからな」

手塚が自宅に一度戻ったのは、二八日の午前一〇時過ぎだった。帰宅したというよりも、仮眠をとって着替えるためだった。昨夜呼び出された時点で、妻の雪菜には朝食はいらないことは告げた。

そこは十数年連れ添ってきただけに彼女もわかっていた。ベッドの中で「いってらっしゃい」と言葉にならない呟きを残すと、そのまま彼女は眠った。不規則な生活は日常茶飯事だ。自分の誕生日さえ忘れそうな日常で、たまにはケーキの一つでも買って、家族のことを忘れていないと夫や父親の誠意を見せねばならぬと思ってはいるがなかなかできないのが現実だった。

警察署を出るときには、ショートメッセージで帰宅する旨は雪菜には伝えた。すぐに「OK」という定型文の返事が来た。

帰宅すると、風呂と食事の準備ができていた。着替えも用意されている。そこはありがたい。ただ手塚は「ありがとう」とも言わずに、風呂に入り、食事を一人で摂る。昔と違って最近は食事もスーパーの惣菜や冷凍食品ばかりだが、用意されているだけマシだろう。

そのまま仮眠をとりたかったが、コーヒーを二人分用意した雪菜が珍しく、テーブルの真正面に座った。

「仕事のことは訊かないけど、明日のことは大丈夫なの？」

妻の言葉には、何か問い詰めるような色がある。警察官だけに、手塚には妻の抑えた怒りがわかった。ただ、怒りの原因に思い当たらない。

「明日というと、二九日、金曜だな」

手塚はそうして時間を稼ぐ。明日が何を意味するかが彼にはわからない。そんな手塚に雪菜はため息をつく。相手の態度から真意を見抜く術《すべ》を警察官の妻も夫婦生活の中で学んでいたらしい。

「忘れると思ってたわ。明日のPTAの会議に出席して。一六時から、何も問題がなければ一時間で終わる。一時間くらいの時間は捻出できるって言ったわよね」

そう言えば、そんな会話を交わした気もする。むろん今回の事件を担当する前の話だ。

「お前じゃ駄目なのか?」という言葉が口から出そうになるのを呑み込む。駄目だから手塚に行けと雪菜は言っているのだ。

夫がまだ状況を呑み込めていないことがわかったのだろう、雪菜は両手をテーブルについて顔を手塚に近づける。

「私は、明日の午後は面接を受けないとならないの。薬剤師として復職しないとならないから。ワクチン取り扱いやPCR検査の講習会の修了証書を取得したのは何のためだと思って?

あなたわかってるの? 俊輔が中学受験に成功したとしても、それで終わりじゃないの。親の、つまり、あなたと私の仕事はそこから始まるの。私立の中高一貫校に通うためには授業料だって馬鹿にならない。

地方公務員で年収が八〇〇万の係長が世間より高給取りなのはわかってる。私だって感謝してるのよ。

だけど、俊輔のためには私も働かないとならないの。薬剤師が不足しているからって、条件のいい就職先はそんなにあるもんじゃない。まして私は専業主婦で職歴に中断がある。だからこそこの面接は失敗できないの」

「PTAの会議は出席しないとならないものなのか？　義務じゃないんだろ？」

手塚がそういうと、雪菜は椅子にへたり込む。

「いま時の中学受験は競争が激しいのよ。学校側は生徒の両親がどれだけ教育に熱心なのか、それを重視する。どうして私がくだらないPTAの会議に皆勤なのかわかる？　親がPTAの活動にも熱心だという姿勢を示すためよ。

だから、私が出席できなければ父親であるあなたが出席しないとならないわけ。父親が警察の人間というのは、社会的信用が高い。そんなあなたが父親としてPTAに顔を出せば、それだけ俊輔には有利に働くでしょ」

「もちろんPTAには行くよ」

手塚に他の返答の余地はない。家族のために働いてきた。それは嘘ではない。それは雪菜もわかってくれている。

雪菜は教育費の問題を口にするが、彼女が求めているのはそこではないのだ。夫として、父親として、家族の中に参加しろといっているのだ。PTAの会議参加はその証だ。

まぁ、何とかなるだろう。捜査本部は立ち上がったばかりだ。それに自分はテロ対策班という外様《とざま》の身。一時間程度の時間は捻出できるはずだ。その程度には署内でも顔が利く古参だ。

「しかし、有名私立って親のPTAの活動も見るのか？　どこからの情報だ？」

「PTAで唯一の利点は、中学受験の情報交換なの。それがあるからこそ参加しているようなものよ。私立を狙ってるのは家だけじゃないから。監事の前川《まえかわ》さんって人がいて、その人も俊輔と同学年のお子さんがいるのよ。市役所で働いていて、私なんかより、よほど熱心に情報収集しているわよ。中学受験情報のためのスマホアプリもあるの。それも前川さんから教えてもらったわ」

「そうなのか……」

手塚は不意にPTAの会議に出席するのが億劫になった。雪菜のPTAの友人についても知らなければ、中学受験用のアプリについても初めて知った。まるで言葉の通じない外国に一人で放置されるようなものではないか。

だが、PTAが言葉の通じない外国だとしたら、その外国で友人まで作った雪菜は何なのか？　自分とは言葉も通じない外国人と同じだというのか？

雪菜は俊輔を愛していたし、教育にも熱心ではあったが、どちらかといえば子供は自由にさせることを大切にしていたはずだ。だから小学校に入る時も、お受験で大騒ぎすることもなかった。

しかし、あの頃はまだ自分は警部補でもなく、所属もテロ対策班ではなく、いまよりも家族と一緒の時間が多かった。ならば自分が雪菜を変えてしまったというのか？

手塚はそれは違うと思った。自分は彼女が薬剤師として復職することを認めたのだ。自分が雪菜に寄り添ったように、彼女もまた警部補になった自分に寄り添うべきではないのか？

そうは思ったものの、手塚はそれは口にしない。それをいまここで議論したところで、PTAの会議には行かねばならないのだ。

それから仮眠をとり、雪菜にPTAのことを念押しされ、手塚は警察署に帰る。自宅を出て職場に向かうのを帰ると考えた自分に、手塚はひどく狼狽《ろうばい》した。

「捜査に行けばいいじゃないですか」

明日はPTAの会議のために、一時間ほど抜けたいということを相棒の妻木に相談した手塚は、意外な返答を聞かされた。

「捜査って……PTAを？」

手塚は聞き込みの中で立ち寄った自販機で、缶コーヒーを二つ買って、一つを妻木に渡す。そうして明日のことを切り出したのだ。妻木なら認めてくれるとは思っていたが、捜査とは？

「手塚さんの息子さんの小学校ですけど、被害者の鳥居の娘と関係者の舘花の息子も通っているんですよ。捜査資料に書いてありましたけど、まぁ、小学校のことなんか気にしませんよね。

なので、手塚さんはＰＴＡで被害者と関係者の関係について情報収集するってことにすればいいんじゃないですか。

捜査は二名一組が原則ですけど、それも場合によりけりですしね。二人では警戒される場所もある。自分は自分で、公園の周辺をもう一度調べてみますよ」

「ありがとう、恩にきるよ」

それは手塚の本心だった。

「いや、あれですよ中学受験って大変だから」

その言葉に缶コーヒーを持つ手塚の手が止まる。

「妻木君のお子さんって、もうそんな年になる？」

「いや、甥っ子ですよ。来年が中学受験ってことで、姉から電話がありましてね。

自分は妻木の家に入る形で結婚したんですよね。もともと姉とは折り合いが悪かったんですが互いに結婚してからは、ほとんど没交渉だった。それが電話ですよ」

「子供が中学受験する自慢とか？」

「そんな可愛いもんじゃない。両親はどちらも健在なのに、お前は妻木の人間だから相続は放棄しろって内容です。あんただって嫁に行っただろうと思いましたけどね。

要するに甥っ子の教育資金が予想以上に必要で、自分たちの老後の資金を突っ込んだから、親の遺産でその穴埋めをしようという計算です」

「断ったんだろ？」

手塚には他の選択肢は考えられない。

「いや、了解しましたよ。だって手塚さん、電話の口約束に法的な拘束力などないでしょう。ただ相続放棄すると言っておいたら、もう煩《うるさ》いことを言ってこないですからね。家業は兄が継いだんですけど、兄も子供を受験させるようなこと言ってますし、おまけに妹のところまで再来年は中学受験ですしね、これも姉に似てるから。相続で修羅場になるのは目に見えてますからね、我が子にそんな醜い争いは見せたくありませんよ」

「妻木君のお子さんは中学受験させないの？」

「小学校二年ですよ、まだ。本人が行きたいかどうか、それがわかってから考えますよ。それに姉から相続放棄しろと電話が来てからは、親として積極的にはなれませんね。あっ、すいません、手塚家のことを批判してるんじゃありませんから」

「わかってるよ」

妻木には悪いが、彼の兄姉と比較して雪菜はまだまともだと思った。とはいえ、ＰＴＡの会議に出るのはかなり憂鬱なのも間違いなかった。

7月29日

手塚夫妻の一人息子である俊輔が通うのは、城北第一小学校だった。警察の人間だけに、学校の所在地は知っていたし、県庁所在地の小学校にしては小さいという印象はあった。入学式も周辺の小学校の合同入学式を市の公民館で行ったので、手塚にとって城北第一小学校に足を踏み入れたのは掛け値なしに今日が初めてだった。

小学校は帝石の本社からもそれほど遠くない、オフィス街の一角にある。二ヘクタールほどの正方形の土地に、真新しい鉄筋コンクリート二階建ての校舎が城壁のように敷地を取り囲んでいた。

校庭はこの城壁のような校舎の中にある。外部からの不審者の侵入抑止と学童がいきなり道路に飛び出したりしないようにとの考えによるものだ。それは雪菜が学校からもらってきたプリントで読んだ記憶がある。

例の連続殺人事件とは関係なく、小学校の正門は閉じられていた。門のところのインターフォンを押すと守衛らしい人物が現れる。ＰＴＡの集まりだと告げて、つい癖で警察手帳を見せてしまう。守衛はそのまま正門を開き、手塚にＰＴＡの会議室の方向を手で示した。

「中央玄関から奥に続く廊下を進めばわかりますよ」

守衛は自分より老けて見えたが、あるいは自分より若いのかもしれない。

「学校なのに、子供の声が聞こえませんね」

「夏休みですからね」

いまは夏休みか。手塚はそんなことも忘れていた。昔は親子三人で夏休みの旅行の計画を立てたものだが、それも去年あたりからなくなった。ただ雪菜から俊輔が泊まり込みの勉強会に参加するとかなんとか、そんな話は聞いた記憶はある。そうか夏休みのためか。

PTAの会議が開かれるのは、職員室の隣にある談話室という名前の会議室だった。手塚は妻木が口実であげた「被害者・関係者の家庭環境への聞き込み」を行おうかと職員室と書かれたプレートを見て思ったが、実行しない。こうした捜査で子供がイジメに遭うようなこともあり、そこは慎重にすべきことは手塚もわかっている。

ただ校内のプリントやら掲示板を見ていて、改めて手塚は俊輔の学校について何も知らなかったことを再確認していた。オフィス街の雑踏から、生徒も一〇〇〇人、二〇〇〇人はいるかと漠然と思っていた。しかし、城北第一小学校は一学年一クラス、全部合わせて六クラス、児童総数二〇〇人余の小さな学校だった。

確かにこの周辺の土地はオフィス街であり、平日の昼間の人流は多い。特に帝石本社周辺はそうだ。しかし、半面でこの周辺の土地に住んでいる人間の数といえば、実はそれほど多くない。

確かにタワマンの建設などで地域住民の数は増えていた。おかげでこの小学校も統廃合されることなく存続できている。それ以前は児童数は一〇〇人を切っていたという。

ただそれでもマンション住人の子供たちは転校せずに以前の学校にそのまま通う傾向があった。これは交通の便が良いことと、マンション世帯の有名私立校比率が高いことが関係していた。

手塚が子供の頃は、小学生は家の近くの小学校に通うのが当たり前だった。しかし、そんな常識はいまは通用しないらしい。たとえば駅ビルの喫茶店で捜査にあたっているときも、小学生の一団が机を囲んで、タブレットを前に予習や復習をしている光景を見ることは多かった。学校から塾へのすき間時間も彼らは無駄にしないのだ。

この子たちも中学受験組なのだろうか、と手塚は漠然と考えていた。それでも俊輔のことは雪菜に任せてある。教育費だって出しているのだから、あそこまでする必要はないだろうと思っていた。

しかし、昨日の雪菜の話を思い出すに、自分は俊輔のことをあまり考えていなかったのではないか。手塚はＰＴＡの会議室の前まで来ながら、掲示板の前で時間を潰しているのも、そういう現実を直視するのを避けようとしているためか。

「失礼ですけど、手塚さんですか？」

手塚はいきなり後ろから声をかけられた。いやしくもテロ対策班の警部補である自分が不意をつかれたことに、彼はまず驚いた。

声をかけたのは三〇代半ばくらいの女性だった。背は女性にしては高い方で、いわゆるモデル体型という奴だった。それでいて髪はショートで化粧も服装も地味なのは、市役所かどこかに勤務しているためか。じじつ胸に「前川」というネームプレートをつけている。市役所の職員がつけているものと同じ独特のデザインのものだ。

小学校は城山通り一丁目にあるが、市役所は本通り一丁目で比較的近所にある。PTAの会議があるとなれば、市役所も早退くらいは認めてくれるのだろう。

「はい、手塚ですが」

「あぁ、良かった。雪菜さんから連絡がありました」

前川が微笑む。手塚がその時思ったのは、前川が雪菜に似ていることだった。いまの雪菜ではなく、新婚時代の彼女に。

「あぁ、妻がいつもお世話になっています。スマホの設定までしていただいたそうで」

「いえ、評判のいいアプリの情報交換をしただけです。もう直始《じき》まりますのでどうぞ」

「あぁ、すいません」

どうやら雪菜は手塚が素直にPTAの会議に参加しそうにないことを見越して、懇意の前川に言い含めていたようだ。時々、人の行動を読むという点では、自分よりも雪菜の方がよほど刑事に向いているのではないかと思うことがある。

前川に促され、会議室に入る。装飾も何もない空間に三〇人程度が着くように三人がけテーブルが二列に並べられていた。

正面中央には同じテーブルが一つ正対するように置かれている。そこが議長席なのだろう。

前川は議長らしい女性に一礼すると、A4書類の入った紙袋を手渡す。議長が中を確認すると、前川は一番後ろで隅の席に座り、ショルダーバッグから私物らしいノートパソコンを取り出した。それは手塚も知っているメーカーの製品で、ノートパソコンにしては画面が大きいがメモリーとストレージはかなり強化できるはずだった。ただ表面の傷を見ると、かなり使い込まれているようで、おそらく高性能にカスタマイズした製品を長年使っているように見えた。

良いものを長く使う主義なのか、経済状態が急に悪化したので買い替えができないのか、いずれかだろう。

手塚が雪菜の代わりに出席することはすでに連絡がいっていたのか、議長席に座っている北島《きたじま》というネームプレートをつけた女性が、「手塚さんのご主人ですね？」と確認した。そういえば雪菜からＰＴＡの会長は北島だと聞いたような気がする。会長が議長なのだろう。年齢は四〇代くらいか。育ちの良さそうな、それでいて我の強い女性という印象を受けた。

周囲を見ると会議は手塚以外は父親は数人で、他は母親だった。手塚以外は北島も含め

「Visitor」と表示されたネームプレートをつけていた。不審者を校内に入れないためのものだ。

本当なら守衛も手塚にこのネームプレートを渡す規則だったのだが、彼が警察手帳を示したので、ネームプレートは不要と判断されたのだろう。二〇人ほどの参加者というのは、夏休みにしては少ないのか、これでも多い方なのか、手塚にはわからない。

知人ごとにテーブルに座るのか、母親たちはもちろん、父親たちも何か話している。話の輪に加われないのは手塚だけだ。手塚のテーブルには誰も座らない。

北島の隣にいた神尾《かみお》と書かれたネームプレートの女性が前川が渡した紙袋から書類を取り出す。年齢は二〇代後半くらいか。彼女からも北島と似たような空気を感じた。

最前列のテーブルに分配し、一枚受け取って後ろに送る。

手塚も書類を受け取り、一枚受け取って後ろに送る。書類は順番に前から後ろのテーブルへと送られる。書類の内容は夏休みの行事の諸注意と予算報告などだった。雪菜は座っていればいいと言っていたが、そもそもPTA活動についてわかっていないから口の挟みようがない。

議事進行も北島が順番に議題を読み上げるだけだ。これなら一時間もかかるまい。書類をよく見ると、末尾にQRコードがあった。手塚は私物のスマホをかざすと、SNSのグループに飛んだ。どうやらPTAの打ち合わせなどはほぼほぼSNSのグループメッセージで済ましているらしい。

こうした点は警察は遅れている。Pフォンという警察用のスマートフォンこそあるが、世間がDX（デジタルトランスフォーメーション）だなんだと言っても、警察はそうした技術導入には慎重だった。警察組織では横の情報共有よりも、縦の命令系統こそが重要なのだ。

QRコードから誘導されたSNSからは、ログインするか新規登録するかと尋ねられたが、登録はしない。義理で顔を出しているPTAなのだ。SNSのグループに入る必要はない。たぶん雪菜が入っている。

議事は普通に進行し、最後にPTAの予算報告となった。ここで初めて神尾が発言する。経理担当なのだろう。

手塚も目を通すが、動く額面が大きい割には、説明は貧弱で、収入額と支出額の数字以外は、支出を示した円グラフが一つあるだけだ。

「……以上が本年度予算です」

神尾が発言を終えると、北島が言う。

「それでは、本年度予算について承認していただけるかた。挙手を願います」

手塚以外は全員手をあげる。

「手塚さんは、いかがですか？　今日が初めてですよね？」

北島が暗に挙手を促す。

「すいません。家内からあまり詳しく聞いていなかったんですが、今日の会議はPTAの総会だったんでしょうか？」

北島はそんな質問をされるとは、まったく思っていなかったらしい。抜き打ちで家宅捜査された時の容疑者のような顔をしている。

「城北第一小学校ＰＴＡ定例会議です。奥様から聞いてませんか？」

そう返答したのは神尾だった。何でも刑事的に解釈するものではないと思うのだが、手塚は神尾の対応に親分を守る組織幹部を連想する。ＰＴＡの会議の中に、暗黙のうちに存在する構成員の序列のようなものを彼は感じた。

「申し訳ない。妻からそうしたことまでは……。

つまりですね、年度予算の話し合いのようなものは、総会で話される話題だと思ったもので」

手塚は深い考えもなくそう説明したが、この説明はどうやら会議の空気をより難しいものにしたらしい。

「総会を開きたいのは執行部としても山々ですけれど、児童数が二〇三名の当校ではＰＴＡの出席率も悪く、事実上、総会が開けないのが実情です。執行部役員の定数さえ満たしていないくらいです。

ですから、執行部で起案して、出席できる人たちで議事を進めてゆくしかないんです。それでも苦情はありません」

「専業主婦の人たちだけで動かしているわけですか」

手塚のその一言は、北島の神経に触ったらしい。彼女は急に立ち上がると気色《けしき》ばんで反論する。

「PTAは誰でも参加できます。仕事を持っていても参加する人は時間を作って参加しています。大事なのは子供への愛情です！　愛情があれば時間くらい作れるじゃないですか。手塚さんだって、公務員なのにこうして参加なさってるでしょ！　それは俊輔君への愛情じゃないんですか！」

「まぁ、それはそうですね。息子ですから。それで執行部の方々は何人いらっしゃるんですか？」

手塚の意図としては、執行部の苦労を労う方向でその質問をしたのだが、それは明らかな逆効果だった。

「私と神尾さんの二名です。それくらいなり手がいないんです。別に私たち二人で勝手に決めているわけじゃありません！」

「あっ、はい」

手塚はそれ以上は、口を開かなかった。どうも幾つも地雷を踏んでしまったらしい。北島の反応から察するに、神尾と二人で専横を恣《ほしいまま》にしているというような陰口も多いのだろう。

予算報告が終わると、それ以上の話題はなく、次回の日程を会長が告げて会議は終わった。北島と神尾は怒ったように会議室を出てゆき、他のPTA会員も出ていった。手塚は、何となくその集団と一緒になる気がせず、最後に出て行こうとした。

すると部屋の隅で書記のようなことをしていた前川は、ノートパソコンを閉じると、使われず隅に置かれている書類の回収などをし始める。手塚もそれを手伝った。とはいえ自分の席の後ろの方の書類を集めて手渡しただけだが。

「ありがとうございます」

前川は丁寧に手塚に礼を言う。

「驚かれたでしょ」

前川の言葉に手塚はつい、「ええ、驚きました」と返答してしまう。

「あの二人は悪い人ではないんですけど、女性が働くことにはあまり理解がないんです。無理解というよりも、自身も結婚と同時に退職したので、共働きで子育てをしている女性に反感を持っているみたいですね」

手塚はそこに北島や神尾の二人と前川との関係が見える気がした。会議の後始末を書記の前川がやるのは当然という態度も、そこに起因しているのか。つまり前川は働く女性であるからだ。PTAの雑務をすることが、彼女たちには子供への愛情表現となっているのだろう。

書類を手渡すときに、手塚は前川の左手の薬指に指輪がないことを見逃さなかった。仕事中は指輪をしない既婚者もいるが、彼女の場合はそこに指輪があったような微かな傷が見られた。強引に指輪を外して傷ができたかのようだ。

手塚の視線に気がついたのか、前川は咄嗟《とっさ》に右手で左手を隠したが、すぐに手を離す。

「そんなに目立ちます？」

「いえ、そんなことは……」

刑事の職業病みたいなものですという言葉がでかかったが、この場で自分が警官と明かすのも場違いな気がした。

「離婚して息子と私の二人暮らしです。養育費を払うような人ではなかったし、息子に会わせようにも、いまは連絡もつきません。でも、暴力と無縁な平和な日々を送っています」

「どうも、不愉快なことを思い出させてしまったようで……」

「いえ、どうか気になさらずに。あっ、そう言えばすいません。私、こういうものです」

前川は自分の名刺を差し出す。市役所の総務部で前川麗子《れいこ》とあった。考えたら、自分はネームプレートで彼女が雪菜の言っていた前川とわかったが、互いの自己紹介はまだだった。

「どうも俊輔の父です。仕事の名刺を切らしていて、こんなのしかありませんが」

手塚は氏名と私物スマホのメールアドレスだけを記した名刺を渡す。仕事の名刺は持っているが、テロ対策班と明記してある名刺は悪用されないように、無闇に他人に渡すなと手塚自身が新人に指導しているほどだ。氏名とメールアドレスだけの名刺を持ち歩いているのはそのためだ。

こうして手塚は校門で前川と別れ、妻木に連絡をいれ、合流すべくタクシーに乗る。車中で改めて前川の名刺を見直す。名刺の裏側には、手書きで彼女のメールアドレスとスマホの番号が書かれていた。手塚はこれをどう解釈したものか、目的地まで名刺を見つめていた。

その日は、比較的早く帰宅することができた。何となく後ろめたい気持ちもあって、ショートケーキを買った。雪菜の面接があったから労うのだと理屈をつけたのは会計を済ませてからだ。

手塚の家は中古の戸建てだった。雪菜の父親の知り合いの不動産屋の斡旋《あっせん》ということで、立地条件が良い割には破格に安かった。ただ、ここに越して三年になるが、その頃から雪菜との関係はギクシャクしてきた気がする。よく笑っていた彼女が、家を買ってから笑顔が減ったのだ。

そんなことを考えながら自宅に近づくにつれて、手塚は違和感を覚えていた。夜の住宅街は静かなものだが防犯のための街灯も多い。しかし、その中で手塚の家だけは暗い。ガレージに車を入れる。開閉するシャッターの音だけが住宅街に響く。

常夜灯だけは辛うじて庭を照らしているが、家の中は完全に闇だ。カーテンから溢れる灯りさえない。一瞬、停電かと思ったが隣家は電灯が点《つ》いていた。留守かもしれなかったが、雪菜は防犯のために、出かける時も室内照明は灯している人間だ。だから室内が完全に闇というのは留守でもあり得ない。

「ただいま」

そう言って家に入るが、室内は暗い。ただ赤外線に反応して玄関だけは灯りが点《とも》る。それが室内の暗さを際立たせる。

雪菜が急病になったかとも思ったが、それなら連絡があるだろう。少なくとも俊輔なら父親の自分に連絡はつけられる。逆に俊輔に何かあったなら、雪菜が黙ってはいないだろう。

リビングは暗い。照明を点けてもどこにもメモや手紙はない。それどころかテーブルの上には手塚のための食事もない。漠然とした不安を覚えつつ二階にのぼるがやはり誰もいない。

ただ旅行鞄が二つ見当たらなかった。雪菜の衣服が減っているかどうかは、彼女の服装についてほとんど知らないのでわからない。俊輔の私物についてもわからないが、学校や塾に行くための鞄はなかった。

夏休みなので泊まり込みの勉強会に行くような話は聞いていたが、いつからいつまでの話なのか、手塚はそれを自分が知らないことに狼狽した。

手塚は私物のスマホを取り出す。自分宛の着信はなかった。ショートメッセージさえ入っていない。本当に何が起きているかわからない。

ともかく彼は雪菜に電話をかける。数コールで雪菜がでた。

「今どこにいるんだ！」

思わず声を荒らげる手塚に、雪菜は抑揚のない声でいう。

「実家です」

妻がこうした声でいるときは、とてつもなく怒っている時であるのは夫である彼にはよくわかる。わからないのは怒っている理由だ。ＰＴＡの会議をすっぽかしたなら、怒るのもわかるが会議にはちゃんと出席している。

雪菜の面接がうまくいかなかったとしても、こうした反応はしないはずだ。そこは夫婦だからわかる。だからこそなおさら何が理由かわからない。

「面接はどうだった？」

「週明けの一日から勤務することになりました」

それ以上のことを雪菜は言わない。何か非常にまずい状況であることだけは手塚にはわかった。

「どうして実家にいるんだ？」

「しばらくあなたの顔も見たくないからです。この大事な時期に離婚は俊輔の人生に関わりますから、それは避けますけど、あなたと一緒に暮らすのに疲れました」

「どういうことだ？」

「あなた、なんで北島会長の議事進行に反対したの？　ＰＴＡの人間関係もわかっていないなら、口を閉じているくらいの分別もないの？　心配だから前川さんに確認したら案の定よ。幸いにもこっちから北島会長や神尾さんに詫びを入れることができたけど、あなたがやったことを知らないままだったら、本当にどんなことになっていたやら」

「俺は反対したんじゃなくて、疑問を……」

「同じことよ！　必要なのは手塚俊輔の親が会議に出席したという事実だけなの。議題も何もわかっていない人に、私が意見を求めるとでも思っていたの？　あなた、妻の私にも自分の人間関係があるのよ。わかってるの？　私はあなたの人間関係の添え物じゃないのよ！ともかく夏休み中は実家にいます。要件があればショートメッセージにして。それじゃ、私は寝るわ、おやすみ」

そう言って雪菜は一方的に電話を切った。

「何だってんだ！」

手塚はスマホに向かって怒鳴った。彼には雪菜の一方的な言い分が許せなかった。本来ならＰＴＡの会議に出てくれてありがとう、とかいうべきではないのか？

むしろ手塚がＰＴＡの会議で問題を起こすという前提で前川さんに確認したとはどういうことか？　まったく手塚のことを信用していないってことじゃないか。

「人を馬鹿にしやがって」

それでもスマホで雪菜にかけ直す気にはなれなかった。いまかけ直して話ができる状況ではないのは夫婦なのでわかっていた。一日、二日は冷却期間をおく必要があるだろう。

腹が減ってるが食事を作る気にもなれず、買ってきたケーキで腹を満たす。しかし、二個食べた時点で胸焼けがしてやめた。ともかく胸焼けも含めてすべてが面白くない。

起きていても仕方ないので、風呂に入ってすぐ寝る。スマホを確認すると風呂に入ってている間に通知が一件あった。メールが一件届いている。雪菜からかと思ってみたら、前川麗子からだった。

「今日はお疲れ様でした。

奥様が心配なさっていたようなので、事実関係だけをお伝えしました。差し出がましいかもしれませんが、手塚さんも奥様と話し合ってください」

文面は短かったが、内容は明確だ。雪菜が前川を問い詰めるか何かして、会議の出来事を勝手に解釈したのだろう。そもそも手塚の発言が問題だったら、北島とか神尾が何か言ってきていたはずだ。しかし、そんな抗議はなく、雪菜だけが騒いでいるのだ。

雪菜は何がしたいのか？　手塚にはわからない。ただ雪菜がすべての問題の理由が自分にあるように思っていることだけは確かだ。そう言えば、俊輔がいるから離婚はしないとも言っていた。

昔から子は鎹と言われているが、鎹がなければ解体してしまう夫婦など、本来の意味で夫婦ではあるまい。

それでも手塚は離婚が現実のものとは思えなかった。十数年の結婚生活が、ＰＴＡの会議の態度が悪かったくらいで崩れるというのか？　そんな馬鹿なことがあるはずがない。

俊輔の受験のことで、雪菜は冷静さを失っているだけではないか。そうであれば問題は時が解決してくれるだろう。ともかくいまは雪菜が冷静になるのを待つしかない。

手塚はとりあえず前川にはメールの返信で礼を述べ、そのまま寝る。そしてしばらくしてスマホで起こされる。私物ではなく警察用のＰフォンだ。目覚ましを確認すると日付は七月三〇日の午前〇時三〇分だ。

「はい、手塚」

「手塚君か」

電話は意外なことにテロ対策班の井本班長だった。手塚はそれがわからない。自分はいま連続殺人事件の捜査本部の人間のはずだ。

「すぐ来て欲しい。爆弾テロだ！」

さすがに爆弾テロの言葉に手塚も目が覚める。

「現場はどこです？」

「城北通り三丁目にあるイタリアンレストラン、モンテローザだ」

「わかりました。ですが、自分は例の……」

「連続殺人事件はテロ対策班と合同捜査になった。被害者の中に高木裕二《たかぎゆうじ》という帝石の社員がいる。つまり……」

「また、ＹＴですか」

7月30日

爆破事件があったというイタリアンレストラン・モンテローザへ車を走らせる中で、手塚はその道順に既視感があった。連続殺人事件の最初の被害者である立川由利の殺害現場の近くであっただけでなく、第二の事件である鳥居暢子の殺害現場にも近い。

概ね第一と第二の殺人事件の中間で爆破事件は起きたことになる。手塚は嫌な予感しかしなかった。詳細はわからないが被害者は今回もYTのイニシャルの持ち主だった。

YTが犯人にとって重要な意味があるならば、一連の事件の犯人は同一犯と思われる。しかし、いままでは刃物による殺人であったのに、今回は爆弾を使っている。

連続殺人犯はあまり犯行手段は変えたがらない傾向がある。むろん犯人が置かれた状況などにより凶器を変更する場合もなくはない。しかし、刃物からいきなり爆弾へと凶器を変えたりはしない。そもそも両者に要求される技術や経験はまるで違う。

つまり一連の犯行は狂気に取り憑《つ》かれた連続殺人犯などではなく、組織犯罪の可能性が浮上したのだ。そうであれば捜査の指揮はテロ対策班が執ることになるだろう。

爆破現場に通じる道はすでに封鎖されており、手塚は現場を管制している警官の一人から、駐車場を指示され、そこに車を停めてから再び現場に向かった。

「あぁ、ご苦労さん」

事故現場にはすでに井本班長がいたが、周囲は騒然としていた。救急車とは途中ですれ違ったので怪我人がいることは予想がついたが、爆破によりレストランの店舗は火災を起こしており、消防車がやっと鎮火したところだった。

「どんな具合です?」

「見ての通りだ。犯行時刻は昨夜の午後二二時三〇分、死者二名、重軽傷者五名、店内には三〇名近い客がいたが、爆弾そのものは予約客用の屋外のテラス席に仕掛けられていた」

井本班長が言うように、犯行現場付近には同心円状の黒焦げがあるだけで、何も残っていない。ただ、爆風で飛ばされたらしい椅子やテーブルの残骸が植え込みに折り重なっていた。

「テラス席で爆破があったのに店内で火災が起きた?」

「あぁ、二次的なものだ。爆音に驚いたシェフの一人が鍋か何かひっくり返して引火したんだそうだ」

「被害者はまたもイニシャルYTとのことですけど、席を予約していたのなら、犯人はレストラン関係者の周辺にいるってことですか? それともこれは無差別殺人?」

「まぁ、見てくれ。たまたま店内の客が撮影したものだ」

それはスマホで撮影したらしいビデオ動画だった。最近のものは夜間でもかなり鮮明に映像が撮影できるのか、被害者らしい夫妻がはっきりと映っている」

「被害者は高木裕二、三五歳と妻の高木和子《かずこ》、三四歳。高校時代から付き合っていて、大学も同じなら、就職先も部こそ違えど、どちらも帝石だ。そして高木裕二のイニシャルがYT」

そして画面は進む。カメラは仲睦まじい夫妻のテーブルの上空に向かう。そこにはドローンが飛んでいた。

「撮影者はカメラマンでドローンもよく使うのだそうだ。それでドローンが飛行する音がしたので、確認のために外に出た。いまのところドローンの音を聞いたのはこの撮影者だけだ。知っての通り、無許可で大型のドローンを飛ばすのは法律違反だ。だから彼は気になったと証言している。馬鹿が無許可でドローンを飛ばして、事故など起こされては、ドローンの運用規則がさらに厳しくなると困るってことでな」

ドローンはテラス席上空を一周すると、迷うことなく高木夫妻のテーブルの上空に移動した。ドローンから「おめでとうございます」という合成音声が流れると、テーブルの上にリボンを結んだ二〇センチ四方くらいの箱を下ろした。

高木夫妻にとってはまったく寝耳に水のことだったようだが、店側の粋な計らいと考えたらしい。ドローンは急速に店を後にするが、高木夫妻は二人で何か話しながらリボンを解き、箱を開ける。映像はそこでホワイトアウトして終わった。

「店の話では高木夫妻の結婚記念日が昨日だったらしい。毎年この日に、ここで結婚記念日を祝っていた。だから被害者に近い人間なら、ここに彼らがいることを予測するのは容易だ。おめでとうと言っているから、ターゲットが誰かは明らかだ」

井本班長の言葉に手塚は引っ掛かりを感じた。

「この事件についてはターゲットが高木夫妻なのは明らかですけど、犯人グループの目的は何でしょう？」

井本班長は手塚の「犯人グループ」と言う意見には反応しなかった。彼にとってもそれは自明のことだからだろう。

「犯人の目的は帝石だろうな」

井本はそう言い切った。

「副長、犯人がどうして帝石社員でしかもYTだと思う？　そこには明確なメッセージ性があるんじゃないか？」

「何かご存じなんですか？」

「帝石のいまの社長は徳山真事《とくやましんじ》だが、執行役員は徳山要蔵《ようぞう》、つまりYTだ。社長は次男、執行役員は長男。この人事は彼らの父親で亡くなった前会長が決めた」

「まさか班長はこれを、帝石のお家騒動だと？　確かに確執を招きかねない人事ですけど、だからと言って帝石の経営陣の誰かが殺人はもとより、爆弾テロなんてやりますか？」

「やらんだろう。だけどな、スキャンダルにはなる。帝石の経営陣は痛くもない腹を探られる。劇場型事件というが、まさに一連の事件はテレビ向きだ。便乗して帝石の古いスキャンダルも次々と表に出るだろう。犯人グループの真の狙いは、あるいはそこなのかもしれん」

手塚は班長の意見に反対はしなかったが、現時点でそこまでいうのは先走りすぎではないかと思った。

そうしている間に妻木もやってきた。手塚にはそれが意外だった。事件がこうなったからには、担当はテロ対策班のはずだからだ。

「どうしたんだ？」

「どうしたんだって、本部長に招集をかけられたんですよ」

確かに現状では捜査本部の再編成などは行われていないから、本部長が招集をかけるのはわかる。だが妻木は声を潜めて意外なことを呟く。

「どうも捜査本部はこのままいくようです。たぶん井本さんにも連絡がいってると思いますけど」

手塚が井本の方を見ると、彼はPフォンに向かって何か怒鳴っていた。「どういうことですか！」という声が彼のところにまで届く。

「上の判断？」

「まぁ、詳しくは知りませんが、帝石筋から県警本部に事件後すぐに働きかけがあったそうです。帝石を狙った連続爆破テロというような風説の流布には警察は慎重になって欲しいと。これは噂なんですけどね、帝石の首脳陣も一連の殺人事件で揉めてるらしいんです。創業者一族の本家の長男なのに弟の下で執行役員ってのがイニシャルYTなんですよ。しかも、連続殺人の被害者の三人とも、その役員の部下だったことがある。だからなんだって話ですけど、火のないところを焼畑にするくらいのネタにはなるでしょう」

「そのうえテロって話になれば、周囲は火の海か」

「まぁ、爆弾事件の捜査次第ではテロは否定できないとしても、現時点ではテロとは判断できないとの立場ですね。否定も肯定もしないが、肯定しない限りは捜査本部はいまの体制のままです」

手塚は爆弾テロとしか思えないこの犯罪についての妻木の説明を聞きながら、犯人の呪詛《じゅそ》のようなものを感じていた。誰に対する何とはうまく口では言えないが、犯罪の感触が彼がいままで扱ってきた組織犯罪とは何か違う。

組織犯罪には利己的な行動と少なからず自己顕示の行動がある。しかし、ここまでの犯罪で、犯人は何の声明も発しておらず、また何も要求していない。ただ一つはっきりしているのは、どの犯罪にも憎悪の色が明確であることだ。

被害者の顔面を切り刻むなど、憎悪しか感じられない。結婚記念日を祝う幸せな夫婦を爆殺するというのもまた憎しみによるものだろう。もちろんそこに一貫性はない。ただ、だからこそ手塚にはいままでの組織犯罪との感触の違いが無視できない。

しかし、ドローンによる爆弾の投下は、そんな印象ともしっくりこない。こんな手の込んだものは、組織的な背景がなければ製造できまい。

「ドローンを飛ばしたというからには、そこから絞り込めないか？」

手塚は捜査のとっかかりは、そこだろうと思った。ドローンの飛行にはさまざまな規制がある。一言でいうならば、手のひらに乗るようなおもちゃ以外はすべて登録義務があった。だからドローンの種類を特定できたなら、犯人は絞り込めるはずだった。

「それが鑑識によると、どうも厄介なんですよ」

妻木がPフォンで映像を映す。それは先ほど井本班長から見せられたものとは違っていた。そもそもそれはモンテローザではなかった。ただ遠くで人々の喧騒が聞こえる。

「ここから少し離れたところの駐車場の映像です。撮影者からはいま話を聞いているところです」

映像はモンテローザの様子を映している。一〇〇メートルほど離れたところにもレストランがあり、どうやらその店の駐車場からの撮影らしい。城をイメージしているためか、尖塔のような店のシルエットが周辺の住宅街の中では浮いて見えた。

最新のスマホカメラであるためか、映像は夜間でも明るい。そしてモンテローザの方から何かが飛んでくるのが見えた。撮影者は「やばい、こっちに来る!」と言うと、自動車の下に飛び込んだらしい。その時、スマホを落としたが、カメラは真上を向いていた。そして彼らの上をドローンが通過した。八枚のプロペラがあるドローンだった。

「これなんですが、こんなドローンを製造しているメーカーはないそうです」

「それはなにかい、国内で認可を受けていない奴を並行輸入したとか、そういうやつかい?」

「いえ、鑑識によれば、これは犯人が自分で組み立てたドローンの可能性が高いそうです。犯人が部品を買って組み立てたとなると、絞り込むのは容易じゃないそうですよ」

手塚はそれを聞いて、犯人像が見えなくなった。日本の組織犯罪で、ドローンを自作するような例はなかったためだ。彼の認識だとドローンと言っても模型飛行機みたいものだ。器用な奴なら一人で組み立てられる。

ただ海外の紛争地では自爆ドローンの問題も報じられており、そういうものであるなら、やはり組織犯罪の範疇《はんちゅう》だろう。

正直、組織暴力対策部全体で見てもドローンについて真剣に討議したことなどない。そんなものを扱うような犯罪者がいなかったからだが、そうした点を含め、この一連の事件は何かがいままでと違う。

現場検証を終えて、手塚は憤懣《ふんまん》やるかたない井本班長から、連続殺人事件の捜査本部にいままで同様に加わるように告げられる。ただ情報は井本に直に報告してくれと口頭で頼まれた。

「早晩、この件は刑事部の手には負えなくなる。自分らがすぐに引き継げるようにしたいからな」

井本班長はそう手塚に告げた。現場検証は終わったが、そろそろ周囲が薄明るくなる中途半端な時間なので、手塚は時間まで車中で仮眠をとり、そのまま署に向かった。いまは自宅に戻るという心境ではない。


捜査会議は定時に始まった。中心は昨夜のモンテローザの爆破事件である。刑事部はこの事件をテロ事件にしたくないという上の意向もあってか、テロの二文字は口にできない空気があった。

必ずしもそのためではなかろうが、鑑識課長の麻田《あさだ》からの報告は、組織犯罪の可能性はそれほど高くないことを匂わせていた。手塚は県警本部から麻田鑑識課長が出席していることに嫌な予感を覚えていた。通常は所轄の泉《いずみ》係長が鑑識課の人間として出席する。それだけ重要事件ということなのだろう。確かに爆弾事件など滅多に起こるものではない。

それでも手塚が麻田に不穏なものを感じるのは、彼は刑事部に好かれていたからだ。人望があるという話ではない。彼は鑑識の結果を刑事部が望む方向で解釈する傾向があるからだ。

刑事部が容疑者の犯行を立証するのに、犯行時間や遺留品などを容疑者のアリバイに不利になるバイアスで解釈することが目に付くのだ。

さすがにあからさまな証拠の捏造《ねつぞう》は行うことはなかったが、解釈のグレーゾーンの幅が広かったのだ。それでも麻田の部下たちは良識的なので冤罪《えんざい》事件は起きていないが、彼のような人間が、今回の事件に鑑識として関わることには手塚としても不安はある。証拠の恣意《しい》的解釈で真犯人が逃げ切る可能性があるからだ。それは冤罪よりも避けるべきと手塚は思っていた。

「目撃者が撮影したドローンは、市販されているものではなく、ホームセンターなどから材料を買い集め、自作したものと思われます。モーターもドローン用のものではなく、家電などに使用されているものの転用の可能性が高い。
爆弾投下前のドローンの速度と投下後の速度を犯行前後の様子を記録した映像から分析したデータもそれを裏付けています。プロペラを八つもつけているのは、モーターの性能の低さを数で補っているためでしょう。おそらく積載量は多く見積もっても一〇キロ程度と思われます」

「それは部品の購入ルートから犯人を割り出せないということか？」

本部長が不機嫌そうに尋ねた。

「割り出せないことはありません。実は爆弾の破片から起爆装置に使われたと思われる電子基盤を回収いたしました。いわゆるオープンソースの組み込みコンピュータで、世界中で使われております。しかし、製造メーカーは町工場のようなところが多いため、メーカーの特定で購入者は絞り込めるはずです。

実はこのドローンは遠隔操縦ではなく、自動操縦と思われます。モンテローザの周辺はタワマンもあり、近所には尖塔のようなレストランもある。カメラとGPSユニットを併用し、決められたルートで飛行する。高木夫妻のテーブルを特定したのもカメラユニットの働きです」

そういうと、麻田鑑識課長は爆破現場の写真を正面のスクリーンに投影する。

「被害者のテーブルです。モンテローザではテラス席のテーブルは、それぞれデザインと模様が違っています。店の雰囲気とオーダーミスをなくすためですが、昨今の組み込みコンピユータなら、カメラユニットを使って、被害者のテーブル席を特定することは容易です。安いスマホだって顔認証する時代ですからね。

ただ、そうしたカメラユニットもGPSユニットも、販売元は比較的限られています」

「それらの材料を買い込んだ人間が有力な容疑者ということか！」

「そうなります。犯人は足がつかないようにドローンを自作したのでしょうが、それが犯人の命取りになるわけです」

スクリーンの画像が切り替わる。それは何かの部品らしく、おそらくは爆弾の破片と思われた。

「爆発残渣《ざんさ》の化学分析によると、爆弾に用いられたのはニトロセルロース系の火薬で、化学組成が比較的単純なことから、犯人が硝酸などの薬品から自分で合成した可能性が高い。

起爆装置は先ほど組み込み型のコンピュータであると述べましたが、火薬の充塡方法に素人臭さはあるものの、起爆装置は爆弾本体と一体化しており、火薬を製造した犯人が、起爆装置その他も製造したと考えるのが自然です。火薬と起爆装置、爆弾本体を複数の人間が調達するなら、もっと違った設計をしたはずです」

この説明に誰よりも反応したのは捜査本部長だった。

「鑑識課長のいまの説明だと、高木夫妻殺害の犯人は組織ではなく、個人であるということかね？」

「爆弾の残骸の分析もまだ始まったばかりなので、現段階で犯人が何人かはわかりません。しかし、ドローンの映像や爆弾の破片などから判断して、専門知識さえあれば、一人でも犯行は可能です」

それには本部長以外の刑事たちがざわめいた。空から人間を爆撃できるようなドローンが一人で製造可能というのか？　副本部長が「静粛に」と言ったのでやっと本部内は静かになる。鑑識課長はそこで動画サイトの映像を幾つか表示した。

それらは自作ドローンでピストルを発射するもの、あるいはそうしたドローンから自動や手動で爆弾を投下するような映像で、短時間の映像でも五つほどあった。

「さすがにこれらは海外の動画です。本物の爆弾を自動車に投下している映像については撮影地は公開されていませんが、紛争地からのものなのは明らかです。ロケット弾の弾頭も入手しやすいのでしょう。

しかし、重要なのは、日本ではそうした犯罪例がいままでなかっただけで、技術的には一人で製造することは不可能ではない。インターネットを調べれば、必要な情報は入手できる」

これに対して手塚の隣にいた妻木が手を上げる。

「いまの話では、自動操縦で爆弾を投下するドローンなどネット検索で必要な情報は手に入るとのことですが、それならば我々は誰を調べればいいんです。電子部品の購入者しか糸口はないってことですか？」

「いやそうではない。

火薬の作り方を知っているのと、火薬を実際に製造できるのとでは雲泥の差がある。刑事にたとえるなら、座学でいくら拳銃の撃ち方を学んでも、現場で場数を踏まないと咄嗟に使えないようなものだ」

鑑識課長としては自慢のたとえだったのだろうが、反応が薄いので彼は話を進めた。

「一番問題となるのは、火薬の製造だ。それに成功するには、知識・経験そして製造設備、この三つが揃わねば製造できない。ネットの動画を参考に火薬を製造しても、化学実験の基礎知識がなければ成功しない。火薬の製造に失敗するならまだいい。火薬はできたが実験知識がないからその場で爆発するような事故も起こる。

犯人が事故を起こすことなく、大量の火薬の製造に成功したというのは、かなりの専門知識があるといえるだろう」

「特殊な部品の購入と専門知識の有無。それで犯人を絞り込む。それが当面の捜査方針だ！」

麻田の報告を受け、捜査本部長はそう結論した。

しかし、手塚は麻田の意見には明確な見落としがあることに気がついていた。おそらく捜査本部長もわかってはいるが無意識のうちに無視している可能性だ。

「ドローンの入手と爆弾の製造ですが、犯人も帝石の人間ならどちらも製造可能ではありませんか？　知っての通り、殺人事件では犯人は親族など関係性の深い人間であることが多い。一連の事件で被害者が帝石の社員だけであったことを考えるなら、帝石の関係者も洗ってみる必要があるのではないでしょうか？」

捜査本部長は、手塚の指摘が妥当なものであるだけに、かなり渋い顔をした。それに対して反論したのは麻田だった。

「確かに手塚さんが言うように、帝石はドローンの研究もしているし、ゼネコンだけに爆発物の入手も可能だ。ただそうなると、犯人は技術開発部とか鉱山開発部みたいな複数の部や課を横断した秘密組織のようなものになる。縦割りが強い大企業だからこそ、それはかなり難しいんじゃないかな。

経営陣の誰かが各部門からエキスパートを集めるという方法も考えられなくはないが、それはもう陰謀論の話だろう」

麻田の発言が終わると、捜査本部長は手塚というより、その場の全員に向かって言う。

「わかった、手塚くんの意見も加味して帝石への事情聴取は行う。ただし帝石を必要以上に刺激しないよう注意してもらいたい、以上！」

8月3日

二二時を過ぎても桜坂公園にはそこそこの人がいた。ここは三週間前の今日と同じ水曜日に最初の殺人事件が起きた場所だ。妻木は手塚とともに、目立たぬように公園の警戒に当たっていた。

彼らの他にも刑事が公園内にいた。モンテローザの爆破はともかく、三件の殺人事件は判で押したように毎週水曜日に起きている。四回目の犯行があるかどうかはわからないが、その可能性は高かった。連続殺人犯の中には日時や殺し方に拘《こだわ》りをもつ者が多い傾向が見られたからだ。じっさい過去三回の犯行は、被害者も似たような女性であるし、殺され方も同じだ。警察は遺体の詳細については発表していないので、一連の犯行が模倣犯の可能性は低い。

ただ桜坂公園は警備には難しい場所であった。帝石本社の福利厚生のための公園を一般にも公開している関係で、他人から見られない小空間が幾つもあった。

プライバシー重視ということだろうが、一つ間違えたなら、犯罪を誘発しかねない。さらに四ヶ所ある入口には監視カメラはあるものの、公園内には監視カメラはない。会社施設なのでこれは帝石の労使間のプライバシーに関する取り決めだった。

ドローンを飛ばしたらどうかという意見はあったが、県警本部にも所轄にもドローン部隊などない。ドローンが必要な場合には業者を呼ぶことで対応していた。

ただ一連の殺人事件と先日の爆破事件が繋がっていた場合、犯人がドローンの知識が豊富なことから、業者のネットワークから警察情報が漏れる恐れがあった。

妻木も捜査の一環でSNSなどで情報を集めていたが、どこから流れたのか、捜査本部が帝石の技術開発部をマークしているという書き込みもあった。それはかなり不完全な情報だが、犯人を警戒させるには十分だろう。

それに昼間なら空から公園を監視できるが、夜間では低空飛行は避けられず、そうなればよほど迂闊《うかつ》な犯人でもないかぎり、ドローンの存在に気がつくだろう。結果として刑事たちが公園内を分散して監視することになった。

「妻木、そっちはどうだ?」

入口付近で待機する妻木は、内線モードで手塚から呼びかけられる。

呼びかけ自体は当たり前の行為だが、内線モードなのは意外だった。通常は情報はオープンにするものだからだ。噂では手塚はプライベートで問題を抱えているという。子供の進学のことか何かで、いま奥さんと揉めているらしい。そうしたプレッシャーがこうした行動につながっているのか?

「特に変わったことはないですね。さっき若い夫婦ものがジョギングしていきましたけど、夫婦ものは襲われないでしょう」

「犯人らしい奴はどうだ?」

「鑑識がいってるような奴は通ってません」

鑑識は被害者の身長や傷の状態から、犯人は身長一七〇ほどの右利きの男性と割り出していた。犯人のものと思われる上皮細胞が被害者の爪から回収されており、DNAは分かっていたが犯罪者のデータベースに該当者はなかった。指紋は現場からは幾つか回収されていたが、公園という性格からして、犯人のものかどうかはわからない。

ただ連続殺人と爆破事件に関連があるのは間違いなかった。なぜなら回収された爆弾の破片の中に、明らかにスマホに使われたと思われる金属片があったためだ。

それはスマホを爆弾に用いたわけではなく、ただスマホのケースだけが爆弾に加えられていたのだ。その金属片のシリアルナンバーから、そのスマホは遠山靖世のものであることが明らかになった。

犯人は一連の事件が関連したものであることを示すために、わざわざこのような真似をしたらしい。つまり連続殺人と爆破事件は同一犯人もしくは犯人グループによるものとなる。

このことは捜査現場をかなり混乱させている。たとえば今夜の近隣公園の刑事の配置などがそうだ。それは存在を誇示するにも、存在を秘匿するにも妻木には中途半端に思えるからだ。

どうも捜査本部内に警察の動きを気取られてもいいから犯罪を抑止したい一派と、ともかく犯人を逮捕したい一派があるためらしい。

ことの真偽は妻木にもわからないが、確かに捜査方針を絞れない事情はあるのだろう。そもそも方針が明確なら、捜査関係者の中にこんな噂が囁かれるはずがないのだ。それもこれも誰にも犯罪の全体像が見えないことにあると妻木は思っていた。

公園で水曜にタイプの似た女性が殺されるだけなら、偏執的な連続殺人犯という解釈もできる。しかし、それとモンテローザ爆破事件が一連の事件となると、犯人像もその目的も一気に不透明になったのだ。

「そう言えば手塚さん、帰ってます?」

妻木が手塚にだけ通じる内線機能で尋ねる。

「刑事だって働き方改革でちゃんと帰宅してるだろ。なんでだ?」

手塚は妻木の問いかけに狼狽していた。

「いや、昨夜も一昨日も、駐車場で寝てたじゃないですか」

「SUVだからな、家族に言われてキャンピングカー仕様に改造したんだ。キャンプで使う機会はまだないが、なかなか快適だぞ」

「署の駐車場はキャンプ場じゃありませんよ。そろそろ署内で噂になりかけているんですからね」

他人にプライベートなことで口を挟むのは好きではなかったが、妻木もそれは言わないわけにはいかなかった。

「今日は素直に帰宅するさ」

手塚が取り繕うようにいう。その時、妻木はそれに気がつき内線機能をオープンモードに切りかえる。

「こちら妻木、北口より女性が単独でやってきた。年齢背格好は被害者像と一致。スマホを見ながら歩いている。これより尾行する」

「手塚、妻木に合流する」

位置関係からすれば公園を横切る道路を問題の女性が歩いており、妻木が彼女の後ろに、手塚が彼女の前にいる。だから彼女を襲撃する人間がいれば、前後から挟み撃ちにできる。もっとも慎重な犯人であれば、妻木や手塚の存在に気がつくだろう。目立たないように歩いていても、人通りの少ない時間帯であり、下手に隠れるのも他人を警戒させることになる。

「千葉靖子《ちばやすこ》さんですか？」

道路脇にある木陰から声がした。

「手塚さん」

「わかってる」

妻木と手塚は短く言葉を交わす。そして足音を忍ばせながら歩調を速める。

「外山《とやま》さん？」

女性は木陰に向かって問いかける。二人は単に深夜の逢瀬を重ねているだけなのか？　しかし、妻木は千葉と呼ばれた女性からの「外山さん？」という問いかけに、警戒の色を読み取っていた。

何よりも千葉靖子という名前が妻木の、そして手塚の中で警報を鳴らしている。それはイニシャルがYTであるからだ。

「外山はすぐ来ます」

男は木陰から躍り出るように千葉の進路を塞ぐ。そして隠し持っていたサバイバルナイフを取り出した。

「妻木！」

妻木が動くより先に手塚はそう叫びながら男に向かって駆け寄っていく。男は逃げるかと思われたが、この状況でも正面から女を襲おうと突進していった。間に合わないかと思ったとき、千葉は意外な行動に出た。持っていたスマホを思いっきり男の顔面に投げつけた。スマホは角の部分から男の顔に命中し、男はそこで顔を押さえてうずくまる。

「お怪我はありませんか？」

妻木が千葉に警察手帳を見せ、彼女を保護する横で、手塚は男に手錠をかけていた。

「手塚さん、これで事件の解決も時間の問題ですね」

妻木はこの時それを信じていた。


予想されていたことだが、千葉靖子は帝石の社員だった。ただ公園で襲撃された過去の被害者三人とは会社が同じで同じような背格好であるくらいしか共通点はなかった。

彼女があの日のあの時間帯に公園に現れたのは友人の外山桂子《けいこ》に呼び出されたのだという。

彼女は働きながら家事も行い、その上に義父の介護を夫の克治《かつはる》に丸投げされていたという。しかも夫の克治はといえば訪問看護の支援を受けただけで怠けていると妻を殴るような男だった。

それでも自宅を訪れた男性の介護士には愛想よく対応し、彼が帰ると、他の男に色目を使ったと殴ることも珍しくない。この外面の良さから、周囲は長らく外山のＤＶには気が付かなかったのだ。千葉は何度も離婚を勧めたが、なかなか外山は決断しなかったのだ。

さらに克治が彼女のスマホを隠して友人らとの連絡を取れなくするようなことも何度か起きていたらしい。

その外山から離婚したいので相談に乗ってほしいとのメールがあり、あの公園に向かったという。夫に気づかれないように深夜の公園を選んだと説明されたので千葉はまったく疑わなかった。メッセージのアカウントは間違いなく外山桂子のものだった。

だから暗がりから男が飛び出してきたとき、てっきり外山克治だと千葉は考えた。だから怯《おび》えずに怒りに任せてスマホを投げつけるようなことをしたのだという。

警察が色めきたったのは、この外山克治が帝石関連会社の人間で、ドローンによる測量技師であることだった。これで一連の事件はつながると当初は誰もが考えた。

しかし、すぐに雲行きは怪しくなった。まず彼は八月三日には妻がDVにたまりかねて逃げ出したことで、泥酔し、居酒屋で喧嘩ざたとなり、警察に逮捕されていたのである。だから千葉を呼び出すことはできなかった。桂子のスマホも持っていない。

知人の家に匿われていた桂子自身もスマホは持っていなかった。逃げることに精一杯だったのと、また夫に隠されたと思っていたのだ。もちろん彼女にはアリバイがあった。

ところがスマホの通信記録によると、千葉へ送られたメッセージは公園周辺のどこからか送信されていた。

厄介なのは、メッセージを送信した犯人が外山桂子のDV被害について知っていたことだ。桂子は会社の人間にも自身のDVについては黙っていた。彼女のDV被害を知っている人間はごく限られていた。

犯人は桂子のスマホを手に入れられるばかりか、DVの問題も知っている。しかし、そんな条件の揃った人間は捜査線上には浮かんでこなかった。

一方、千葉靖子を殺そうとした男は武多裕一《たけだゆういち》という人物であった。有名企業のエリート街道を渡っていたが、リストラにあったことをきっかけに仕事も私生活も転落していった。妻とは離婚し、家族とは絶縁され、警察沙汰ギリギリの嫌がらせを続け、再就職さえ難しくなる……。

取り調べは笹川と妻木により行われた。笹川が尋問し、妻木が記録する。今回のような重要事件では、取り調べの様子はビデオに記録されるが、手塚は隣の部屋でその映像を見ていた。複数のカメラが、武多裕一の表情を複数の角度から捉えていた。

「武多裕一……こいつもYTか」

手塚はそれが偶然の一致とは思えなかったが、さりとて何の意味があるのかまではわからない。自分と同じYTのイニシャルの持ち主を選んでいたというのか？　ただそうした何かに固執する性向というものが、武多からは感じられない。

「武多さんが、千葉靖子さんを襲ったのは認めますか？」

笹川はそう武多に話しかけた。それには手塚だけでなく、武多をも驚かせた。普通はこの状況で容疑者を、さん付けでは呼ばないだろう。もっとも妻木は平静を保っており、おそらくこれが笹川のやり方なのだ。

笹川のやり方は手塚を驚かせたが、それに対する武多の返答も予想外のものだった。

「立川由利、鳥居暢子、遠山靖世も俺が殺したよ。千葉靖子も邪魔が入らねば殺されていたはずだ」

これは何かの策なのか、それともある種の自己顕示なのか。そこは手塚にはわからなかった。ただモンテローザの爆破事件には言及していない点を彼は聞き逃さない。

爆破事件は何らかの組織犯罪の可能性がある。先の三件の殺人事件の実行を認めることは、組織犯罪とは無関係であることを印象付けようとする行為とも解釈できた。

しかし、妻木はともかく笹川はそんな供述に表情も変えない。相変わらず笑顔だ。そこには呆れたような色さえある。

「武多さんはご存じないかもしれませんが、あの三人の被害者を殺したと主張している人間は、武多さんを含めて五人もいるんですよ。全員が被害者と似ている年格好の女性を刃物で襲って現行犯逮捕されました。

武多さんはいまでこそ無職ですけど、一流大学を卒業し、一流企業へも就職した社会性もお持ちだ。

そうであるならば、この状況で武多さんが犯人であると信じるのは難しいとは思いませんか?」

笹川が最初から「武多さん」と呼んだのは、こうした展開を計算したものだったのだ。そして自分を含めて五人の容疑者がいるという笹川の話に武多は明らかに動揺していた。その動揺を笹川は見逃さない。

「言うまでもなく武多さんの行為は明らかに犯罪です。刃物で女性を襲おうとした、未遂に終わったとはいえ、傷害罪なのは間違いない。

しかし、ですね、未遂の傷害と連続殺人では犯罪の重要度には天と地ほどの差がある」

笹川はモンテローザの爆破事件については何も触れていない。これは武多の反応を窺《うかが》うためだろう。彼は武多を罠《わな》に追い詰め始めた。

「過去の三人の被害者は全員が帝石の社員です。いずれも将来の役員候補の呼び声も高い。失礼ながら武多さんは休職中に帝石の求人に応募して、書類選考ではねられてますね。そうした人が、帝石の社員だけを狙うというのは難しいんじゃないですか。内部事情を知らないと社員のことはわからないわけですから。

まぁ、名の通った大学を優秀な成績で卒業なさった武多さんなら、この程度の道理は言わずもがなとは思いますけどね」

いくら警察でも武多が帝石に履歴書を出したの、類似事件が五件あるなどというのは笹川の出鱈目だ。ただ一流企業への再就職を望む人間で、前の職場が名の通った企業だと、ほとんどが同格の企業へ再就職を希望する。笹川はそれだから、こんな出鱈目を口にしたのだろう。案の定、武多は帝石に履歴書を出していたらしい。いきなり彼は立ち上がったが、笹川も妻木も眉ひとつ動かさない。

「俺を他の半端者と一緒にするな！　あの三人を殺したのは俺だ！」

「そう怒鳴らなくても聞こえてますよ。武多さんが犯人だと言うならそんなに興奮せずに席にお掛けください」

笹川がそう促すと武多は呑まれたのか、そのまま席につく。

「それならば、仮にですね武多さんが犯人として、どうやって帝石の社員ばかり殺害できたんですか？　殺害現場には似たような年格好の女性は他にもいたでしょう」

笹川は武多の話をまったく信じていないかのように装っているが、武多にはそれがわからないらしい。自分が大物の犯罪者であることを証明するかのように饒舌に彼は語る。

「俺は殺し屋なんだ。殺害を依頼されたら誰であろうと殺す、プロだからな」

「確かに小学生の頃から剣道をやっていて、高校の部活では県大会にも出場したそうですね」

笹川が武多の過去の栄光を指摘すると、彼はすぐに相好《そうごう》を崩す。

「そういうことだ。ＹＴはだから俺を選んだのさ」


そこからの武多の話は信じ難いものだった。ある朝起きてみると郵便受けに封筒が入っていた。差出人も何もない封筒には、旧札ではあるが折り目のない一万円札が五枚入っていた。札の番号も連番だった。

金に困っていた武多がその五万円を使い切るのには一日あれば十分だった。旧札だろうがちゃんと一万円として通用するからだ。

そして三日後、やはり同じように無記名の封筒に旧札の五万円が入っていた。これも連番だったが、前の一万円の番号など覚えているはずもなく、前の金と連番かどうかはわからない。

こうして再び武多は思わぬ現金収入で糊口《ここう》を凌《しの》ぐことができた。貯金はなく、馬鹿にしていた消費者金融を使うかどうかという瀬戸際だったからだ。大学の同期などにそんな姿を見られるのはプライドが許さない。

ただ急に金払いが良くなったことをアパートの大家に知られ、滞納していた家賃を請求される。事故物件なので三万円の家賃だが、それは武多が持っていた全財産だった。

それでも一ヶ月分の家賃を払い、残り一五万は月末ということとなった。そんなときに再び五万円の入った封筒が郵便受けの中に。ただし今回は手紙が入っていた。

「近所の飼い犬を一週間以内に三匹殺せ。殺したら五万円を支払う　YT」

文面はそれだけだ。武多の所持金がなくなるタイミングで五万円をくれるところからして、どうやらYTは武多を監視しているらしい。かねてより近所の飼い犬を快く思っていなかった彼がYTの要求に従うことに躊躇いはなかった。

YTの意図も正体もまったく心当たりはなかったが、ともかく現金収入があることが武多には重要だった。

ただ犬殺しを実行するにあたって、標的は近所の犬にはしなかった。飼い犬のことで近所と武多が揉めていたことはこの辺りで知らぬ者はない。だから家の周囲で実行すればすぐに武多が疑われる。

なので彼は自宅アパートから遠すぎも近すぎもしない公園を選んだ。その場所が杉下公園や城北公園だった。子供が散歩させている犬を見つけ、鉄パイプで殴り殺す。YTは三匹と要求していたが、武多は念のために四匹を襲ったという。

そうした武多の犯行が新聞などのメディアに取り上げられるようになると、約束通りYTから旧札で五万円がいつものように封筒で投函されていた。自分に金を払うのは誰か？　それを詮索しようとは思わなかった。下手な真似をして、YTという金蔓《かねづる》を失うことを恐れてだ。

そして封筒には五万円とともに、手紙が入っていた。

「試験に合格した。おめでとう。次は五〇万円の仕事だ。前金で二五万、成功報酬が二五万だ。引き受ける気があるなら、三日以内に城北公園で子供に怪我をさせろ　YT」

異様な依頼なのは武多にもわかった。ここまでで旧札で二〇万円が支払われている。少なくともここまで手に入れた札は連番だった。おそらくYTは帯封で札束を持っている。一〇〇万か一〇〇〇万かそれ以上かもしれない。

ともかく何かわからないが次の仕事で五〇万が手に入るなら、合計は七〇万。冗談や悪戯で払われる額ではない。

この時点で武多には予感があった。犬を殺して五万円なら、五〇万円の仕事となれば人間以外に考えられない。つまり殺人の依頼だ。

武多はＹＴの計画が巧みであることにいま頃気がついていた。彼が断ったとしても、飼い犬を殺したという事実は残る。だから武多から警察に情報が漏れることはない。密告は自分の犯罪をも明かすことになる。

おそらくＹＴは武多と似たような人間のリストを用意し、それらに同じようなテストをしているのではないか。犬殺しは武多だけだが、他の奴には違う試験なのだろう。あるいは試験に合格したのは自分だけということか？

武多にはそのほうがありそうに思えた。自分は凡人とは違う。必要なら情に流されずに非情に行動できる人間なのだ。だから仕事の報酬がここにきて五〇万円に急騰したのも、合格者が武多だけということだ。

武多はこうして翌日には城北公園で小学生に石をぶつけて大怪我をさせるという犯行を実行した。ＹＴが城北公園を指定した理由は推測がついた。あの公園は監視カメラが少ないからだ。武多も犯行時には常にカメラを意識していた。

さすがにテレビをはじめとするメディアも、飼い犬が殺された以上の大きな扱いでこの犯行を報じた。間違いなくＹＴには伝わっているだろう。

そして武多は近所のコンビニで買い物をしていると、見知らぬ女性に声をかけられた。

年齢は二〇代前半と思われた。細身の女性で身長も女性としては高いほうだろう。そこそこ美形かもしれないが、露出の多い服装で、かなり日焼けし、派手な化粧はまともな生活をしているようには武多には思えなかった。

凶器かと思うくらいもったネイルを施した指で、女は武多に封筒を押し付けてきた。そして耳元で囁く。

「ＹＴから。あたしが何者か詮索しようとしたら、ＹＴを敵に回すことになるよ」

そう言うと、女は武多の腹部にパンチを決めた。武多は思わずその場に崩れ落ちたが、息を整える頃には女の姿は消えていた。しかし、封筒は残っている。

武多を心配する店員を押し退《の》けて、彼は自宅に帰って封筒を確認する。中には旧札で二五万円と手紙が入っていた。

「帝石社員の立川由利を今週中に殺害のこと。成功すれば残金を支払う　ＹＴ」

手紙とは別に立川由利の写真や個人データ、さらに殺し方の要望までが記されていた。顔面を切り刻めという指示には、警察の捜査を混乱させるためとあった。他にも逃走方法などまで詳細に記されている。こちらの紙には読んで内容を暗記したら焼却処分せよとの指示が書かれていた。武多は素直にそれに従った。

自分に金を渡してきた若い女がＹＴとは思えなかった。はっきりした根拠はないのだが、自分が漠然とイメージしていたＹＴの姿と彼女はかけ離れている。それにあんな若い女が旧札を扱うどころか知っているかも怪しいものだ。

犬を殺した時からか、それとも子供に怪我をさせた時からなのか。ともかく立川由利を殺すことに躊躇いはなかった。ただだからといって、すぐに実行に移せる訳ではない。武多とて良識は残っている。

しかし、滞納している家賃や細かい支払いを済ませたら、二五万円程度の現金はすぐに消えていった。さらに例の女と接触した三日後には再びYTから手紙が届く。

「明日の深夜一一時三〇分から一時間以内に立川由利を殺すこと。女は桜坂公園に現れる。

女のスマホは回収のこと。現金はスマホと交換となる。YT」

武多が動かないことにYTは業を煮やしたと同時に、立川の動きをそこまで把握していることで、暗に武多に圧力をかけたのだ。お前の動きは完全に把握していると。金を渡してきた若い女のパンチは効いたが、あれが刃物なら武多は死んでいた。

そうして手紙の届いた翌日、つまり七月一三日に武多は立川由利を殺害した。殺人を実行した怖さよりも、YTの言った通りに被害者が現れたことに武多はむしろ恐怖した。

果たして剣道の経験がどこまで役に立ったのかはわからないが、武多は指定されたサバイバルナイフによる最初の一突きで立川に致命傷を与えていた。そして後は指示された通りに顔面を切り刻む。

犯行後に公園の暗がりを移動して用意されていたダッフルバッグの中の着衣に着替え、ジッパーつきの袋に入った濡れタオルで手足や顔の血痕を拭き取る。

そうしてダッフルバッグはそのままに、自宅まで戻った。それから事件が報じられると、武多は成功報酬の二五万円を受け取った。コンビニに買い物に行って帰宅した時、エコバッグの中に封筒に入った二五万円が見つかったのだ。

どこで入れられたのかはわからない。先日の女はコンビニにはいなかった。ただ武多もこんなことは予想しておらず、周囲を警戒もしていなかった。だから封筒を入れられる場面はコンビニ以外にも幾つもあった。

それよりも武多が自分が抜き差しならない状況に置かれていることをはっきりと感じたのは、現場から持ち去った立川のスマホが自宅から消えていたことだ。他になくなったものはない。

ＹＴがどこの何者かは武多は知らなかったが、ＹＴの側は武多の住所も生活動態まで知っている。経済的に追い詰められた場面で五万円を送ってきたのも、武多の状況を完璧に把握しているからに他ならない。

しかし、武多がここでＹＴに逆らえば、今度は自分が殺されるだろう。少なくともＹＴにはそれが可能だ。

そうした中で、鳥居暢子と遠山靖世の殺人依頼が来るようになる。二五万円の旧札の入った封筒と手紙、そして殺人の実行と成功報酬。同じことの繰り返しだった。

例の若い女は成功報酬を渡す時に武多の前に現れた。鳥居の時も遠山の時も路上で遭遇し、スマホと封筒を交換して互いにそのまま別れる。

そして四回目の依頼があり、千葉靖子を襲撃し、現行犯逮捕されたのだ。以上が武多の供述だった。


「なるほど、面白い話だね」

笹川は相変わらず、武多の話は嘘であるという態度を顕《あらわ》に相槌を打つ。

「信じないのか、俺の話を！」

「だってね武多さん、ペットの殺害や子供への傷害事件は問わないとしてもね、殺人事件が三件に殺人未遂が一件だよ。量刑を決めるのは裁判所であって警察ではないけどね、常識で考えて武多さん、死刑になりますよ。それでも自分の犯行とおっしゃる？」

武多は開き直ったかのようにだらしなく天井を見る。

「いいんだよ、死刑で」

「死刑でいいと？」

「三人殺して死刑になるだろ。マスコミは大騒ぎするだろうさ。どこで生まれ、親は誰で、どこに就職し、誰と結婚した、そんなことがすべてあからさまになる。

そうなれば、俺を家族から追い出した両親や妹や俺を捨てた女も、ペットを殺し、子供を傷つけ、三人を殺した男が、自分の息子であり、兄であり、夫だったことが世間に知られるだろう。

俺の人生はどっち道終わっていた。先に何の展望もない。奴らが俺を見捨てたからだ。だが因果応報だよ。奴らが俺を見捨てたことで、奴らは猟奇的殺人犯と家族だった人間として、いまの生活を失うのさ。奴らの人生には、この先ずっと俺という悪魔が張り付いているんだ。奴らの人生も終わりだ。それを思えば、死刑が待ち遠しいくらいだぜ」

「武多さん、あまり馬鹿なことは言わない方がいいよ。おかしいと思われたら、正常な判断ができなかったとして死刑にはなれないからね」

それを聞くと、武多ははっとした表情で沈黙した。

最初の取り調べを終え、笹川は妻木と共に手塚のいる部屋に入る。妻木が紙コップに入った自販機のコーヒーを人数分だけ器用に持ち込むと、手塚と笹川に渡す。

「どう思います？」

笹川は手塚の意見を求めた。

「笹川さん、容疑者はあいつだけで、五人もいませんよね？」

「手塚さんも捜査本部の一員なんだから、あれはハッタリなのはわかるでしょ。もちろん奴だけです」

「ですよね。被害者の顔面は切り刻まれていたことはマスコミには公表していませんよね。でも、奴はそれを知っていた。この一点だけでも奴が実行犯というのは堅いと思いますね。ただ……」

「奴は殺人の実行犯だが、それでも犯人グループの末端に過ぎない。爆破事件を実行した中核グループは別にあると」

笹川の言葉に手塚はうなずく。

「ただ、テロ対策班の人間が言うのもなんだが、これを組織犯罪と呼ぶのが妥当かどうかは疑問ですね」

「と言うと？」

「武多の話を信じるなら、黒幕らしいYTなる人物と連絡役らしい若い女が一人だけだ。猟奇殺人と思わせるためだけに、被害者の顔面を切り刻ませるような相手なら、モンテローザの爆破事件も別の意味があるんじゃないか？」

「それはあれですか？　YTと若い女の二人だけで一連の犯罪が行われていて、モンテローザの爆破事件は警察に組織犯罪と思わせるためだと？」

妻木の意見は笹川には意外なものであったらしい。

「手塚さんは、あの爆破事件は高木夫妻を殺すことよりも、むしろドローンで爆弾を落とすことで、テロ組織の存在を印象付けることに目的があったというのかい？　そういう印象を与えようとするのは、犯人は組織というより二人か三人のグループであるからと。印象以外の根拠は何かある？」

「笹川さんも知ってると思いますが、鑑識によると、爆破現場で回収された破片の中には遠山のスマホのケースが入っていたって話。

ずっとあれが気になってたんですよ。あれは連続殺人と爆破事件は一連の犯罪であることを警察に印象付ける点にこそあるんじゃないですかね？」

「それが犯人が何らかのテロ組織によるものと思わせるためで、実際はそんな組織などない、そういうことか」

「ですけど、どうなんでしょう」

笹川は手塚の説に納得したようだったが、妻木は納得していないようだった。

「犯人グループはYTなる人物と武多と接触した若い女性の少なくとも二名ですよね。しかし、二名だけか、組織犯罪なのか、これだけではわかりませんよね。

犯罪組織が自分たちを二、三人の少人数に見せかけたいのかもしれませんよ、可能性として」

しばらく沈黙が続いた。三人がわかったのは武多の逮捕でこの事件は解決すると思っていたのに、状況はむしろ不透明度を増したということだ。実行犯は逮捕できたとしても、黒幕が健在なら、同様の犯罪はまだ続くことになる。

さらに武多の逮捕でモンテローザの爆破事件も解決するかと思われたが、そちらには何の収穫もない。自分が死刑囚となることで、自分の親族や元妻の人生も破壊しようとする武多の異常なロジックからすれば、爆破事件に関わっていたならば、そのことを誇示しないはずがない。

しかし、武多は爆破事件についてはまったく触れようともしなかった。警察は爆破事件と連続殺人事件の関係は公表していない。だから武多がこのことに触れないというのは、自分の犯罪が爆破事件に関わっていることを知らないということだ。

もちろん仲間を庇《かば》っているという可能性も否定はできないが、手塚の長年の経験から言って、武多はそこまでして仲間を庇うような人間には思えなかった。

「たぶんドローンが鍵だろうな」

笹川が言う。

「高性能のドローンを製造するのは個人では無理で、そこそこの規模の組織でなければできないと我々は考えていた。だがやはり麻田さんの意見が正しいなら、犯人像から見なおさねばならない」

四日前の捜査会議以後、ドローンは個人でも製造できるという麻田鑑識課長の意見に従い、その線で捜査が進められていたが、結果は芳しくなかった。

まずドローンに使われた部品は、その後の分析で比較的入手しやすい部品を加工したもので、日本全国で万単位で発売され、そこから個人を特定するのは不可能だった。販売経路が比較的限られており、購入者の特定が容易かと思われていた制御基盤にしても、オープンソースですべての情報が公開されているために、自作も可能ということがわかった。結果として容疑者を絞り込むことは不可能であるばかりでなく、この事実を以て犯人が単独犯か、複数犯か、あるいは組織犯罪なのかも判断はできない状況だったのだ。

こうした中で捜査にあたる刑事たちは、捜査本部の方針は方針として、やはりこれは組織犯罪ではないかという印象を強く持つようになっていた。

調べれば調べるほど、犯行に用いられたドローンは高性能な機械であり、こんなものを個人で製作できるとは思えなかったからだ。麻田はオープンソースがどうのこうのと言っていたが、彼の視点は単独犯でも製造可能というだけで、複数犯の可能性を否定したものではない。

それに聞き込みを進める中で、部品販売店の多くが、個人でのドローン製造に悲観的だった。

「だって刑事さん、海外ニュース見てます？　敵陣の上空に爆弾を投下するようなドローンが最前線で使われてますけど、あんなのは軍隊組織だからできるんです。

個人で製造できるようなものなら、戦場はドローンで埋め尽くされてますよ」

こうした意見が代表的なものだった。また日本はドローンの飛行に制限があり、密かにテスト飛行をするのは難しく、個人では許可は下りないだろうという専門家の意見もあった。

そもそも捜査会議の基調が、帝石の評判を忖度《そんたく》したものと現場の刑事たちは受け止めていたため、最初から組織犯罪の可能性を排除する捜査方針には疑問があったのだ。

一方、犯人は帝石でドローン開発に関係していた人間という線も否定された。それは帝石が世界各地で開発事業を行っている関係で、自社のドローンが兵器転用されない事を現地政府に証明する必要があったためだ。

技術開発部全体が結託でもしない限り、社内で密かに爆弾を投下できるようなドローンを開発することは不可能な体制ができていたのである。

むろん帝石のドローンにもオープンソースのハードやソフトが使われていたが、それらにしても調達先は明確で、さらに回収された爆弾に用いられていたものとは違っていた。

「一つはっきりしているのは、あれだ」

笹川は飲み終わったコーヒーの紙コップを握りつぶす。

「この事件の黒幕、俺たちとは何か異質な人間だ、そんな気がする」

「と言うと？」

「YTはどこから武多みたいな頭のネジが緩んだ男を見つけたんだ？　もしもYTが同類を嗅ぎ分ける嗅覚みたいなものをもっているなら、奴も頭のネジが緩んでる。

わかるかい、そんなネジの緩んだやつが、空からドローンで爆弾を降らせられるんだ。この事件の捜査では常識こそが邪魔になる」

8月5日

手塚はその日は午後から休暇をもらっていた。捜査本部の刑事たちは多忙だったが、捜査本部内でも手塚がプライベートで何か問題を抱えていることに気がつく人間は増えていた。そうしたことから捜査本部長から半休を勧められたのだった。必要なら翌日の午前休も認めると。

手塚は本部長に頭を下げ、自宅に戻ると他所《よそ》行きのスーツ姿に着替える。鏡を見ながらネクタイを締めていて、手塚は自分の生活の中での家族の希薄さを突然実感した。

雪菜が自分に無関心だから、それとも手塚が家族の中で自己完結しているから、雪菜との距離が開いていったのか。

本部長に半休を勧められたが、実は手塚自身も半休申請は考えていた。昨夜、スマホに雪菜から「将来のことについて冷静に話し合いたい」とのメールが届いていたのだ。ただ、話し合いたいということは、雪菜は息子と共にまだ家に戻るつもりはないということでもあった。

手塚には雪菜がここまで頑なな理由が理解できない。ＰＴＡのトラブルがそこまで重要とは思えない。少なくとも実家に戻るほどのことなのか？

雪菜が指定してきたのは実家ではなく、実家近くのファミレスだった。実家では聞かれたくない話なのか、それとも手塚を気遣ったのか、あるいは義両親が手塚を家に上げたくないだけか。

状況が状況であるからか、悪い考えばかりが浮かんでくる。もともと義両親は手塚にあまり良い印象をもっていない節があった。嫌われる理由が警察官という職業であるというなら、まだ対処の仕方もある。しかし、彼らが手塚を嫌うのは、あからさまに口にはしないものの、彼の育ちの悪さにあるらしい。

確かに俊輔が生まれてから、雪菜との間では、躾《しつけ》の時に文化の違いのようなものを感じることがあった。なので妻の実家に親戚が集まるようなときに、行儀の良い親戚の子供の中で、俊輔だけがまったく躾ができていないように見えることも多かった。

そのせいなのか、義実家の孫たちの中で、俊輔だけが疎まれているように見えることもあった。雪菜も実家とは距離を置いているように思っていたが、中学受験を前に最近は実家との連絡も頻繁になっているようだった。

昼食の混雑時を終えた時間帯のため、ファミレスの中は空《す》いていた。手塚は雪菜を探したが、彼に向かって手を上げたのは雪菜の父親、伊藤勝《いとうまさる》だった。

伊藤は手塚の姿を認めると、テーブルのタブレットから何かを注文した。伊藤自身はすでにコーヒーを飲んでいたようだ。手塚が伊藤が指示するように向かいの席に着くと、ほぼ同時にワゴンのような配膳ロボットが手塚の前にコーヒーを運んできた。義父には手塚の好みを尋ねるつもりなどないらしい。そして手塚はコーヒーには手をつけない。

「先に言っておくが、雪菜は来ない。まだ君と直接話し合う段階ではないだろう。特に俊輔に関わる問題となればな」

「お義父《とう》さんといえども、私たち家族の問題に関してそこまで介入する権利はないでしょう」

それに対して伊藤は思った通りとでも言いたげな薄笑いを浮かべる。

「君はなにをもって、雪菜や俊輔と自分が家族であると主張するのだね。そもそも、そこに問題があったからこそ、いまのような事態になっているのではないか？」

手塚は伊藤が妙に強気なのに違和感を覚えていた。そして伊藤はといえば、手塚の呑み込みの悪さにやや苛立っているようだった。

「わからないようだな。君は雪菜や俊輔について何を知っていると言うのだね？　家族として」

「私とて雪菜や俊輔のすべてを把握しているとまでは言いません。ですが、普通の夫や父親くらいには妻や息子のことは知っています」

「普通の夫や父親くらいには知っているか。大きく出たな。ならば君は、俊輔の教育費の半分と住宅ローンの四割を私が援助していることも知っているんだろうね、当然」

「教育費と住宅ローンの援助ですって……」

手塚が大声を上げたので、伊藤は迷惑そうに声を下げろという。

「やっぱり知らなかったのか……だろうな」

「しかし、雪菜は一言もそんなことを……」

それは手塚には寝耳に水の話だった。それがあったから伊藤は手塚に尊大だったのか？

「言わなかったから知りませんでした。君も警察の人間なら、そんな言い訳が通用しないくらいわかるだろう。それとも警察は容疑者が知りませんでしたといえば、それで通すのかね？

君だって自分の年収くらいわかるはずだな。そこから住居費と教育費を差し引けば帳尻が合わないくらいわかりそうなものじゃないか。叩き上げの警部補でも、それくらいの計算はできるよな」

「しかし、我が家のローンは格安物件だから……」

「あの住宅が格安物件だから住宅ローンが低いなんて馬鹿な話を信じていたのか、君は？知人の不動産屋だから多少は泣いてもらったが、築年数五年の一戸建てだ。土地と比べて上物の価格は下がると言っても限度がある」

「ですが、銀行からの書類では相場よりも三割から四割は安かった」

「言っただろ、売却額の四割は我が家で負担した。ローンは残り六割に対してだ。君があの家でやったことは、内覧で満足し、あとは雪菜に多忙を理由に丸投げしたことだけだ。だからあの家の売買契約もローンの書類も登記手続きも、すべて私と雪菜の二人でやることになったんだ。君は知らんかも知れないが、君の実印が我が家にあった時期もあったんだよ」

手塚はまったく反論できなかった。雪菜を疑うことはなかったし、警察官だから書類審査もすぐに通ったというのをただ聞いていただけだ。雪菜は義実家について何も言わなかった。

「雪菜に黙っているように言ったのは私だ。なぜならこれは試験だったからだよ。君が家族にどれだけ関心を抱いているかの。

その様子では君はまったくわかっていないようだな。固定資産税の支払いも雪菜にさせているのだから当然か。あの家の名義人は君ではなく雪菜にある。つまりあの家は君の家ではないわけだ。

雪菜は反対したし、そんなことをすればすぐに君が気がついて、君名義か共同名義になると言っていたよ。が、あの家に越して三年、君はいまだに雪菜名義であることに気がついていない」

手塚はその話に対して反論はおろか、理解することもできなかった。もともとあの家を購入するにあたって、手塚はそこまで乗り気ではなかった。義父が自分たちのマイホームの話に口を挟むのが不愉快だったからだ。

　とはいえ立地も物件も悪くはなく、雪菜も喜んでいたので、書類作成などは彼女に一任していた。だが、そのことで土地家屋の名義がそんなことになっているとは思いもしなかった。

「俊輔の教育費についてもそうだ。君は中学受験のためにいくら必要で、月々の教育費がどれだけになるか知っているのか？　俊輔は英会話教室にも通っているんだぞ。

　君はそのことを知っていたのか？　それ以前に息子と向かいあって会話をしたことがあるのか？　俊輔がいま何で悩んでいるのか、君は父親として知っているのか？」

「俊輔に何か悩みがあるんですか！」

「自分の息子のことを、どうして私に訊くのだね？　順番が違うだろう」

　伊藤はここで深いため息を吐《つ》いた。

「君は雪菜や俊輔を家族だというが、自分の家の名義が誰のものかさえわかっていなかった。俊輔が何を学び何を目指しているのかさえ知らない。私が俊輔の教育費を援助しているのは、あの子には志があるからだ。その志の芽を摘まないためにやっているだけだ。で、だ。君は家族の何を知っているというのだね？　娘の雪菜のことはまだしも、俊輔について私の方が知っているという事実をどう解釈するのだね」

「それはあなたが、雪菜に干渉しているためじゃありませんか！」

　手塚がそう言っても伊藤は動じない。

「幼い男だな、君は。悪いことはすべて他人が原因で、自分の落ち度は認めようとしない。仮に雪菜が実家に戻ったのが私たち夫婦の干渉のためだとしよう。だとしても君が俊輔の悩みも志も知らない理由にはなるまい。それは私たち夫婦とは関係のない、君と俊輔の親子関係の問題だろう」

「あんたは私と雪菜を別れさせようとしているのか？」

手塚はそう凄《すご》んでみるが、目の前の男にとって手塚は義息子であって、刑事ではなかった。

「離婚するかどうか、それは雪菜が決めることだ。あれも大人だ、私たち夫婦の所有物じゃない。言うまでもなく君の所有物でもないがな。

ただ、私個人は離婚は望ましくないと思っている。俊輔の中学受験は競争が激しいからな。合否判定の判断が僅差《きんさ》で決まるなら、両親は揃っている方がいいだろう。君は警察官として社会的な評価だけは高いからな」

「受験が終わったら離婚ですか」

「父親としての君の適性には疑問があるからな。先ほど君は俊輔の悩みについて私に尋ねたな。俊輔の悩みは、自分は君にとって邪魔な存在ではないのかということだ」

「そんな……」

「何をいまさら驚いているんだね。君はさも被害者で傷ついたような顔をしているが、一番傷ついているのは俊輔本人だし、それを聞かされた母親である雪菜なんだよ。

ええと、もうこんな時間か。このファミレスで私と君がこうして話していた時間は、君が俊輔とこの夏に会話した時間よりも長いんだ。そのことを自分の問題として考えてくれ。私が雪菜をここに来させなかったのは、チャンスを与えるためだ。君がこの事実を知りどう対処するか。君に考える時間と、信頼を取り戻す時間を与えるためだよ。次の話し合いには雪菜と俊輔だけが来るだろう。しかし、その次はないと思ってくれ」

「離婚はしないんじゃ」

「別居しても生きていける。君が考えている家族というのは、すでに戸籍の上だけの虚構になっているんだよ」


手塚にとっては何とも納得できない面談だった。怒りは湧いているが、何に対するものかがわからない。伊藤に対してなのか、雪菜に対してなのか。ともかく自分があまりにも間抜けに見えるのが許せない。自宅の名義も知らなければ、息子の教育費が義実家から援助されていたことも知らなかった。

伊藤はその事実を振りかざして手塚が夫としても父親としても失格であることを言い立てる。

手塚が反論できなかったのは、それが奇襲攻撃であったためだ。そうでなければ伊藤など何とでもできたはずだ。

だいたい何の権利があって、伊藤は自分を試そうとしたのか？　住宅購入の資金援助なら正面から言えばいいではないか。

確かに家族に対して至らないところはあったかもしれない。しかし、それは手塚の家庭内で解決すべきことであって、資金援助を錦《にしき》の御旗《みはた》にして伊藤が干渉してきていいはずはないのだ。

考えれば考えるほど腹が立ってきたが、さりとていまさら雪菜の義実家に抗議しても始まらない。それよりも伊藤の態度からして、雪菜にどこまで真実が伝わっているかは疑わしい。疑えばあのファミレスでの面談にしても、雪菜は知っているのか？　疑えばキリがない。

雪菜のスマホに電話しようかとも考えたが、スマホを伊藤が管理していたら意味はない。俊輔にも安全のためにスマホは持たせてあるが、それにしても伊藤の管理下と考えた方がいいだろう。

しかし、ここで手塚は閃《ひらめ》いた。すぐにスマホで前川に電話する。名刺はすでに捨てているが、電話番号とメアドだけはすでに自分のスマホに登録していた。使うことがあるとは思わなかったが、今ここで役に立った。

「あっ、手塚さんのご主人ですね、どうなさいました？」

前川の後ろでは人の出入りが激しい様子が聞こえた。手塚は自分が冷静さを欠いていたことに気がつく。伊藤との話し合いで頭に血が上っていたが、まだ市役所は業務時間だ。

「あっ、お仕事中すいません。いや、ＰＴＡのことでちょっと、お願いが……」

それは嘘ではない。学校での夏期講習があるような話は聞いていた記憶がある。それなら俊輔も参加しているはずだから、俊輔から雪菜に手紙を託すなら伊藤に気取られずに連絡は付けられるはずだ。

雪菜と二人だけで話し合えるなら、問題は解決するだろう。そのために話を聞けるのは、いまの手塚には前川しかいなかったのだ。

「ＰＴＡのSlackに……は、参加なさってませんわね。メールではいけませんか？」

前川は小声で話してくる。私的電話が難しい環境なのだろう。

「込み入った話なので、すいません、スマホで長文打てなくて」

「わかりました、あと三〇分ほどで退庁しますから、どこかでお話を伺いましょうか？」

手塚は驚いた。再度電話をするつもりでいたからだ。もっとも相手の都合が悪かったらかけ直しますとすぐに切ればよかったのにもたもたしていた自分の対応も拙かったとは思ったが。

しかし、前川とどこで会う？　自宅は問題外として適当な場所が思い浮かばない。「ええトォ」などという音が出るだけだ。

「本通り三丁目、杉下公園近くにマスコットという喫茶店があります。静かに話のできる店ですけど、六時でいかがですか？」

「はい、それで」

「では、六時に」電話は切れた。


マスコットという喫茶店はすぐに見つかった。というより手塚はこの喫茶店の前を何度も通過していた。あまり喫茶店という意識はなく、窓側に小さなぬいぐるみみたいな人形がいくつも並んでいたので漠然と玩具屋か何かと思っていた。店の前では店主らしい男性がそのぬいぐるみを並べている光景を目にしたような記憶もある。そんなことを覚えていたのは、自分と同年輩の男性が甲斐甲斐しくぬいぐるみを並べている姿に驚いたためだ。

手塚はその方面にはあまり詳しくないが、店の造りは北欧の住宅を連想させた。あるいは本当にスウェーデンかどこかの古民家を移築したのかもしれない。壁の木材は何某《なにがし》かの年輪を感じさせたからだ。

手塚は時間だけはあったので、三〇分前からコーヒーひとつで喫茶店に粘っていた。そうして冷静になってみれば、メアドはわかっているのだから、夏期講習の話などメールで済む内容だった。

しかし、それをしなかったのは、手塚の本心として人と話をしたかったのだ。それが前川なのは、雪菜が何を考えているか、どうやって説得するかのヒントを期待してだ。

雪菜はPTA活動では前川を信頼していた。その彼女からなら、手塚の知らないような情報も得られるかもしれない。実はあの時、無意識の中でそんな計算をしていたことを、手塚はこの三〇分の間で思い出していたのだ。

「遅くなりました」

前川は地味なスーツ姿で現れた。洗濯などはきちんとされているし、そこそこの高級品だ。ただし型は比較的古めで数年着続けているように見えた。どういうわけか妻の服装などには無頓着でも、刑事の知識としてなら手塚はこうした分析はできた。

一つには服装で読み取れることも多いからだ。地味なスーツ姿は目立つことを避けたい心理が窺えるし、そこそこの高級品を長く着続けているのは、親の躾がしっかりしている場合もあるが、その場合は前川のように着古しているようには見えない。

前川の場合は経済状況を表している。離婚前は高級品を買えたが、離婚後はスーツを買い替えるのにも苦労しているのだろう。

「本当にすいません、私の方から場所も時間も指定しておいて遅れるなんて」

「いや、たった一五分じゃないですか」

そうしていると店長が来たので、前川は「いつもの」とだけオーダーする。後で尋ねると彼女も比較的最近この店を見つけ、雰囲気がいいので、それからはよく通っているらしい。

一人になれる場所が欲しいからだと。手塚には尋ねないのは、すでにカップが置かれているからだろう。

「やはり市役所でもIT関係は忙しいんですね」

「いえ、私なんて臨時職員だから、そんなに責任はないんです。実は差し出がましいとは思ったんですけど、奥様に電話したんです」

「えっ、雪菜に！」

待ち合わせに遅れた理由が、雪菜と電話していたためとは予想もしていなかった。しかし、考えてみればPTA活動で親しく交友のある前川なら、雪菜の様子がおかしいと感じても不思議はないし、ましていきなり夫の手塚が現れたなら察するところもあったのだろう。

「それで雪菜はなんと？」

そのタイミングでコーヒーが運ばれてきた。前川はカップに一口口をつけると手塚に言う。

「手塚さんのご家庭のことに口を挟むつもりはありません。ただPTAの会議には出て欲しいとのことです。雪菜さんは参加できないので。仕事が忙しいのは承知だが、お願いしたいとのことです」

「仕事が忙しいのは承知ですか……」

確かに雪菜は家庭の事情をペラペラ話すような女ではない。それにスマホを伊藤が管理しているなら尚更だろう。だからそれは雪菜からのメッセージなのだ。その意味は見当がつく。仕事が忙しかろうがPTAの会議に出ろということだ。要するに、誠意を見せろということだろう。

「PTAの会議はいつですか？」

前川はスマホを取り出すと、手塚に画面を示す。カレンダーアプリのようだが、学校行事しか書いていない。

「城北第一小学校のホームページからQRコードをスマホで読み込めば専用アプリがインストールできます。それを使えば行事やPTAの会議の日程もわかります」

「いま見せていただいた画面だと明日も午後から会議ですか？」

「はい、八月は六日、八日、一四日、二〇日です。夏休みなので、八月はちょっと変則的なんです」

「夏期講習はどうなってます？」

「小学校の夏期講習ですか？　それは一九日までですけど、成績不良者の補習が中心ですし、実態は学童の延長です。進学組は息子もそうですけど、外部の夏期講習を受ける人が大半です。

俊輔君みたいに合宿に参加できればいいんですけど、うちは母子家庭なので享《とおる》にはそこまでできません」

「まぁ、享くんは賢いから合宿までは要らんでしょう」

手塚はあったこともない前川の息子にそんなことを言ってみるが、自分が俊輔の合宿について何も知らないことに驚いていた。そういえば雪菜がそんなことを言っていた微かな記憶はあった。

「とんでもない、享は残念ですけど頭はあまり良くないんです、親に似て」

「そんなご謙遜を」

それに対して前川は曖昧な微笑みを浮かべるだけだった。手塚もそれ以上は踏み込まない。そうして少しばかり世間話をして手塚と前川は喫茶店を出る。前川のコーヒー代を手塚は支払おうとしたが、それは彼女が固辞した。

「それでしたら、時間も時間ですし、軽く食事でもいかがですか?」

雪菜がどんな話をしたかは知らないが、別居のことは前川も知っているようだ。彼女は明らかに当惑していた。手塚としては、家で冷凍食品を一人で食べるより誰かと外で気晴らしをしたいと思ったのだ。

しかし、確かにいきなり食事に誘うのは唐突すぎるだろう。警察官なら信じてもらえるだろうが、生憎と前川にはそのことは伝えていないままだ。

「あっ、変な意味ではなく、お礼のつもりで……」

「すいません、享の食事の準備もありますので今日はこれで失礼します」

「明日は、いかがですか?」

手塚は積極的に前川を誘っていた。雪菜との数少ない接点でもある前川を味方につけられると気がついたからだ。それが強引という自覚はなかった。むしろ前川から悪い情報を雪菜に伝えられることを手塚は警戒していた。

「明日？」

「ＰＴＡの会議の後です」

「明日は四時からですけど、五時には終わると思います。食事には早すぎると思いますけど」

「そうですか、まぁ、状況を見てですね」

手塚は、そこは一旦引いた。あまりしつこすぎて悪印象を抱かれても困る。こうしてこの日は、前川と喫茶店の前で別れた。

8月6日

八月六日は手塚も通常の勤務だった。ただ妻木と手塚は聞き込みではなく、いままで集まった捜査資料の整理だった。最近は警察もPフォンからの報告も多くなっていたが、メモや書類も未だに多い。

それを警察のサーバーに入力しなければならないが、何度も指導されながらも刑事の入れ替わりの関係もあり、報告されるデータの表記は刑事によって違うことが多かった。

さらにPフォンによる報告も「容疑者が表れる」とか「容疑者が洗われる」などの誤変換も少なくない。緊急時の報告では、そうした誤変換は珍しくなく、さらには変換順位の関係から「容疑者」であるはずのものが「洋菓子屋」で報告されることさえあった。

そうした可能性を考慮しながら、書類の内容を修正して打ち込んだり、Pフォンからの報告書を見直す必要があったのだ。それは手間のかかる実りのない作業のように思えるがそうではない。

単語の表記が統一されていればこそ、データベースの真価が発揮できるのだ。それにより蓄積された過去の犯罪パターンを分析に用いることができる。「容疑者」であるべき内容が

「洋菓子屋」ではデータベースの活用など不可能だ。

この作業は所轄の捜査員に、報告書の表記の統一を自覚させるという目的があり、順番に割り当てられることとなっていた。ただ頻度的には妻木と手塚が割り当てられることが多かった。

これは刑事課では妻木が一番ＩＴ関係に詳しいことと、やはり手塚は捜査本部内では部外者であったためだ。どうも組織暴力対策部と刑事課との情報共有が必ずしもうまくいっていないことも、手塚が現場にあまり出されない理由らしい。噂ではテロ対策班の井本班長の独断専行があったために、捜査は確実な証拠が出るまで刑事課管轄とされたとも聞いていた。

実際に井本に接触を図ろうとしても、テレワーク中で本部には出ていないという。感染症が拡大していた数年前と違い、昨今の警察では、テレワークは自宅謹慎の隠語になりつつあった。

手塚も画面を見ながらの単語の修正などという不毛な作業に苛立っていたが、半面、この事件全体を俯瞰できるのも確かであった。

昨日、前川と別れてから城北第一小学校のホームページにアクセスし、彼は専用アプリをスマホにインストールした。こんなアプリでセキュリティは大丈夫なのかと思ったが、対象となる児童の名前と生年月日、さらに入学時の電話番号と親氏名、生年月日まで入力させられた。どうやら学校の名簿のデータと一致すると本人確認がなされるらしい。

それもセキュリティ面で心もとない気がしたが、安全より利便性を優先させたのだろう。アプリは当然ながら学校行事などの広報が中心で、PTAの会議日程を見つけるまでいくつもメニューを操作しなければならなかった。

そして六日の会議時間が変更になっていることを知った。PTA会長の北島の都合らしい。一六時開始が一七時半になっていた。明日の書類整理を早退しようかと考えていた手塚には好都合だ。何より前川を食事に誘いやすくなる。

そうして一七時になり、手塚は妻木とともに警察署を出ると、手塚はそのまま小学校に車で向かった。近くの駐車場に車を預ける。今夜はおそらく飲むことになるだろう。だから車で帰宅はできない。正直、いまは帰宅したいとも思わない。あれは雪菜の家で自分の家ではなかった。それよりも駐車場に戻って車内で一夜を過ごしたい気分だったのだ。

駐車場からは徒歩で小学校に向かう。小学校の会議室に入ってすぐに、会議は始まった。すでに前川は前回と同じ位置に、スーツ姿ではなく、ワンピース姿で席についていた。

雪菜との喧嘩の件もあり、手塚は基本的に何も発言しないまま、会議に臨んでいた。会議の内容はほとんど頭に入ってこない。中学受験がどうのとか、秋のハイキングをどうするか、みたいな話で終わったようだった。

相変わらず、会議室の後片付けは前川の役目らしく、他の参加者が帰っても彼女だけが残る。手塚は机の配置を直したりする前川をアシストした。

「享には夕食は用意してきました」

片付けが終わると、前川は手塚に礼と共にそう呟く。片付けの最中に一度スマホを確認していたが、その時に息子とそんなやりとりをしていたのかもしれない。それが夕食の誘いを受けてよいの意味であることを、彼はすぐには理解できなかった。彼にとっては不意打ちだった。

「あっ、はい、どこにしましょう。でも、よろしいんですか？」

「えぇ、手塚さんのお気持ちを無視するわけにもいきませんし、時間も時間ですから。どの道、ＰＴＡの会議がある日は夕食は用意してるんです。後片付けや何やらで遅くなりますから」

「そうですか」

昨日は、その場で臨機応変に飯にでも誘えばいいと考えていたが、いざ前川から食事のことを切り出されたら、何の計画もないことに気がついた。

「奥様のことも話されるなら、個室のある店の方がよろしいですよね？」

雪菜は前川となら連絡がつくらしい。実家に戻ったことで学校のことを知るには前川に頼るよりないからだろう。

「我々夫婦のことで、前川さんにまでご迷惑をおかけして申し訳ないです」

「いえ、いいんです。バツイチだからできる助言もございますから」

前川は嫌な記憶でもあるのか、伏し目がちにそう答える。

店は前川がすでに決めていた。学校から少し歩いたが、警察官なのでそこは気にはならない。それでも手塚も一度はタクシーを呼ぼうとしたが、前川はそれには及ばないと固辞した。節約のために、徒歩での移動にはなれているのだという。

そうして案内されたのは、手塚も見覚えのある小さな中華料理屋だった。家族経営で町内に本店と支店の二軒がある。そんなことを手塚が知っているのは、昔はよく通った店だからだ。道理で前川から店名を聞いたときにも、記憶にあったはずだ。

「奥様から教えていただきました。ご夫妻でよく利用していると。羨ましいですわ」

「ええ、まぁ」

そう、いまの家に越す前には雪菜とよく通っていた。俊輔も連れて行ったが、時には留守番をさせ、夫婦二人で来店したこともある。しかし越してからは自宅からは車で移動しなければならず、しかも駐車場のない店なのですっかり疎遠になっていた。

数えればそれほど昔ではない。しかし、雪菜と二人でこの店に来た日がいまは果てしなく昔に思えてくる。

前川は移動中にスマホから予約していたらしく、店員に名前を告げると、すぐに小さな個室に案内してくれた。店内は昔のままで、雪菜との記憶が急に蘇ってきた。

「ここは、餃子と春巻きが美味《うま》いんですよ、あぁ、飲み物はビールでいいですか？」

「はい、一杯だけなら」

前川は俯き加減でそう答えた。手塚はそんな前川に昔の雪菜を見た気がした。

「それで、雪菜からは何か聞いてますか？」

前川は少し躊躇ったが、話しだす。

「私も説明したんですけど、それがよくなかったのかもしれません。ただ失礼ながら、手塚さんが家族をあまり顧みなかったことも雪菜さんが別居という選択肢を選んだ理由だと思います」

手塚はその指摘は一方的だと感じつつも、前川は雪菜からしか話を聞いていないことはわかっていた。

「それでも、今日、ＰＴＡの会議に参加したことは評価されていたようです」

「評価ですか……」

雪菜も馬鹿ではないから、何でもかんでも前川には話さないだろうし、彼女が何を考えているのかは前川を介して聞かねばならない分、どうしても曖昧な部分は残るだろう。

「手塚さんもやはり自分たちのことは考えてくれているんだ、みたいなことを呟いてらっしゃいました」

「ありがとうございます」

手塚にとって、それは一番知りたい情報であった。やはり義父が話を面倒にしているだけで、雪菜と直接連絡が取れるようになれば、事態が改善するのは間違いないだろう。

手塚は色々と料理を追加で注文する。

「手塚さんは公務員と伺ってますけど、そうなんですか？」

「えぇ、まぁ」

そこは手塚も話を曖昧にする。個人的な経験であるが、警官の身分を明かすことで不愉快な目に遭うことの方が多かった。警察が嫌いな人というのは一定数いて、そういう人からは距離を置かれることが多いが、それはさほど不快ではない。

不快なのはむしろ警官と知って近寄ってくるようなタイプで、大抵は何かの便宜を期待していた。そういう人間こそ警官には危険である。だからこそよほどのことがない限りは、警官であることは明かさないのだ。ＰＴＡの会議でも感じたが、雪菜は手塚の仕事はＰＴＡでは公務員である以上のことは明かしていないらしい。親しい前川でさえ、知らないのだから。ただ前川はそれ以上は、手塚の仕事について触れようとはしなかった。そこは聡明な女性なのであろう。

そうして二人は他愛のない話を二時間近くしていた。会計は手塚が行った。前川は割り勘を申し出たが、それは手塚が「約束だから」と押し切った。

「幾らなんでも、あれだけ飲んだり食べたりして奢っていただくわけにはいきません。よろしければ私が知ってる店に行きませんか？」

時間は九時を過ぎていたが、前川からそう言ってきた。食事の用意はしてきたから、子供のことは安心なのだろう。

前川が案内したのは料理屋から歩いて五分ほどのレストランビルの地階にあるワインバーだった。ビル内の案内板に「avenger」とあり、あとは店の前に同じく「avenger」と描かれた小さな看板があるだけだ。手塚もこの界隈には詳しいつもりだったが、このワインバーは知らなかった。前川によると、かれこれここで営業を開始してから二年前後になるらしい。

「avenger……復讐者ですか、ワインバーにしては妙な店名ですね」

「マスターによると、正義の味方という意味なんですって」

「へぇ」

前川の後から手塚が店の中に入る。予想していたよりは広く見えた。店内は照明は落とされているが、薄暗いほどではない。

「あっ、麗子さん久しぶり。お連れさん？」

ワインバーのマスターとは顔馴染《なじ》みらしい。マスターは三〇代くらいの男だったが、なんとなく飲食業の経験は浅いような印象を受けた。そして前川に気があるのか、同伴の手塚には警戒感のようなものが一瞬感じられた。

「PTAの人。奥、空《あ》いてるかしら？」

「空いてますよ」

前川はここの常連らしい。手塚は促されるまま、奥のテーブル席に着く。そのワインバーはカウンター席を含めて二〇名ほど入れる椅子とテーブルが並んでいたが、ビルの構造の関係なのか店はL字形の間取りで、入口から隠れた奥にはテーブルと椅子が向かいあって置かれている。密談に向いているなと手塚は思った。

「よくいらっしゃるんですか？」

「ええ、ここなら一人飲みしても、目立ちませんから」

確かに前川のような女性がカウンター席で一人飲みしていれば、うるさく付きまとう男もいるだろう。一人で静かに飲みたいなら、ここは確かにいい席だ。しかし、それだけとは限らない。

一度結婚に失敗したとはいえ、前川のような女性なら恋人の一人もいても不思議はない。ここはそうした相手と逢瀬を愉しむにも向いている。

そうしている間にマスターがグラスワインを二つ運んできた。そのまま何も言わず、慣れた手つきでコースターを並べグラスを置く。気のせいか、マスターからは消毒薬の匂いが微かにした。まだパンデミックの記憶は生々しい。こうした換気の悪い地下のワインバーでは、衛生面では見えない苦労があるのかも知れない。

「ワインでよかったかしら？」

「ええ、ワインバーですから」

手塚はそう答え、二人は乾杯する。ワイン自体は、まぁ、この程度の店ならこんなものだろうという味だった。高くもなければ安くもない。店員はマスターしか見えなかったが、人を雇うほどの利益は出ていないのだろう。ただ手塚は心地よくグラスを重ねることができた。雪菜から連絡があるかもしれないので、スマホの電波も確認するが、問題なく通じるし、Wi-Fiもつながる。

結婚前の雪菜とも手塚はこうしてワインバーで心地よい時間を過ごしていた。前川を前にしながらも彼はそんなことを思い出していた。

「彼氏とも、こんな感じで飲まれるんですか？」

酔いが回ったのか、手塚はいつもならしないような質問が口をついてでた。

「そんなこと、手塚さんに関係のないことじゃないですか！」

知らずに前川の地雷を踏んでしまったらしい。彼女は急に言葉を荒らげる。「いえ、すいません。立ち入ったことを……」

「……こちらこそすいません、怒鳴ったりして。

でも、そんな相手なんかいません。結婚はもう懲り懲りです。離婚の時のことを考えたら、あんなもの二度とごめんです」

「いや、再婚が失敗すると決まったものじゃないでしょう」

「成功するとも決まってません。少なくとも、私には再婚が成功するなんて信じられません。

別に理想の結婚生活なんて夢見てません。私も、もう子供ではないので。ただもしも離婚となったら、それはもう地獄です。離婚届に判子を押させるまで、時間もお金も、精神もすり減ってしまうんです。特に親権が絡むと。夫の暴力で警察沙汰になったことだってあった。私が雪菜さんに離婚して欲しくないのは、同じ苦労を味わって欲しくないからです。手塚さんは奥様に手を上げるような人ではないとしても、命を削るような苦労なのは変わりません」

酒が回ってきたのか、前川は段々と饒舌になってきた。手塚はただ前川の愚痴を聞くだけだった。彼女は時折、雪菜のことに触れながらも、ほぼ自分のことばかりを語った。

それで手塚も前川の結婚について、概要を知ることができた。前川は有名国立大学の工学部を卒業し、大手企業に就職していた。ＩＴに詳しいのはそのためらしい。

数年は仕事も順調だったが、付き合っていた男性との間に子供ができて結婚し、夫の希望で専業主婦となり、勤めていた会社を退職する。夫は嫉妬深い利己的な男で、結婚前の優しさなど一片もなく、横柄で時には前川や子供にも暴力を振るった。

その後に浮気が発覚するも、夫は「自分に浮気をさせた前川が悪い」と責任を転嫁し、暴力はますます激しくなる。彼女の左手の薬指の傷も、無理やり夫から結婚指輪を外されたときのものだという。

前川の両親はすでに死去し、兄弟もいないため、彼女には戻るべき実家もない。それでも友人の助けもあって家庭裁判所に訴えるまでになる。夫は子供に関心はなかったが、前川を疲弊させるためだけに親権を主張、裁判は泥沼化する。それでも最終的には、一〇〇万円ほどあった夫の借金を前川が肩代わりすることと前川母子に接近しないことを条件として、やっと離婚が成立した。

前の職場への復職も打診したが、数年のブランクのために実現するはずもなく、いまは市役所のＩＴ関係の職場で臨時職員として働いている。

「勤務態度が良ければ、次年度の契約更新もあると言われているんですけど、便利づかいされることも多いんです。上司も同僚もＩＴの知識はほとんどないので、面倒な作業はほとんど私ひとりに丸投げなんです。

でも、それだから私がいないと困るので、時給を上げた上で、契約更新はされるとは思うんですけどね。内示はあったんで」

「それは良かったですね」

「まぁ、どこまで信用できるかはわかりませんけどね。時給を上げるといっても一〇円、二〇円の世界だし、不安定な身分であることには変わりません」

前川はそうして酔いも手伝って、自分の境遇を愚痴った。それは愚痴のようでいて、不安の表れであるのは、警察官である手塚にはすぐにわかった。それはそうだろう。

前川の息子も中学受験の準備をしている。警部補の自分の給与でも俊輔の教育費には足りないため、雪菜は実家から援助してもらっていた。まして非正規雇用の前川が息子の教育費を捻出するのは容易ではあるまい。

組織暴力を扱う手塚は、時代の変化を感じていた。昔はいわゆる反社会的勢力の構成員は高校中退や義務教育を終えていないような連中さえいた。しかし、そうした傾向は急激に変化していた。

高校は卒業したが仕事がないから反社団体に加わったものも珍しくなく、特殊詐欺グループなどでは、幹部が国立大の法科出身などという例もある。

つまり手塚の親の世代くらいは、大学さえ出ていれば社会的な成功はほぼ約束されていた。だが社会が複雑化し、教育水準が上がってくると、大学卒が必ずしも社会的成功を意味しなくなっていた。

さらに昨今では、大卒が社会的成功の前提条件となりつつある。社会の分断とか階層の固定化とか言われているが、現実に世の中はそうなりつつある。

手塚にしても大卒だが、この年でやっと警部補だ。警察も大卒程度では簡単に出世は望めなくなったということだ。

聡明な前川なら、市役所業務の中で、手塚以上にそうした現実を目にしてきたに違いない。何よりも、彼女は自分が受けてきたレベルの教育を息子には提供できないことを恐れている。

「養育費を増やして貰えば、どうですか？」

手塚の意見に前川は、強い嫌悪感を見せた。

「手塚さんはご存じないかもしれませんけど、日本で養育費を別れた妻子に支払っている男性はどれだけいると思って？　せいぜい二〇パーセントです。八〇パーセントの父親が養育費を払っていない。夫もその多数派です。そもそも嫌がらせで親権を主張するような男です。もう連絡してくることもなければ、居場所もわかりません。死んだって話は聞かないので、たぶんどこかで生きてはいるんでしょうけど」

「本当なんですか？」

「こんなことで嘘を言ってどうなると？　さっきも言いましたけど、上司が色々な資料作成を丸投げするんです。そういう資料の中には社会福祉関係のものも多いんですよ。老人福祉や私のようなシングルマザー世帯に対する社会保障費負担関連で。

そういう資料の中には、養育費をいま以上に払わせれば、そうした世帯への補助金や給付金を減らせるんじゃないかというような試算さえありました。

わかります？　シングルマザーの生活補助が市の負担だから、如何にしてそれを削るか？その資料をこともあろうに私に作らせるんですよ。しかも上司も周囲もその事実にまるで気がつかない、最悪です」

手塚は段々と居心地が悪くなってきた。前川が、というより自分の発言がどんどん彼女の機嫌を悪くしていると感じたからだ。

「もう、こんな時間なんですね、すいません」

「いえ、こちらこそ」

手塚は会計の伝票を手に取ろうとしたが、そんなものは見つからない。すでに前川が会計を済ませていた。

「幾らでした？　高くありませんでしたか？」

「そんなことは訊かないものです」

前川は手塚にピシャリと言う。そして打って変わった笑顔で向かう。

「今日はありがとうございました」

前川は綺麗な姿勢で頭を下げる。手塚もつられて頭を下げる。

「いえ、こちらこそありがとうございました」

「それでは、また」

結果的に雪菜についての情報を得ることはできなかった。夫婦の問題は一ミリも前進していない。だがそれでも手塚は前川との時間を無駄とは思わなかった。

二人は、それで別れるはずだったが、そうはいかなかった。

「前川さんも、あっちの方角なんですか？」

「はい、本通りの向こうですから」

「偶然ですね、家もあっちなんです」

考えてみれば子供が同じ小学校に通っているのだから、前川と手塚の家が近所であっても不思議はない。

それからしばらく二人は夜の道を歩く。手塚は前川と歩きながら、雪菜ともこうして夜道を目的もなく歩いていたことを思い出していた。そんなことを思い出すのも、前川があの頃の雪菜を思い出させるからだ。

互いにそれほど意味のある話をしていたわけではない。だが、その他愛のなさが心地よかった。それに前川と手塚は思っていた以上に共通点があった。好きな食べ物やよく観る映画、音楽の好みなど二人の趣味は色々と一致した。雪菜でさえここまで共通のものはなかった。そのせいか手塚は久しぶりに心から笑うことができた。

前川の家は、本通りを二〇〇メートル過ぎた辺りの道路に面した築年数の新しそうな八階建ての賃貸マンションだった。そのマンションは手塚が聞き込みのために入ったことがある。敷地面積の関係か、賃料は比較的安いのだが、部屋は広くても2DKしかない。前川はシングルマザーとのことだが、息子と二人でも窮屈なおもいをしているのかもしれない。

「今日は、ありがとうございました。色々な愚痴を聞いていただいて」

「いえ、こちらこそ」

前川はマンションのエントランスの前で手塚に向きあう。

「わたし、雪菜さんが憎いです。手塚さんがいるのに」

「えっ……」

「では、おやすみなさい」

前川はいきなり手塚の手を握り、そしてエントランスに入ってゆく。どうすればいいのか固まっている手塚だが、五階の灯りがついたことで、彼女の部屋を反射的に特定していた。

「あそこに住んでいるのか」

手塚の動悸が速くなった。

8月14日

「警察の人だったのね、やっぱり」

前川麗子は、手塚の隣で天井を見ながらそんなことを呟く。いまどきのラブホテルは、昔のようなミラーボールやら四面が鏡などといった猥雑《わいざつ》な演出もなく、むしろビジネスホテルに近い。食事にしてもルームサービスで摂ることもできる。それでいて他人とは出会うこともない。

それでもベッドの正面の電源が止められた液晶テレビが鏡のように二人の姿を映している。

「何がやっぱり、なんだ」

「あなたも奥さんも、職業については公務員というだけで、いつもはぐらかしていたから。あなただけならともかく、夫婦で誤魔化すのは公務員というのがすでに嘘か、警察関係者しかいないもの」

「じゃぁ、最初から俺が警官ということはわかってたのか？」

液晶の中で、麗子は身体を起こす。

「いや、あなたの奥さんって見栄っ張りじゃない。だから公務員というのが嘘だと思ってた。

たぶんあなたは失業者で、奥さんの仕事の面接があるから、仕方なくＰＴＡの会議に参加させた。嘘がバレないように」

手塚は麗子の話に、色々なことが馬鹿馬鹿しく思えてきた。この半月ほどの間に起きたことも、すべては俊輔のためではなく、雪菜の見栄と麗子は喝破したのだ。それは手塚にも腑《ふ》に落ちるところがある。そもそも義父というのが見栄っ張りではなかったか。その娘なのだ。ただ、そうは言っても夫なのだから、手塚は雪菜を弁護すべきと思った。

「見栄っ張りって、どこが？」

「受験のこと。俊輔君は本当に中学受験をしたいわけ？」

「俊輔にはやりたいことがあって、そのために中学受験が必要なんだ」

「って、俊輔君から聞いたの？　それとも奥さん？」

「妻からだが……」

手塚は声に力がなくなっていく。そう俊輔から直接聞いたことではない。

「でしょうね。

享がね、俊輔君のことを知ってるのよ。同じクラスだから。俊輔君は中学受験なんかしたくはないのよ。彼だって進学はしたいけど、小学生だもの明確な目標なんてない。ただ周囲の大人の会話から、名の通った大学を出ていないと駄目だとは感じている。

国立だからってR大のような地方大学じゃ先が知れている。首都圏の有名校でなければならないって」

それは手塚には衝撃的な話だ。R大は手塚の母校だ。実家から通える国立大学がR大しかなかったからだ。確かに有名大学ではなかったが、手塚は分相応な大学と思っていた。

しかし、義父が言ったならともかく、実の息子にとって父親の母校は地方の二流大学でしかなかったわけだ。何よりもショックなのは、息子のそんな考えを手塚はまったく知らなかったことだ。

「俊輔君はうちの馬鹿息子と違って成績もいいから、それなりの高校に入りさえすれば、大学受験でも合格できると思ってる。三者面談でも担任からそう言われたそうよ。家の享とは大違い。

だから俊輔君は享に言ってたそうよ。中学受験のために塾の合宿に参加するなんて馬鹿げてるって」

「そんなに嫌ならどうして参加するんだ？」

手塚は不機嫌そうに前川に言葉を投げつける。

「私にそんなこと言ってどうするの？

享の話だと、俊輔君はそれでも優しい子だから、母親とお爺ちゃんを失望させないために中学受験はするそうよ。お爺ちゃんから資金援助までしてもらってるなら、受けないわけにはいかないって」

前川の話は、手塚にとっては殴られたような衝撃の連続だった。つい先日まで義父が俊輔に教育費の援助をしていることを父親の自分が知らなかったというのに、前川さえその事実を知っていたのだ。

「それもこれも雪菜さんが中学受験をさせたいから。それに資金がいるとなれば、孫のために援助するのは自然な情よね。ほんと迷惑な話よ」

「迷惑って何が？」

「享はね、中学受験したがってるの。あの子なりに貧乏ってものがわかってるから。クズ男だけど、あの子の父親は一流大卒の高収入男だった。享も離婚前の豊かな生活を覚えてる。でも俊輔君が重荷に感じている援助が、享にはない。だから馬鹿な子なりに死ぬような努力をしないとならないのよ。

それを考えたら、ここでこうしてる私って、最低の母親よね」

そのとき手塚が考えたのは、自分は前川とは違うというおもいだった。

どっちが積極的だったのか、いまとなってはわからない。ともかく最初の食事からＰＴＡの会議の後は食事を共にすることが当たり前になり、そこからすぐにベッドを共にするようになった。

決定的なのは、麗子の「雪菜が憎い」の一言だったと思う。ただそれは自分の責任を一方的に彼女に押し付けているような罪悪感も伴っていた。少なくとも、妻子のある自分が麗子を拒まなかったのは手塚だ。

自分たちの関係は割り切ったもの。それは麗子も認めていた。要するに手塚の妻子はいまはいないので、雪菜たちが戻ってくるまでの大人の関係である。もちろんそれは手塚にも望ましい。雪菜との関係がギクシャクしているとはいえ、本気で離婚したいわけじゃない。義父との関係さえ何とかすれば、雪菜の洗脳は解けるはずなのだ。

むしろ前川との関係は、雪菜が実家に戻ったりしなければ起きなかった。俊輔の教育費のことも家のローンのことも、雪菜が手塚に相談してさえいれば、ここまで問題はこじれなかった。それは動かし難い事実だろう。

それにいまは例の連続殺人事件や爆破事件で捜査本部の人員は忙殺され、しかも企業城下町故に帝石の企業イメージを忖度して、この件は一般の刑事事件として扱われている。さすがに捜査本部長も万が一のことを考えてか、組織暴力対策部から応援を入れることになったが、井本班長は捜査本部長に異議申し立てをした関係で、捜査に関わることを許可されず、副班長の手塚が応援部隊をまとめる形になった。

それでも手塚が妻木と組まされていたのは刑事課側が手塚ら組織暴力対策部が勝手に動かないようにするための監視役が妻木であるためだった。これは憶測ではなく、妻木当人が密かに手塚に打ち明けてくれた。

「初手で変なことをするから、ますます話がこじれたんですよ。大事件だから合同捜査という話にしておけば、こんな真似しなくてもよかったのに」

もっとも手塚は捜査本部の小細工めいた編成には疑問はあったが、本部長の考えは予想がついた。ドローンによる爆破事件はともかく、連続殺人事件については実行犯の武多裕一が逮捕されたことで事件の解決には楽観論があった。爆破事件に関しても、武多と連絡をとっていた若い女を発見することで、残りの犯人も一気に逮捕・解決につながるというシナリオである。

ただ、捜査が順調だったかといえばそうではない。すでに捜査の中心は、問題の若い女に絞られた。武多の記憶を頼りにモンタージュが作られたが、このモンタージュにまず問題があった。

武多の証言とモンタージュにより、いわゆる城下と呼ばれる周辺で聞き込みがおこなわれた。城北公園は城北川に面した遊歩道とつながっていた。かつては城北川は運河として地域の物流を担っていたが、その名残が公園と遊歩道である。この遊歩道には居場所のない若者がたむろするようになっていた。

遡《さかのぼ》ればパンデミックの頃から目につくようになったというが、パンデミックが収束したいまも居場所のない若者が集まる場所となっていた。この場所が城下として地域では知られていた。

居場所がないから犯罪に加担する少女というのは、捜査陣の犯人イメージにも合致しており、事実そこで数人の女性が取り調べを受けた。

しかし、彼女らは全員が白だった。女子高校生などはすぐに無関係とわかったが、問題となったのは一人の女性だった。その女性は、行き場がないために城下にたむろする少女たちを保護するため、NPOで働いていた。

彼女は夜はNPO活動に参加する傍ら、昼間は研究職として帝石で働いており、しかも立川、鳥居、遠山といった過去の被害者たちとも程度の差はあれ面識があった。

決定的なのは、その女性の担当する業務がドローン関連であったことだ。捜査本部はこれですべてがつながると色めきたった。だが彼女もまた無関係だった。

家宅捜査でもドローンも何も出てこないばかりか、武多との接点もない。そもそも被害者たちとのトラブルも何もない。金の動きを追っても不審な点はまったく見られなかった。

この状況に帝石側も警察の動きに正式に抗議をするという騒ぎに発展した。そして致命的なのは武多がモンタージュは出鱈目だと言い出したことだ。

「どうせ自分は死刑になるのだから、これくらいの娯楽は許されるだろう」

武多はそう嘯《うそぶ》いて、高笑いをするだけだ。別に問題の女性に面識がある訳ではなく、なんと離婚した妻の容姿を話しただけだという。事実、別れた妻とモンタージュはよく似ていた。通常なら騙《だま》されなかったのかもしれないが、NPOの女性の存在が、捜査本部の判断を誤らせた。

武多の悪戯はそれで終わったが、捜査本部はそうはいかなかった。武多のモンタージュと警察の先入観だけで、無実の市民を犯人扱いしたことが、大失態なのは明らかだった。

県警本部長の謝罪はもとより、捜査本部長も更迭され、新たに県警本部より派遣されることとなった。このような状況で、捜査本部も組織替えが起きたりして、全体に落ち着きを失っていたのだ。

手塚が前川と毎晩のように逢瀬を重ねることができたのも、捜査本部の混乱があればこそだった。

「警察も大変のようね」

麗子は着替えながら言う。割り切った関係なのは双方で了解のことだが、行為が終わったら、すぐに帰宅準備に入るのは、手塚にとってはあまりにも情がない気がした。とは言え、ここで麗子に変な情など抱かれても困る。手塚は雪菜との関係修復を真剣に考えているのだ。

「大変って、テレビでも面白おかしく報じてるのか？」

「テレビ？　馬鹿言わないでよ、テレビなんか観てる暇なんかないわよ。帰ったらすぐに請け負ってる仕事をしないとならないのよ。副業でやっと享と生活してるんだから。

ニュースはスマホでネットニュースを確認しているの。誤認逮捕した女性のＮＰＯが保護した少女が刑事の娘だったってのが今朝のトップニュースだったわね」

「刑事じゃない生活安全部の係員だ。反抗期の娘がたまたま城下に行っただけだろ。警察官の家庭にだって色々事情があるんだ」

「手塚さんみたいにね」

「嫌味を言うな」

手塚もそう言いながら、着替えにかかる。

「言っておくが、俺は雪菜と離婚するつもりはない。俊輔も交えて三人で関係修復の話し合いをするんだ」

それは雪菜からの申し出だった。どうもＰＴＡ活動に参加する手塚の姿を見て、雪菜も冷静になったらしい。その点では前川には感謝する気持ちはある。同時にそれは彼女にとって手塚との関係が本当に割り切った一時的なものだったということでもある。手塚が元鞘《もとさや》に収まってくれるなら、後腐れなく関係を切れるという判断だろう。

「私もそれがいいと思うわ」

麗子はすでに身支度を整え終えていた。手塚と一緒にホテルを出る気はないらしい。

「それで話し合いっていつするの？」

「明日だ、一五日の日曜。五時半にレストランで待ち合わせだ」

それを聞いて麗子は顔色を変える。

「ちょっと、日曜って今日よ。一五日は月曜。どっちなの？　日曜なの、一五日なの？」

「何だって！　話し合いは日曜だ！　一五日じゃなく日曜！」

「何でそんな大事な打ち合わせの日にちを間違えるの！　五時半にレストランて、もう五時五分前よ」

手塚は自分を殴りたくなった。レストランは結婚前にプロポーズをしたトリエステというイタリアンレストランだ。雪菜に言われて予約をしたのは手塚だが、そう、電話予約のとき「日曜に予約したい」という手塚に対して店側が「日曜日ですね、一五日予約承りました」と言っていたのだ。

店側の間違いだが、手塚もそのつもりで覚えていた。そして雪菜には「日曜に予約が取れた」と連絡した。だから自分の勘違いを訂正する場面がなかったわけだ。こういうミスは過去にもあって、雪菜に何度も怒られていた。

しかし、これはまずい。予約した日にちを間違っていただけでなく、遅刻の理由は麗子との浮気だ。これでは弁解もできない。捜査が多忙で誤魔化したいが、そもそも雪菜の不満が手塚が仕事を理由に家庭を顧みないことにあるのだから、この言い訳も使えない。

「ホテルの後始末は私がするから、あなたはさっさとレストランに行って。花でも買って、プレゼントを買っていて遅刻したとでも言っておけば奥さんも少しは納得してくれるはずよ」

「プレゼントか、わかった。ありがとう。あとは頼む！」

こうして手塚はラブホテルから車に乗ってトリエステに向かった。途中に花屋があったから、そこで何か買ってゆこう。トリエステは例の爆破事件のあったモンテローザの二〇〇メートルほど離れた店で、手塚の自宅からはそれほどかからない。しかし、郊外にあるラブホテルからは三〇分はかかった。

どう考えても間に合わないと思った時に、花屋が見えたので、適当に花束を買う。これでアリバイ工作はできた。とりあえず少し遅れる旨を伝えようと雪菜のスマホに電話しかけ、義父がまだ管理している可能性を考え、店に電話することにする。店員から伝えてもらうのが安全だろう。

だが、何度かけてもつながらない。さすがに刑事がスマホ運転で捕まるのはまずいので、とりあえず店まで急ぐ。そして手塚は警察に車を止められる。

「すいません、ここから先は通行禁止です」

救急車や消防車が駆けつける姿も見え、何か事件が起きたのは明らかだ。

「テロ対策班の手塚だ」

手塚は警察手帳を見せる。警官は態度を変え、概況を説明する。イタリアンレストラン・トリエステでドローンによる爆破事件が再び起きたと言うのだ。犠牲者も出ているという。

「何だと！」

そこから先は手塚も記憶が曖昧だった。車をどこかにとめて、レストランへと急ぐ。爆破はいまさっきおこなわれたらしい。警察の講習で嗅いだことのある手製爆弾の火薬の匂いが充満している。

手塚が知っているトリエステの店先は、完全に破壊されていた。消火活動は終わっていたが、店の半分はすでに原型を留めていない。

そして彼は瓦礫の中から担架で運ばれてくる被害者の姿を認めた。死傷者は一〇人近くいるようだ。そしてその中に、布をかぶせられた小さな遺体があった。彼は警察手帳をかざしながら担架の布を剝《は》ぎ取る。

「俊輔ぇぇっ！」

遺体の一つは息子の俊輔だった。すぐに手塚はもう一つの担架に走る。

「何でだ！」

手塚は立っていられなかった。運ばれていたのは、雪菜の遺体だった。

8月18日

イタリアンレストラン・トリエステでの犯行は監視カメラの映像や目撃者の証言によれば以下のように行われた。

犯行時刻は夕方五時半〜六時頃で陽は明るく、ドローンの行動はその一部始終が明らかになっていた。驚いたことに、犯行に使われたドローンは先月末に爆破されたモンテローザから飛び立っていた。

モンテローザはあの事件により予想以上の被害を受けており、オーナーシェフも再建を試みてはいたものの、改装途中で工事は止まっていた。

まさにその無人のレストランの建物から、ドローンは飛び立っていた。あの事件以降、周囲の監視カメラも使用不能となっていたため、いつ、どのような状況でモンテローザにドローンが置かれていたのかはわかっていない。ただ鑑識の話では、現場に残されていたドローンの痕跡から二日前の雨天の後、つまりこの一両日中ではないかとみられていた。

ただ、モンテローザの現場検証ではほとんど収穫はなかった。犯人が入り込んだ痕跡はあったものの、指紋や毛髪もどれが客や工事関係者のもので、どれが犯人のものか識別などつかなかった。そもそも犯人が客として来店していた可能性が高く、この方面での収穫は当初から期待できなかった。

モンテローザから飛び立ったドローンは、爆弾を抱えたままトリエステに直行しながら高度を上げていった。多くの監視カメラの視界からはドローンは消え、付近のタワマンの監視カメラに辛うじて姿が捉えられていた。

どうやらドローンは高度一〇〇メートルまで上昇した状態でトリエステに到達した。これはどうやら犯行の少し前に気づかれないように、高度を確保したためらしい。そして標的を発見すると、ドローンは急降下して、そこで爆弾を投下するだけでなく、そこで自爆した。

標的とされたらしい被害者は、帝石営業部の社員で舘花幸男、三五歳。イニシャルはまたしてもYTだ。

彼には数日前まで妻がいたが、被害にあった時には独身だった。彼がなぜ離婚したかといえば、連続殺人事件の二人目の被害者である鳥居暢子の不倫相手だったためだ。事件の中で夫の浮気が明らかになったことで、妻から離婚を要求されたのだった。

この舘花の爆殺現場の近くで巻き込まれたのが手塚雪菜、俊輔の母子だった。捜査の結果、この二人がここにいたのは完全に偶然とわかる。当初、この二人は夫の手塚洋三が屋内に予約した個室にいた。しかし、手塚が遅れることを店員が雪菜に伝えると、彼女は屋外のテラス席に席を移れるかを尋ねたという。

「夫が遅れてくるので外で待ちたい」

雪菜はそう語ったという。不幸にもテラス席には余裕があり、案内されたのが舘花の近くだったのだ。

手塚母子の命を奪ったのは、このドローンの自爆だった。犯人がドローンを自爆させたのは、証拠隠滅の意図があると分析されていた。

手塚母子が捜査本部のテロ対策班の責任者の家族ということから、この二人が狙われたのではないかという説もあったが、これは偶然によるもので警官の家族が狙われたわけではないという意見が主流だった。

この第二の爆破事件は、捜査本部に激震をもたらした。最初の女性三人を殺した武多裕一は一連の爆破事件に関しては何一つ知らなかった。接点がありそうだと思われたのは、例の冤罪騒ぎのもととなった若い女性だけだ。

問題の若い女性はいまだに正体がわかっていない。ただ武多の話から判断する限り、報酬を渡しに来た問題の女性は、無人で爆弾を投下できるドローンを開発できるようには見えなかった。

「肌が綺麗だったのは覚えてる。機械を組み立てるような女じゃないね。金属板やパイプを切った貼ったすれば、腕なんか傷だらけになるだろ。昔付き合ってた女が工学部でそんなこと言ってた」

武多の証言はどこまで信用できるか不安な部分もあったが、この男以外に犯人と結びつく人間がいないのも確かだった。

鑑識や科捜研の分析では、ドローンは破片として回収された制御用コンピュータが前回の爆破事件で使用されたものと同一であることが確認され、その他の残骸からも共通の部品が幾つか回収された。

決め手と思われたのは爆薬で、火薬は明らかに犯人の手製であったが、その火薬残渣を質量分析にかけて比較したところ、モンテロ一ザとトリエステを爆破した爆薬は不純物の組成が完全に一致し、同一犯による犯行であることが裏付けられた。

犯人がいかなる理由からか、ドローンまで爆破したことで、捜査本部は証拠物件を失うよりも、むしろ科学捜査の証拠を多数得ることができた。モンテローザの時は爆弾の破片だけだったが、今回はドローンそのものが手に入り、この方面からの捜査の進展が期待された。

しかし、ドローンの部品はむしろ犯人像を不明確にしていた。鑑識課の麻田課長がモンテローザの事件の時から予想していたように、ドローンは市販品ではなく、犯人が部品から自作したものであった。そしてその部品のほとんどがホームセンターで購入できるものだった。

このため部品メーカーを特定できたとしても、購入者を絞り込むことはほぼできなかった。数少ない特殊部品と思われたモーターも期待はずれに終わった。なぜならば残骸から回収されたドローンのモーターは三次元プリンターにより部品を自作し、組み立てたものであったからだ。

三次元プリンターのデータは海外で公開されたもので、すでに全世界で数千万人がダウンロードしていた。日本国内でも数十万人がダウンロードし、しかもそのデータ自体が二次、三次と拡散しているため、そこから犯人を絞り込むのはほぼ不可能だった。

そこで、三次元プリンターから絞り込もうとしたが、いまはネットで予約すれば自由に使える三次元プリンターのサービスも多く、町工場でも普及しているためやはり絞り込みは絶望的だった。

厄介なのは被害者のほぼ全員が帝石の人間であり、犯人グループの関係者にも帝石社員がいるものと警察は考えていたが、その帝石こそ、市内にある三次元プリンターの九割を保有していた。

社員の創意工夫を引き出すとか、社内起業を促すなどの動きから、帝石社内にも社員に解放され、自由に使える三次元プリンターが用意されており、これを使われた可能性も少なくなかった。

三次元プリンターの問題が厄介なのは、爆弾そのものも同じように製造されていたことだ。さすがに火薬は製造できないが、火薬さえあれば爆弾は製造できた。

しかも、爆弾のデータはテロ組織だけでなく、内戦やゲリラ戦でも使われており、拡散総数はドローン用のモーターの一〇倍は世界に拡散していると言われている。日本ではそこまで拡散していないと思われていたが、それでも数万人がデータをダウンロードしたのは間違いない。この方面でも、海外事情に明るく、外国語にも堪能な人間が多い帝石の社員なら入手は容易であった。

数少ない犯人に繋がる情報は爆弾の信管だ。信管のデータも三次元プリンターで製造するためのものとして海外で公開されていたが、技術的には爆弾本体より信管の製造の方が高度な技術が必要であり、化学についての専門知識のある人物なのは間違いない。とはいえ、爆弾を火薬から自作できる人間が化学に秀でているというのは、今更な情報ではある。

手塚洋三は、こうした捜査情報を妻木とともに捜査本部でデータベースに打ち込んでいた。葬儀が終わった翌日からである。

手塚雪菜と手塚俊輔が事件により死亡したことで、手塚には一週間の休職と捜査本部から外れることが打診されたが、葬儀のための休暇こそ申請したものの、手塚はすぐに捜査本部に戻ることを新しい捜査本部長に直訴した。

前任者であれば規則を理由に手塚の捜査本部復帰は認めなかっただろう。しかし、後任の本部長は手塚が若い頃の上司であり、良くも悪くも親分肌なところがあった。彼は手塚を捜査本部から外すよりも、当面は本部に残ってデータ整理などに専念させ、頃合いを見計らって捜査に復帰させることを約束してくれた。

「妻子を失ったからこそ、仕事でそれを忘れることも重要だろう」

後任の捜査本部長は、そう手塚に語った。それは手塚には有難い話だった。

じっさい私生活の上では腹の立つことも多い。まず葬儀の席では雪菜の両親から警察の捜査の遅れをなじられた。その物の言い方に手塚も激昂し、危うく葬儀の最中に故人の父親と喪主が殴り合いの一歩手前までいった。

決して手塚の味方ではなかったものの、義母も葬儀をぶち壊しにしかねない義父の振る舞いを諫めた。また葬儀の手伝いのために多くの警察関係者がいたことも、義父を思い止まらせたらしい。

「運のいい奴め」

それが手塚と義父が交わした最後の言葉だ。ただ自分でも意外なことに、雪菜と俊輔の遺骨を手塚ではなく、伊藤の家で引き取ることに、彼は反対しなかった。手塚の両親は彼が大学時代に他界しているし、兄や妹ともほとんど交流がない。手塚家の菩提寺は岡山か広島かその辺とは漠然と聞いていたが、それさえも彼はわかっていなかった。

そんなところも手塚の育ちの悪さと義両親が揶揄《やゆ》する部分だ。しかし、実家の菩提寺さえわからない人間が、妻子の遺骨を受け取ってもどうにもなるまい。

義両親は娘と孫の遺骨を引き受けられることには安堵したようだったが、手塚があまりにも遺骨に淡白なことに、もはや恨み言さえ述べなかった。それどころか「線香を上げに来い」ということさえ口にしない。手塚は遺骨を渡してから、もう二度とこの夫婦に会うことはないだろうと思った。

　妻子が死んで、ここまで心が動かないことを手塚は意外に思った。動かないというより、感情が死んでいるのか？　そうは思うが、そうではなく、もともと自分は家族になど関心がなかったのではないか？　そうではないことを知ったのは職場復帰した初日の夜だった。

　手塚が葬儀を終えた時に感じたのは、ある種の解放されたという感覚だった。あまり意識したことはなかったが、自分たちの署には「有志による支援会」のようなチームがあり、そこが警察ＯＢや士業の知人を通じて事後の必要書類の作成、提出に関して一切を引き受けてくれた。

　本来なら手塚ではなく、手塚が殉職した時に雪菜や俊輔を支援するはずのチームだったが、今回は違う立場で彼らに救われた。

　そして警察署を出た手塚が向かったのは前川の自宅だった。トリエステでの現場検証や妻子の遺体確認などで、手塚が前川からのメッセージに気がついたのは翌日の昼だった。

　そこには自分のせいで雪菜や俊輔を死なせてしまったことへの謝罪と、できるなら力になりたいという趣旨のことが書かれていた。前川からすれば自分のせいに感じられるだろうが、それは違うと手塚は思う。

確かに妻と話し合う当日に別の女性とベッドを共にしていたというのは決して誉められた行為ではない。ただそれは前川のせいではなく、自分が日にちを間違えたのが原因だ。

それでも手塚は前川のマンションに向かっていた。遺品の整理も何もしていない自宅に戻る気がしなかったからだ。手塚の家には位牌さえ置いてないが、生前の痕跡は生々しく残っている。いまは戻る気にはなれなかった。だから前川の気持ちを利用する形で、今夜はそこで過ごすことを考えたのだ。

「息子さんはいいのか？」

手塚はそれが気になったが、前川によると息子は友人の家で泊まり込んで勉強をするという。だから自分しかいないのだと。

「こんな物しかないけど」

手塚がマンションに着いた時、前川は夕食を用意していた。品数はそれほど多くはなかったが、どれもスーパーなどの惣菜ではなく手料理だった。しかも、どれも手塚の好物だった。

「わざわざ料理まで？」

「貧乏だから、家で料理するのが一番安上がりなのよ」

「そうなのか」

そうして手塚は食卓を前川と囲む。前川の料理はそこそこ美味かったが、それよりも食卓を囲んで取り止めのない会話をすることが手塚には新鮮だった。

いや、新鮮などということとは違う。自分もかつて雪菜とはこんな風に暮らしていたのだ。それがどうしてあんなことに……。

食事を終えると、前川は食器を手際良く片付けると、手塚と向かい合う形でノートパソコンを開く。

「邪魔だったか？」

「いいの、副業のプログラム開発だけど、それほど面倒な内容じゃないから。ちょっとしたＳＱＬのコードを書くだけだから。すぐ終わるから気にしないで」

前川は手塚の姿が見えないかのように、ノートパソコンに向かう。

「なぁ、あの二人が死んだのは、俺が悪かったのか」

「他に誰がいるというの」

前川は言う。

「あなたが理由で死ななかったとしたら、あなたの妻子は無意味に、たまたま爆破に巻き込まれて死んでしまったことになるのよ。そんなの完全に無意味な死じゃないの。あなたが夫として父親として、あの二人の死んだ理由になってあげなかったら、誰があの二人の命に意味を持たせられるというの」

そんなことは考えたこともなかった。そして手塚は気がついた。自分が事件のことを無視しようとしていたのは、妻子を失ったことだけではなく、自分がこのことにまったく無力であるという事実に対してだ。捜査に関わっていたにもかかわらず、何一つ雪菜や俊輔のためにできなかった。

「俺は何も、何もできなかった、何一つだ」

手塚はそこで自分の感情が決壊した。前川に対して何を言ったのかさえ覚えていない。ただただ彼は泣き叫び、前川を抱いていた。

8月20日

手塚が妻木と共に到着した現場は市の中心部からやや外れた住宅街であった。それでもJRや地下鉄の最寄駅が二つあり、住居費が高い地域だった。それだけ所得水準の高い世帯が多い。ただ分譲よりも賃貸マンションが目立つ。とりあえず賃貸を借りてから、金を貯めて分譲マンションなり戸建てを買うような若い夫婦が中心という。

それもあってか自動車も小型車や軽自動車が多いようだ。問題の部屋は築年数の古いマンションで、リフォームは済んでいるが建築されたのは昭和だという。

じっさい3LDKの室内は、テレビカメラと連動したインターフォンやキッチンの食洗機やIHのコンロなどの今風の設備があるものの、部屋の構造全体に感じられる設計の古さは隠せない。

換気はしたと言うのだが、室内には硫化水素らしい異臭がまだ残されていた。手塚が最初に感じたのはその異臭だった。

しかし、そんなことよりも手塚が驚いたのは、被害者である竹輪安香《たけわやすか》の部屋の使い方だった。玄関脇にある小さなハメ殺しの窓があるだけの六畳は、他の世帯では寝室になるはずだった。

しかし、竹輪は生活空間をすべてこの六畳に集約していた。二段ベッドが置いてあり、下の段がソファーのようになっており、その真正面には大画面の液晶テレビがある。そしてベッド前にはキャスター付きの小さな補助テーブルがあったが、そこには紙製の食器が載っていた。

ゴミ箱の中身から判断して、竹輪は冷凍食品やインスタント食品を電子レンジで温めたりお湯を掛けたりして、この部屋だけで食事をしていたらしい。食器を洗うことはせず、すべて紙製の食器で食事が終われば捨てる。

ただ、だから彼女がズボラな性格かといえばそうではない。ゴミはきちんと分別されているし、それ用にゴミ箱も複数用意されている。それにゴミ箱のゴミも適宜捨てられていたようで、ゴミ屋敷のようにゴミ袋が溜まってはいない。床もちゃんと見えている。

このように几帳面な性格がより顕著に表れているのが他の部屋だった。

「これは実験室というより、もう工場ですね」

妻木が呆れたようにいう。リビングには大きな実験用テーブルが置かれ、その上には攪拌《かくはん》機や冷却機が置かれている。寝室も兼ねる六畳で竹輪がインスタントの食事をとっていたのは、キッチンのガスや水道が実験用のガスや水の供給源となっていたためだ。

壁には大きなスチール製の棚が置かれており、その中のポリエチレン製の大きな容器には、おそらく火薬の製造に使ったと思われる薬品がいくつも並んでいた。冷蔵庫の中にも、食品とは別の棚には製造途中の薬品が保存されている。

「これは、すべて被害者一人で使っていたのか？」

手塚は率直にそう思った。

「正確なところは鑑識の結果待ちですけど、採取された指紋のほとんどは被害者のものだそうです。仮に手伝いがいたとしても、中心は彼女でしょう。

竹輪は薬学部出身ですし、高校時代にはロボットコンテストに部活で参加し、優勝しています。すべてを一人で行えるだけのスキルはある」

妻木はスマホの資料を見ながら、手塚に説明する。

「リビングは化学実験が中心ですけど、隣の八畳間には、三次元プリンターや卓上旋盤をはじめとする工作機械が置かれています」

妻木に案内されて、手塚は問題の八畳間に入る。リビングを実験室というならば、その八畳間は機械工場だった。そこでも頑丈な作業台が部屋の大半を占め、作業台側の壁にはさまざまな工具や部品が整然と分類され、並べられている。

「被害者の身長は？」

「身長ですか……ちょっと待ってください……あぁ、一七〇です。女性にしては背が高い」

妻木はPフォンを操作して、現場写真から被害者の身長をアプリで割り出す。

「一七〇か。だったら壁の工具類にも無理なく手が届くか」

「やっぱり、被害者が爆破事件の主犯ですかね？」

妻木はそう言いながら、八畳間の工作機械を一瞥《いちべつ》した。


明るい中での二度目のドローンによる爆破。レストラン・トリエステの事件は、最初のモンテローザの時とは異なり、ドローンの飛行経路について多くの情報をもたらしていた。トリエステを爆破したドローンは最初の爆破事件のあったモンテローザの残骸の中から飛行していた。これは事件後すぐに特定されていた。しかし、それだけではなかった。ドローンが爆弾を投下したという前代未聞の事件のためか、市民のドローンに対する関心は高くなっていた。このためドローンがどこからモンテローザに向かったのか、その領域が絞り込まれていったのだ。

視界を遮る物も多いことから、一部始終を目撃した人物はいなかったが、すべての証言をつなぎ合わせると、ある建物が浮かび上がった。それは老朽化で解体を待っている古い団地であった。

昭和の時代に建てられたもので、立ち退きを拒んでいた世帯があったことで解体が遅れたところに、築年数が古いために大量のアスベストが使用されていることがわかり、解体が遅れていたのである。

その団地を調べたところ、ドローンの調整に用いたと思われる測定器や工具が発見され、指紋や上皮細胞などが検出された。指紋からは何もわからなかったが、上皮細胞のＤＮＡから、犯人は女性であることがわかった。

周辺での聞き込みから、武多が接触していた若い女性そっくりの人物を目撃したという情報が複数あり、捜査本部は色めきたった。

そうした中で浮かび上がったのが竹輪安香だった。竹輪は自宅から団地までの間を、監視カメラの死角を巧みに利用して移動していた。あるいは彼女がこの団地を利用したのは、監視カメラが極端に少ない地域だったためとも思われた。監視カメラだってタダではない。廃墟同然の団地にそんなものを備える奴はいない。

そうした中で決定的だったのは、ドライブレコーダーの映像だった。そこにダッフルバッグを持参して団地の裏口から侵入する竹輪の姿が記録されていたのだ。

そこは裏通りで、一車線の狭い道であり車の通行は少ない。それでも記録されたのは、必ずしも偶然ではなかった。モンテローザ爆破の時のドローン映像をスマホで撮影した人物がいた。その人物の動画がテレビやネットで何度も再生され、拡散された。

それは彼にそれなりの臨時収入ももたらしたらしい。そこで彼は第二の犯罪を予想し、車にドライブレコーダーを追加までして、暇があると街を流していたという。

その時は気が付かなかったが、ダッフルバッグの映像を後で確認すると、ドローンのようなフレームの膨らみが認められた。彼はそこで竹輪の住所を特定しようと、団地周辺を何度も何度も移動していたが、その結果、警察から職務質問を受け、この動画のことが明らかになった。

そこからは警察の組織力が物を言う。その日のうちに捜査線上に竹輪安香が浮かび上がった。そのイニシャルがYTであることで、刑事たちも彼女が事件関係者との確証を強めた。

また彼女の学歴や職歴、模型製作が趣味であることなど、犯人像には見事に合致していた。ただ武多の言う若い女性とは一致しない点も多かったが、それ以外では犯人像に合致していた。こうした中で竹輪の逮捕令状の請求が行われているとき、警察に一報がある。それは彼女の住んでいる賃貸マンションの管理人からだった。

「一〇二号室の竹輪さんの部屋から異臭がします!」

そうして竹輪安香の死体が発見されたのだった。


「殺人ですか、これは」

妻木のそれは質問の形をした断定だった。

「状況から見てそうだろう」

竹輪の遺体はすでに搬送されていたが、他はまだ残っていた。目につくのは応接室のない室内で、リビングにある化学実験用の大テーブルに残されたワイングラスが二つだ。どちらもワインを飲んだ痕跡がある。

ただ鑑識の現時点での推定は、竹輪の直接の死因は硫化水素による中毒死で短期間に高濃度の硫化水素に触れたらしい。硫化水素は重いので、部屋の下に溜まる。事実、竹輪は床に寝かされていたらしい。

部屋が一階なので近隣に被害は出ていないが、発見者である管理人のペットは衰弱して動物病院に運ばれたという。散歩に連れられた犬の異変が被害者発見のきっかけだった。

「ご苦労さん」

二人がやってくるのを待っていたかのように笹川が現れた。

「笹川さん、被害者の死因について鑑識は？」

笹川はPフォンではなく、手帳を見ながら答える。

「鑑識が現場から想定した流れとしては、睡眠薬入りのワインを飲ませ、それから床に横たえてから、硫化水素で殺した……ですね。殺人に使われた薬品も見つかっているようですよ」

笹川の説明を聞きながら、手塚はどうも状況が腑に落ちなかった。

「おかしいと思わないですか、笹川さん」

笹川は手塚の言わんとするところを理解していた。

「手塚さんも気になる？　そうなんだよね、犯人はどうして毒入りワインで殺さなかったのか？　睡眠薬で眠らせることができるなら、最初から毒殺すればいい。どうして硫化水素などという手間をかけるのか？」

「そうなんですよ。硫化水素自体は適当な薬品に酸を混ぜれば発生するらしいから、そこは素人でもできるとして、こんな手間をかけられるというのは、衝動的な犯行とは思えない。計画的かどうかはともかく、犯人は冷静にことを進めている。

ところが、それだけ冷静な犯人がどうしてこんな目立つ場所のワイングラスを始末しないのか？　どう見たって、竹輪は自殺ではなく他殺であることを意図して示しているとしか思えません。

それが成功するかどうかはともかくとして、犯人としては竹輪を毒殺して、遺書の一つも偽造して、服毒自殺に見せかけた方がいいはずです。どうして他殺であることを誇示するのか？」

「警察への挑戦かね？」

笹川の意見は手塚も感じたが、しかし、それですべて説明するには、何かが足りない気がした。

「警察への挑戦の可能性はあるでしょう。ただそうであるなら、犯人からの犯行声明の類が何もないのも不自然です。

それでも竹輪を殺した人物がいることを誇示するのは、警察に対するメッセージと解釈できます。

しかし、この一連の事件は何なんでしょうね。帝石の社員ばかりが殺されている以外の共通点はない。女性三人は刺殺され、男二人は爆殺された。どっちが残酷か？　などという議論には意味はないでしょうが、この犯人は何がしたいんだろう？」

「まったくですな」

ベテランの笹川も、犯人の一貫性の無さに当惑していた。

「もっと言えばですね、どうして犯人は竹輪を殺したんでしょう？」

「それは捜査の網が竹輪に近づいていたからでは？」

笹川はそれに疑問を抱いてはいないようだった。

「だから、笹川さん、どうして犯人はそれを知っていたんです？　そこですよ」

「何と……」

笹川は錘でも飲まされたような顔をした。そう、竹輪をマークしていたことは、署内でもごく限られた捜査員しか知らないはずなのだ。それが意味することは明白だ。

「警察に内通者でもいると言いたいのか？　手塚さん」

笹川は急に厳しい表情で尋ねた。むろん手塚はそれくらいでは怯《ひる》まない。

「いや、それもしっくり来ないんですよ。

仮に内通者がいるとしたらトリエステの爆破などしないんじゃないですか。結果的に竹輪に辿り着いたのもあの爆破事件からなんですから。内通者がいるようなら、何というか、もっと犯人の行動も違ったと思うんですよ。

むしろ内通者がいないからこそ、トリエステ爆破は実行された」

手塚はまるで事件関係者ではないような物言いだと自覚していた。妻子が巻き込まれたというのに、まるで他人事だ。

「だったら……つまり手塚さん、あれですか、犯人はずっと竹輪を監視していて、それで我々の行動を知ったと？」

「最初の三人についてはすでに武多が逮捕されています。犯人としては竹輪が捜査線上に浮かぶのは時間の問題と考えたのでしょう。

考えてみれば犯人は千葉靖子を本気で殺害しようとしていたんでしょうか？」

それもまた手塚がしっくりこない点である。

「どういう意味です、手塚さん？」

「帝石本社近くの公園でYTのイニシャルの似たような女性が三人殺された。警察も全力を挙げて逮捕に向かう。我々は被害者三人の幾つかの共通点から捜査範囲を絞っていった。そしてその網の中に武多が入ってきた……」

「つまり犯人にとって千葉靖子は武多を逮捕させるための囮《おとり》というのか？」

笹川はその可能性に虚をつかれたようだった。

「自分はそう考えてます、少なくとも可能性はあるでしょう」

その発想は確かに笹川にはなかったらしいが、彼はその文脈で竹輪の殺害を考えると、一つの結論がすぐに導かれることに気がついた。

「手塚さん、つまり犯人はもう殺人を犯さないというのか？」

「断言はできません。しかし、仮にこの事件の黒幕が犯罪目的を達成したとしたら、もはや実行犯は不要です。

そして黒幕と実行犯は、社会的立場も住んでいる世界もまるで違っているならば、実行犯を消されれば、我々と黒幕の接点はなくなります」

手塚は自分でも信じがたいその仮説を否定できなかった。殺人方法は異なるものの、実行犯二人はこうして逮捕されるか殺害された。竹輪だけは黒幕が直接手を下した可能性があるが、それにしてもここまでの実行犯はいなくなった。

それでも笹川は反論を試みる。

「それでもね、もしも殺人そのものが黒幕の目的だとしたらどうだろうか？

殺害された五人の帝石社員は黒幕のターゲットだった。しかし、この五人に関係性らしい関係性はない。不倫関係のものがいたが、それがここまでの犯罪を引き起こすとは思えない。そもそも被害者も実行犯もイニシャルがYTであることにどんな意味があるのかも説明がつかない。

それなら黒幕は異常者かと言えば、個別の犯罪については緻密に計画性を持っている。それが何かはまだ我々には理解しがたいが、一連の犯罪に何か一貫した目的があるとしたら、黒幕が計画している犯罪はまだ終わっていないんじゃないですか？」

「つまり犯罪はまだまだ続くってことですか？　しかし、実行犯二人はすでに犯罪は不可能だ。それとも笹川さんは、まだ第三の実行犯がいると？」

笹川はうなずく。

「武多のいう謎の女。彼女の存在が残っています。さらに竹輪の自宅に残されていたワイングラスの一つから被害者とは違う女性用化粧品の口紅が認められた。謎の女は少なくとも一人を殺しているとすれば、この先も犠牲者が出るんじゃないでしょうか？」

それは手塚も気になっていた。犯罪が終わるのかどうか、それは黒幕が何者かで決まってしまうからだ。

「武多の証言がどこまで信用できるかわかりませんが、奴の証言を信じるなら、謎の女は黒幕とは思えない。だとすると犯人グループでは最低でも彼女と黒幕の二人が残っていることになります。

さらに武多のいう謎の女と、竹輪を殺した女が同一人物とは限りませんから、その場合は犯人グループはわかっている範囲で三人です。

三人寄れば文殊の知恵とは言いますが、奴らの考えがなんであれ、他人の命など何とも考えていないってことは確かですね」

「そこなんだよ手塚さん、犠牲者がこれで終わるというのはどうも楽観的に思えるんだよ」

手塚も笹川の懸念はよくわかる。いままで後手に回っていただけに犯人を逮捕するには最悪の事態を想定し、先手を打たねばならない。少なくとも不意打ちは避けたい。

妻木はベテランたちの仮説が興味深いのか、あえて口を挟まないでいるようだった。手塚はそのことも意図して、考えられる他の可能性に言及する。

「現状でわかっている範囲の話ですが、被害者は不倫関係のものがいたくらいで、周囲の評判も良く、世間一般の基準で言えば、いわゆる勝ち組です。教育水準も所得水準も高く、世間的な評価も高い。

一方で、武多と竹輪は、教育水準こそ高いものの、就職活動に失敗し、所得も低く、友人もいない。武多に至っては、親類縁者から存在が抹消されている。

実行犯も被害者もイニシャルがYTではあるものの、両者はその境遇で対照的です。

刃物とドローンによる爆弾というのは、手段として共通点がないように見えますが、もしかすると共通点があるかもしれません」

「共通点？　どこにあるというんだ手塚さん？」

確かに普通に考えれば共通点があるとは思えないだろう。刃物による殺傷など、それこそ人類の歴史と共にあった。対してドローンによる犯罪は、紛争地域を除けば、犯罪例としてはほぼ報告はない。およそ共通点など無いように思える。

「両者の共通点は、能力の誇示ですよ、笹川さん。武多は離婚した妻のことがあり、女性全般を逆恨みしていた。確かに奴は犯行を依頼されたかもしれない。だがそれは拒むことができた。しかし、拒まなかった。武多にとっては間接的な妻への復讐だったかもしれません。武多に殺された被害者たちは、勤務先こそ違え離婚された妻とよく似た立場でもあった」

「そしてドローンによる爆撃も、確かに能力の誇示だな」

「証言が取れるのは武多だけですが、奴の供述のあちこちに、才能がある自分が現在の境遇に落ちていることへの不満が見られます。竹輪も同じであったなら、実行犯の隠れた動機はそこにあったのではないでしょうか」

「つまり手塚さんは犯人の共通点は、いわゆる〝無敵の人〟ということか？

確かに筋は通る、しかし、黒幕はどうやって武多や竹輪を見つけ出したんだ？」

するといままで二人の会話を聞いていた妻木はＰフォンで何かを検索し始めた。

「これじゃないでしょうか」

彼が示したのは、捜査本部のサーバーの中にある、武多と竹輪の書き込みと思われるＳＮＳでの発言を分析したものだった。両者ともに同世代で成功した人間への誹謗中傷が目立った。それでアカウントを停止させられたこともあった。

さらに竹輪に至っては、高校や大学時代の友人の勤務先に、若い頃の問題行動を密告するようなことをしていた。これにより危うく裁判沙汰になり、示談で解決したようなことも記録されていた。

逆に武多は妻とその周辺や勤務先への言いがかりや粘着が中心だった。SNSの発言はある時期から激減するが、それは次々とアカウントを停止させられたためらしい。

「黒幕は、こうしたSNSの情報を丹念に調べて、使えそうな人間を探していたってことか？」

「具体的な手段はわかりませんが、SNSの発言を無視するとも思えません」

妻木の仮説に感銘を受けた手塚だが、そこで一つ疑問が浮かんだ。

「実行犯が世間を恨んでいる、いわゆる〝無敵の人〟って奴だとして、なら黒幕はどうなんだ？」

それに対する妻木の返答は、手塚と同じものだった。

「それがわかった時が、事件が解決する時じゃないでしょうか」


「寄らせてもらったよ」

手塚が前川のマンション入口のインターフォンで名乗ると、どうぞという前川の声がした。

前川の息子は塾の合宿に参加させたという。最初はそのつもりはなかったが、手塚の話を聞いてから、殺人事件が多発するこの町から少しでも遠ざけようと考えたのだという。手塚にとってはそれは好都合だった。少なくとも合宿の間は、前川の家に滞在できるからだ。

いま手塚に家はなかった。手塚の家は亡くなった妻である雪菜の名義となっていた。そこまでは手塚も知っていた。だが実際には家は義父の担保物件となっていた。どういう考えだったのかは知らないが、義父は住宅資金を援助したのではなく、家を担保に貸していたのだ。少なくとも書類上はそうなっていた。

もちろん義父が雪菜に借金の返済を求めたことはない。それは親の反対を押し切って手塚と結婚した娘に対する、一種のケジメのようなものだったらしい。

だが雪菜と俊輔が爆破事件に巻き込まれて死去すると、義父は手塚に借金の返済を求めてきた。もちろん手塚はそれを拒んだ。すると義父は雪菜の財産の相続放棄を要求してきた。結果として手塚は相続を放棄し、家に住む権利を失った。あるいは裁判所に訴えるなり弁護士に相談するという手段もなくはない。しかし、彼は家を出ることを選んだ。

これ以上は義父との関係を持ちたくないからだ。またすべてを過去のことにしたかったからでもある。どの道、あの家への未練はなかった。自分の家と信じていたものに、手塚のものは何一つなかったのだから。

幸い自動車だけは自分のものだ。雪菜との別居で、自分の私物はほとんどそっちに移してある。家を出る時には鞄一つで間に合った。彼がそこまで思い切ったことができたのは、前川の存在があったからだ。

「こんなものしかないけど」

前川は甲斐甲斐しく、食事を並べる。前川の家に向かうことは先に連絡してあったが、わずかな時間に彼女は夕食を用意してくれた。二人分あるのは手塚と一緒に食べるためだろう。品数は少なかったが、どれも手塚の好物ばかりだった。

「あり合わせで作ったので、私の好物ばかりだけど、お口に合うかしら?」

「いや、どれも僕の好物だよ」

そう言いながら手塚は料理に箸をつける。そうして前川と食卓を囲みながら、彼は心地よさを感じずにはいられなかった。一方でそのことに罪悪感も覚えている。妻子が連続殺人事件の巻き添えで亡くなったのはつい最近のことなのだ。

家を失ったことも大きいとはいえ、考えてみれば手塚は妻子の霊前に線香を上げたこともない。上げさせてほしいと伊藤の家に行ったこともなかった。

認めたくなかったが、自分の家はとうの昔に家族ではなかったのではないのか。結局、あの家は伊藤家であって手塚家ではなかったのだ。むろん本当に家族でないなら結婚などしなかった。それを義父が壊した。そういうことなのだろう。とはいえ、義父の干渉で壊れる程度の絆だったと言われれば返す言葉もない。

「お仕事、忙しいの？」

前川からそれを訊かれた時、手塚は大袈裟ではなく、ショックを受けた。自分の仕事のことなど雪菜から訊かれたことなど一度もない。警察官の守秘義務はわかっていたのだろう。しかし、違うのだ。仕事のすべてが秘密というわけではない。仕事が大変なのか、どうなのか。それを尋ねるというのは、配偶者への関心ではなかったのか？

「知ってるだろ。連続殺人事件、あの捜査に当たってる」

「事件関係者のイニシャルがみんなYTって話ね、みんな話してたわ」

メディアではこの事件に対して、そんな関心が持たれているらしい。手塚は直接は聞かないが、生活安全部には「自分もイニシャルがYTだから保護してほしい」などという要望もあるとも聞いた。ただ手塚は前川のその言葉を聞き逃さなかった。

「みんなって？」

「斎場よ。立川由利と鳥居暢子の葬式。結婚して退職するまで、立川は同僚だし、鳥居は後輩だったの。葬儀はだから昔の知り合いばかり」

それは手塚には初耳だった。もっとも前川の前職について尋ねたこともないので当然といえば当然ではあったが。

「犠牲者もいるのにこんなことを言うのもアレだけど、私にとっても大打撃よ。離婚してから帝石に復職できないか、立川には頼んでいたのよ。

さすがに育休ならまだしも退職して元のポジションに復帰は無理だった。ただ子会社とか取引先の正社員のポジションを探してもらっていたのよ。ITエンジニアは不足しているし、幾つか候補もあったらしいの。それを紹介してくれるかどうかって時に、この事件よ。訃報を聞いて泣いたわよ。ほんと、この犯人、私が殺してやりたいわ」

「物騒なことを言うなよ」

話が変な方向に流れたので手塚は話題を変えようとした。だがそれはあまりうまくいかなかった。

「帝石にいた頃はどんな仕事をしていたの？」

「立川と私と鳥居は、そうねぇ、あなたにわかるように言えば、ロジスティクスとAI関係の研究。宅配の自動配送とか、ドローン物流とか、そういう類ね」

「ちょっと待て、立川と鳥居はドローンの研究もしていたのか！」

「私が帝石にいた頃の話よ。一〇年前だから、いまは知らないけど、同じ部署なら継続していても不思議はないけど。

あなたまさか、立川たちが研究していたドローンがレストランを爆破したとか考えてるの？」

「事件被害者二人がドローン開発に関わっていたなら、関係性を疑うのは当然だろ」

「その理屈なら、私も犯人に何か関係があることになるじゃない。立川たちとドローンを研究していたんだから」

「いや君は関係ないだろう……」

そう言いつつも、手塚もふと疑問を覚えた。事件に無関係と断言できるほど前川のことを知っているわけではないからだ。帝石の社員だったことだっていま知ったのだから。

「まずさぁ、日本でドローンの研究している会社なんか帝石以外にもいくつもあるのよ。技術のトレンドなんだから。

それに、あなたは警官だから他言しないと思うけど、私たちが開発していたのは、マスコミが言ってるようなプロペラが幾つもあるようなタイプじゃなくて、ロボット飛行機よ」

「あぁ、あの海外の紛争地域で飛ばしているような奴？」

「それ。帝石は海外に幾つも工場や鉱山を開発している。ゲリラなどに狙われているところもある。自社施設の警備用。民生品で輸出もしているけど、武器に該当するかどうかはグレーゾーンなのよ」

「優秀だったんだな」

「だけどクズ男に騙されて退職よ。会社には散々引き留められた。それをクズが会社に乗り込んで……。

まぁ、いいのよ。犯人が何者か知らないけど、下手したら立川じゃなくて私が殺されていたかもしれないもの」

「君はイニシャルがRMだから大丈夫じゃないかな」

それが場違いな台詞と気がついた時には、言葉はすでに口から発せられていた。

「あぁ、なんか犯人はYTばかり狙っているって話？　関係ないかもよ」

「関係ないって？」

それに対して、前川は予想外のことを口にする。

「別に狙ってはいないのかもよ。市内で一番多いイニシャルはYTだから。手塚さんだってYTでしょ」

「何だって……」

「非正規でも市役所職員なんで個人情報関係はあまり詳しいことは教えられないけど、よくある名前とか珍しくない姓の組み合わせがあるわけ。イニシャルのYは名前でしょ。そこは時代の流行に影響される。好きなアイドルの名前が優子とか由利でしたみたいに。

立川も、親が好きだったタレントの名前からとって由利ってつけられたって言ってたわ」

「姓は？」

「簡単にいえば古い土地だから、この辺は親戚縁者が固まってるわけ。帝石の企業城下町みたいなものだから。田中とか武田とか、そういう一族の親戚が固まって住んでいたら、Tで始まる姓も多くなる。

あとは確率の問題よ。市役所のシステムで住民管理しているわけだけど、Tで始まる姓が一番多いのよ」

手塚はその話に興味を持った。

「市民全体でYTのイニシャルの確率はどれくらいだ?」

「わからないわよ。私はIT担当で、行政実務担当じゃないから。あくまでも業務上の印象よ」

「正確なデータは出せるかい?」

前川は大袈裟に首を振った。

「そういうデータを扱うには市役所内の権限が必要。パスワードは管理職しか知らない。知ってても、勝手にそんな調査をしたら規則に触れるわよ。正社員になるためにあちこちに働きかけていると言うのに、市役所で問題行動は起こせません。そんな馬鹿な真似はできないわよ。

私が失業しても、あなたが面倒を見てくれるというの?」

「面倒を見るなら、調べてくれるのか?」

前川は驚いたが、すぐに我に返ったようだった。

「捜査に必要なら、警察から市役所に申し入れればいいことじゃない。もうこの話はお終い」

前川はそう言うと、夕食後の食器を片付ける。その後ろ姿を見ながら、手塚は、すべてを失ったいま、生活を立て直すまでこの女と暮らすのもありかもしれないと漠然と思った。

9月1日

九月一日は帝石にとっては特別な日であった。この日は創業記念日であるためカレンダーはどうであれ、ほとんどの帝石の社員にとっては休日であった。それでも出勤しなければならない人間はいた。

武藤利治《むとうとしはる》もそんな社員の一人だった。他の部署にとって創業記念日は休日であったが、武藤が所属する広報課は違っていた。地域密着企業というイメージ戦略や優秀人材の雇用という文脈から、社内のいくつかの施設が一般に公開されていたからだ。

新入社員や中途採用者の勧誘を兼ねて、セミナー形式の企業説明会がおこなわれる一方、小中学生向けの各種イベントが公園で開かれていた。またそれに合わせて帝石の新製品や営業戦略の説明がマスコミを対象として用意されている。

これらが創業記念日一日の間で行われるため、広報課の忙しさは尋常ではない。イベントによっては外部からタレントを呼ぶようなこともあり、マスコミの受けを良くするために弁当も老舗からそこそこのグレードのものを用意しなければならない。

しかし、今年の創業記念日は違った。七月半ばから起きている連続殺人事件の被害者が、巻き込まれた人を除けばすべて帝石の社員であるため、今年の創業記念日は「不測の事態を避けるため」に一切のイベントを中止することにしたのである。

イベントらしいイベントといえば、社長によるリモートでの挨拶くらいで、それ以外は行事はない。ただ武藤課長にとっては創業記念日こそ出社しなければならない日であった。

会社の休日なので裏にある社員専用の出入口に回る。そこはゲートが開いており、監視カメラが見張っている。ガラス張りの広いエントランスがあり、その中央に階段がある。エレベーターは階段を上った二階からだ。その階段横の机の前に守衛が立っていた。

「おはようございます」

守衛の竹内《たけうち》が武藤に挨拶をした。武藤も丁寧に頭を下げ、社員証をリーダーにかざす。

竹内は定年再雇用で守衛をしているが、去年までは広報課の係長だった。立場としては武藤が竹内を追い越してしまったが武藤が若い頃に仕事のイロハを教えてくれたのが竹内だ。

帝石という会社の人事は他社と違った考え方がある。それは役職は必ずしも階級ではないということだ。竹内は新入社員の教育など、係長としては抜きん出た存在だった。だから会社は竹内の給与は係長には不釣り合いなほど支給したが、彼を係長から動かそうとはしなかった。竹内は係長の仕事をさせるのが一番能力を発揮できるとの判断からだ。

だから守衛となったいまでも、竹内に育ててもらった部長、課長クラスが彼には頭を下げて出勤するのだ。

「あれ、竹内さん、今日もなんですか、休日なのに大変ですね」

「いや、まぁ、ねぇ、本当は渡辺《わたなべ》君なんだが、家族サービスのためって頭下げられたんでね、シフト代わったんですよ。彼も社内結婚で新婚だからね。とはいえ最近は物騒だし、爆破予告だけで三件届いているから、誰か出勤しないといけませんしね」

「まったく物騒な話ですね」

「昔はそんなものはイタズラと相場は決まっていたものだが、今年は違いますなぁ。ドローンで爆弾を降らせる奴がいるくらいだ」

竹内は言う。武藤も彼の話には耳を傾ける。なぜなら部課長級、時には役員クラスとの雑談で、竹内の元には膨大な情報が集まってくるからだ。

「シフト代わったとはいえ、竹内さんも今日は休んだ方が良かったんじゃないですか？」

「いや、会社が一番安心かもしれませんよ。爆破予告の連中は例の事件の犯人とは違うらしいですから、ようするにイタズラです」

「へぇ、そうなんだ」

それは武藤も初めて聞く話だった。もっとも誰からの情報なのかは彼も尋ねたりしない。それが竹内との情報交換の不文律だ。

「警察の犯人像とは違うらしいですわ。今までずっと犯行予告なんかしてませんでしたからね」

「確かにそうですね」

「でも、我が社への風当たりは強いみたいですね」

「守衛室に嫌がらせとか？」

「いや、裏口の社員専用玄関に石をぶつけてくるような輩《やから》もおるんですわ。まぁ、石ぶつけてもここの強化ガラスは割れませんがね。でも監視カメラが二つも潰れてしまって」

武藤がふと守衛が控える机の辺りに視線を走らせると、監視カメラのモニターの二つが暗くなっていた。そんな武藤の視線を見て、竹内は言う。

「昨日投石で壊されて、今日は会社も休日なので、修理は明日なんですよ。最近は、子供に金を与えて集団でカメラに投石させるような奴もいて敵いませんわ」

「まったく警察は何をしてるんでしょうね。あれだけ人が死んで、爆弾まで破裂しているというのに、容疑者が一人逮捕されただけでしょ」

武藤はついつい警察への愚痴が出る。犯人が何者で、何を狙っているかはわからないが、被害者のほとんどが帝石の社員であることは世間の関心をひいていた。会社に恨みを持つ者との憶測から、さまざまな流言飛語が飛び交っていた。創業記念日のイベントが中止となったのはその影響もある。

「警察もお手上げのようですな」

竹内は何気ない様子でそう言った。武藤はそれを聞き逃さない。竹内の情報は役員クラスが把握している情報と考えてまず間違いないからだ。

「容疑者を逮捕したのにですか？」

「逮捕されたのはトカゲの尻尾みたいな奴で、黒幕には全然通じていないみたいです。それに武藤さんの耳にも入っていると思いますけど、爆弾魔も口封じに殺されたみたいで」

「自殺と事故の両面で捜査って報道されてたけど……殺人？」

「と、警察は見てるらしいですよ。実行犯はもう用済みってことじゃないかと」

「つまり犯行はもう起きない？」

武藤は幾ばくかの期待を込めて尋ねる。

「いやぁ、どうなんでしょう。警察は別の犯罪が起こると警戒しているようですよ。そりゃそうでしょうな。いまここで犯行を止めても、犯人には何のメリットもない」

「はぁ……そうですか」

武藤は一気に憂鬱になった。そんな時にチャイムが鳴る。通用門の呼び鈴だ。そこは郵便その他の配達の部外者が出入りする場所なので、壊されたカメラの一つはそこにあった。

「はい、何ですか？」

「宅配なんですけど。開けていただけませんか？」

若い女性の声がインターフォン越しに聞こえたが、モニターに姿は見えない。

「はい、ちょっと待ってて。いま行くから」

竹内は認印を持って立ち上がる。帝石といえば、最先端技術を持つ企業として国内外に宣伝しているが、宅配の受け取りなどはいまも認印が必要だった。

「あれ、竹内さんから行くの？」

「カメラ壊れてるし、こんな状況だから、確認できない部外者は敷地に入れるなってお達しが出てるんですよ。警察からの指導だって」

そう言って軽く武藤に会釈すると、竹内は通用門に向かう。通用門から社内の様子は窺えない構造なので、社内からも通用門の様子はわからない。ただ「ありがとうございました」という若い女の声は聞こえた。

通用門から戻りながら竹内は普通サイズの段ボール箱を一つ抱えて戻ってきた。様子からして数キロの重さはあるようだ。

「あぁ、ちょうど良かった。武藤さん宛というか、広報部一課御中となってますね」

「あぁ、じゃあ、うちの課か」

武藤が訝《いぶか》しげに箱を受け取る。それは取引のある広告代理店の名前で、「創業記念日イベント関連書類」とあった。その会社には事情も説明してあったが、イベント中止は急な話なので、話の通じていない部局もあるかもしれない。

武藤は竹内に頼んでカッターを借りる。自分のオフィスで開封しないのは、もしも何か厄介な案件なら、竹内の知恵を借りようと思ったためだ。竹内もそのことを察したのか、二人で段ボール箱を囲む。

「しかし、ここが宅配で書類を送ってくるというのはいままでなかったよね？」

竹内の言葉にうなずきながら武藤も箱にカッターを入れる。

「まぁ、こんな事件が続いているんで、取引先もうちとの距離を置こうと……」

武藤はカッターの刃が細い電線のようなものを切断したような手応えを感じた。そして段ボール箱が爆発した。

帝石本社で持ち込まれた爆弾が爆発し、一名死亡、一名が重体。この事件は捜査本部の手塚や妻木もすぐに知るところとなった。捜査本部で情報を整理する立場であったためだ。

「立川由利のスマホから通報があったんですか？」

妻木もその情報には驚きを隠せない。

「そう、連続殺人事件の最初の被害者だ。持っていたはずのスマホが発見されなかったが、どうやら犯人が確保していたようだ」

「しかし、もう九月ですけど、スマホの契約は、解約されていなかったんですか？」

「警察から解約は待っていてもらったらしい。犯人が持ち帰った場合、逮捕のきっかけになるからな。武多の供述によれば、被害者から奪ったスマホは例の若い女に渡していたそうだ。

最初の被害者である立川のスマホだけは武多の自宅から消えていたそうだが、それも黒幕の手に渡っていたらしい。自宅が知られているから、もう逃れられないと思ったそうだ。

実は何度か被害者たちのスマホに通話を試みてきたのだが、一度として成功していない。犯人は奪ったスマホの電源はずっとオフにしているらしい。必要なときだけ、短時間だけ稼働させるようだ」

武多が逮捕され、竹輪が殺害されたことで、捜査本部では一連の事件は次の段階に入るのではないかと懸念されていた。ただ事件の黒幕の意図はいまだに明らかになっていない。

「死亡したのは警備員の竹内洋一《よういち》で彼もイニシャルはYTだが、現場でシフト交代したらしく、これは偶然だろう。一応、本当なら勤務するはずだった渡辺という警備員の家にも事情は聞きに行ってるそうだがな」

「宅配を装ったんですよね？」

妻木も集まってきた情報を整理しながら、確認する。世間話のようで、二人はデータの入力ミスをチェックしているのだ。

「重傷を負った武藤課長の証言だ。どうも犯人は計画的に犯行に及んだようで、前日に子供か誰かに石を投げさせて二基の監視カメラを破壊している。だから犯人がどんな人間で、どこから現れたのかがわからん。犯人と直接対峙《たいじ》したのは亡くなった竹内だったそうだ。ただ彼の証言だと、宅配の配達人は若い女性だったらしい」

一命を取り留めたとはいえ、武藤の容体も良くない。爆弾を起爆させたのは彼であり、救急車が到着した時、彼は両腕を吹き飛ばされていたという。出血多量で、意識があるうちにここまで聞き出せたことは奇跡に近い。

「武多と接触していた女性ですか？」

「だと思うんだが、武藤自身は姿を見ていないのでそこはわからん。ただ事件の鍵を握る女性として、それが姿を見せないように注意しているとはいえ、実行犯として現れたというのは、この女さえ押さえれば、黒幕にはすぐ手が届くはずだ」

手塚は事件の派手さに比して、犯人グループの規模は小さいのではないかと考えていた。理由は勘もあるのだが、犯行手口の複雑さに比して、犯人グループの情報がほとんど漏れてこないからだ。

手塚も自分の伝《つて》を使って反社会団体などの情報を集めているが、その方面からの情報はほとんどなかった。そもそも手塚が知っている反社会団体は、拳銃の密輸や密売はしても、爆弾の製造などしない。ましてドローンを作り上げ、爆弾を投下するなど彼らの流儀にはなかった。

逆に、刃物で依頼のあった人間を傷つけるというのは、リスクが大きすぎるので昨今は敬遠される。リスクの割に得られる対価が小さすぎるからだ。それに実行犯の武多は金で動いたとしても、犯行の依頼内容には強い憎悪が感じられた。

まさにこの犯罪の動機こそが最大の謎といえた。ある程度の規模の組織犯罪であるなら、個人的な憎悪のようなものは表には出にくい。犯罪に限らず、組織とは個々の構成員の個性を表しにくくするものだからだ。

それだからこそ手塚は、何かへの憎悪が感じられるこの犯罪は、個人の憎悪が顕在化した小規模集団によるものだと思うのだ。

そうしている間にも情報は集まってきた。科捜研の火薬残渣のX線分光分析によると、火薬の組成は過去のレストラン爆破事件に用いられたものと完全に一致し、竹輪安香により製造された爆弾であるのは間違いないと思われた。

「これで犯人の目的が絞り込めましたね。黒幕の狙いは帝石だ」

妻木の意見は確かにもっともではあったが、それでも手塚は一連の犯行の一貫性のなさが却って気になった。犯人の目的が帝石なら、事件はここから始まってもいいからだ。最初の連続殺人は何だったのか？

「あっ、妻木さんと手塚さん、本部長が会議室に来てくれって」

捜査本部に属する刑事の一人が、二人にそう話しかける。

「会議室に？　我々二人がか？」

手塚には本部長に呼ばれる理由がわからない。

「頼みたいことがあるとか言ってましたよ。人手が足りないんで現場に出てくれってことじやないですか？」

「なるほどな」

正直、手塚は捜査本部の体制改編かと思った。事態がここまで来たら刑事部と組織暴力対策部の関係を整備しないとならないだろう。彼はそう考えた。しかし、捜査本部長からの話はまったく予想外のものだった。


会議室には捜査本部長と名前は知らないが県警幹部が他に二人いた。捜査本部長は非常に不審そうな表情で、手塚たちに挨拶抜きで説明をはじめた。

「爆破現場から金属ケースが発見された。爆破で飛び散ったためにほぼ無傷だ。内部には犯人からの脅迫文が入っていた。

この脅迫文を起草した人間が、すべての事件の黒幕と考えていいだろう。報道各社には公開していない事実関係を、この黒幕は知っていた。

黒幕の要求は単純だ。現金で一億五〇〇〇万円を七五〇〇万円ずつ二つのケースに入れ指定した場所に運べという。要求を呑まなければ、帝石への爆弾攻撃を続ける。そういうものだ」

それは初耳だったが、捜査情報のすべてがすぐに手塚の元におりてはこないから、この点は特に不思議ではない。わからないのは手塚と妻木が呼ばれた理由だ。ただそれをいま捜査本部長に尋ねられる空気ではないのはわかる。

「一連の事件で犠牲になった被害者、一部の巻き込まれた被害者を除けば、全員に共通点がある。それはイニシャルがYTであることだ。犯人はYTというイニシャルに強いこだわりを持ち、さらに犯罪の中に強い憎悪が感じられる。

そして刑事というのは人の恨みを買いやすい。そうは思わないか手塚警部補」

「どういうことでしょうか？」

「警部補のイニシャルもYTだ。この犯罪のすべてとは言わないが、少なくない部分が君への復讐の意図もあるのではないかということだ。

なぜ我々がそう考えるのか？　脅迫状には現金を運ぶ人間が指名されている。君たち二人だ。そう、黒幕は君らを名指ししてきたんだよ」

「我々を？」

手塚には本部長の言っていることの意味がわからない。どうして黒幕が自分のことを知っているのか？

「どうしてこの事件の黒幕が君たちを知っているのか？　それは警部補、君に恨みを抱く人間がこの事件に関わっているからだと我々は解釈している。そう解釈すると、一連の事件の不整合の謎も解ける。

黒幕は帝石に恨みを抱くものと、警部補に恨みを抱くものの最低二人だろう。こんなことを言うのは酷なのは百も承知だが、警察官として聞いてほしいが、帝石社員以外で犯人に殺されたのは、警部補の妻子だけだ。果たして、これは偶然なのか？」

「いや、やはりそれは偶然だと思います」

捜査本部長の発言に反応したのは手塚よりも妻木が先だった。

「雪菜さんと俊輔くんの死亡は計画的なものではないことは明らかです。あの日、あの時間に二人がトリエステにいることは手塚警部補くらいしか知りません。またレストランの席を変えたのは直前です。犯人がそこまで予測することはできないでしょう」

「そうではないんだ」

本部長は疲れたように妻木に向かう。

「妻木君がまとめた報告書にはこうあったね、『警部補が予約時間に遅れることを店員に伝えると、彼はそのことを被害者である手塚雪菜さんに伝言した。すると彼女は屋外のテラス席に移れるかを店員に尋ね、屋外の席に移動した』と。

だがこの件に関しては、私はこの件を君ら以外の人間に再度調べさせ、報告は直接私にするように命じていた。捜査本部に警部補を残したのは私の判断だが、その判断は間違いだったかもしれん。

まず、警部補は何度もレストランに連絡を入れたが、店には通じていなかった。これは警部補の証言とスマホの通信履歴で明らかだ。では誰が店に連絡を入れたのか？

それは店の通信履歴に残っていた。店に連絡を入れたスマホの持ち主は立川由利だった。そう、最初の被害者の奪われたスマホからだ。警察から遺族にスマホの契約を解除しないように頼んだ本当の理由はそれだ。立川のスマホの場所が犯人の居場所という判断だ。残念ながらそれは成功していないがな」

手塚は愕然《がくぜん》とした。妻子が死亡した衝撃で、こんな基本的なことにも気がついていなかった。漠然と雪菜が屋外のテラス席に移動したと思っていただけだったのだ。店への電話にしても何度もかけたので通じたような気がしていたのだ。さらに本部長は手塚から視線を逸《そ》らすように話を続けた。

「まず先ほどの店員の証言は、その後の再調査で若干の違いがある。男性の声で遅れるからテラス席に移るように伝えてくれと言われたのだ。だから被害者はテラス席に移れるのかと尋ねたのだ。

いままで警部補がターゲットであることを否定していたのは、すべてが偶然に見えたためだ。犯人はなぜあの日、被害者である手塚雪菜母子があのレストランに行くことを知っていたのか？　被害者が犯人グループに監視されていたとすれば説明がつく。犯人グループは被害者が出かけるとその跡をつけ、レストランに到着すると犯行に及んだわけだ」

「ですが、手塚さんが遅れることまでは……」

妻木が言いかけると本部長が遮る。

「警部補が遅れるかどうかは関係ないんだ。外に出てくれさえすれば爆弾は投下できる。あくまでも偶然というならば、手塚雪菜が動くまで舘花幸男がメインターゲットだった、そこに手塚雪菜が現れた。犯人グループはそのチャンスを逃さなかった。そういうことだろう。

ともかく、立川名義のスマホからの通話により手塚雪菜は舘花の近くに移動させられた。これは十分、警部補への怨恨の根拠になるのではないかね。何より現金を運ぶ役を指定されたのが警部補と妻木君の二人というのは、偶然では説明できまい」

本部長は妻木ではなく手塚に問いかける。彼には何も言えなかった。

9月3日

「真崎山《まさきやま》ＳＡ《サービスエリア》に向かえ」

手塚の私物のスマホにショートメッセージが届いた。発信者は立川由利となっている。

手塚は自分の車で、段ボール箱に入った七五〇〇万円の現金を助手席に置いていた。七五〇〇万はすべて一万円札で、すべて続き番号だ。さらに段ボール箱にはＧＰＳ機能内蔵の送信機も仕込まれている。

今回のような事件では、現金の受け渡しがネックとなる。ほとんどの犯人が現金の受け渡しで逮捕される。

本部長は犯人の要求とはいえ、現職警官を名指ししてきた犯人に従うことには反対だったという。そこは犯人に対して拒否すべきという立場である。そこには部下を守るという意味もあった。

犯人は手塚に対して恨みを抱いているのではないかという話も出ている中で、犯人の要求に従い手塚を出すのはあまりにも危険という判断だ。

ただそれに対して手塚は自らその任務を志願した。現金受け渡しの現場に手塚が現れれば、犯人は必ず自分からやってくる。つまりこれは黒幕を逮捕するチャンスなのだと。

「仮に犯人の要求を拒否したとしても、犯人は自分が現れるまで類似の犯罪を繰り返すでしょう。そうなれば無関係な市民が死傷することになる。市民の被害を最小にするためにも、自分が要求に従うべきです」

市民への犠牲という話をされれば本部長も拒否できない。こうして犯人の要求に従うことになった。

さすがに妻木には申し訳ない気がしたが、彼は「自分がターゲットだなんて自意識過剰ですよ。僕が狙われてて、手塚さんが巻き込まれたかもしれないんですよ」と言うだけだった。

捜査本部としては現金受け渡し時に犯人逮捕のシナリオで動いていたが、最悪の想定もされている。

何かの手違いで現金を奪われたとしても、箱の通信機が位置を教えてくれる。さらに犯人が現金を使えば、すぐに番号から犯人の動きはわかる。

ここまでやれば犯人は確実に逮捕されるはずだが、手塚はそれでも楽観はできないと考えていた。ここまでの犯人の行動を見れば、警察が行ったくらいのことは十分承知しているだろう。

そもそも自分の車ともう一台の車を運転しているのは自分と同様に犯人が名指しした妻木だった。警察官に現金を運ばせる犯人の意図はわからない。それも含めて何らかの目的があるのか、あるいは自分の犯罪計画に絶対の自信があるのか？

「手塚車、犯人より真崎山ＳＡへの移動の指示が出た。出発する」

手塚はＰフォンで報告する。妻木からも同様のメッセージが立川のスマホから届いたことが報告された。立川のメッセージは駅前の繁華街から送られたらしい。基地局から絞り込めるのはその程度だ。

手塚は自動車を走らせ、高速に向かう。目指すは真崎山ＳＡだ。

立川のスマホから通信が送られたのは、監視カメラの多い地域だが、死角は幾らでもある。そしてメッセージを送ったのち、スマホの場所はわからなくなった。電源を落としたのだろう。犯人はスマホによる通信が自分の居場所の特定につながることを十分理解しているのだ。

一億円の現金の重さは約一〇キロ。七五〇〇万円なら七キロ半となる。犯人の要求金額は一億五〇〇〇万円で、それは大金ではあるが、手塚はやや中途半端な金額であるような気がした。

捜査本部でもこの点は議論になった。一億でもなく二億でもなく、なぜ一億五〇〇〇万円なのか、そしてなぜそれを二つに分けるのか？　一番有力なのは、手塚と妻木に分散することで、警察の捜査人員を割くというものだ。土壇場で妻木と手塚がまったく違う方向に分かれたら、追跡する捜査陣もまた二手に分かれることになる。

そうなれば捜査陣にも隙が生まれ、捜査に混乱が生じるだろう。その状況で確保しやすい方の現金を奪う。捜査本部長の考えているように、手塚への復讐も犯人の目的の一つなら、手に入るのが七五〇〇万円でも構わないというわけだ。

これに対して手塚も、手塚と妻木が別方向に向かう場合、手塚を中心にマークするよう提案していた。犯人のターゲットが自分なら、現金を奪うとしたら手塚からとなる。そういう読みだ。

手塚は自分でも仲間にそう主張したものの、自分が誰に恨まれているか、まったく心当たりがなかった。この一〇年で手塚を一番恨んでいる人間として思い当たるのは雪菜の父親の伊藤勝であるが、あの男なら手塚を殺しても実の娘や孫を爆弾で殺すような真似はしないだろう。そもそもあの男にはドローンや爆弾を使いこなすような技術も知識もない。

そうなると警察官としての仕事の上で恨みを買ったとなる。しかし、これについても手塚は心当たりがなかった。別に誰に対しても公平公正で恨みなど買わなかったというわけではない。

法律に則って逮捕や検挙は行われるが、更生して感謝されることなどほとんどなく、逆恨みされることの方が多い。ただそれは手塚だけでなく古参の警察官なら大なり小なりあるだろう。

生活安全部の警察官でさえ、子供の万引きを補導した事で親から恫喝《どうかつ》まがいのことをされることがあるのだ。刑事部や組織暴力対策部が恨みを買わないはずはない。

じっさい手塚も独身時代に家の前で待ち伏せされたこともある。そいつは出所したばかりで、そのまま傷害の現行犯で再び実刑となった。そこまでいかなくても車に卵をぶつけられる程度のことは何度かある。

しかし、連続殺人だの爆弾魔を使うような犯罪者には本当に心当たりがなかった。それだけ大規模な犯罪を犯せる相手なら絶対にわかるし、印象にも残るだろう。

逆に、組織で行動する警察に対して、幹部を狙うというならまだしも、一人の警部補を狙うというのもどうもしっくりこない。

というよりしっくりこないのは最初からだ。犯人の目的が帝石から金を脅し取る事であったなら、最初の連続殺人もドローンによる爆破事件も不要だ。

前者は実行犯が逮捕され、後者はドローンは自爆し、実行犯は殺された。そこまでの犯罪が、必要だったとは思えない。この犯人は何が目的なのか？　本当に一億五〇〇〇万円の現金なのか？

手塚は高速を通過しながら、上空を警察のヘリコプターが飛行していることを確認する。どういう方法で現金受け渡しをおこなうにせよ、上空からの監視があれば犯人を追跡することはずっと容易になる。

ヘリコプターは高速道路の安全確認を行っている風を装って手塚と妻木の車を常に搭載しているカメラの視界内に収めているはずだった。

しかし、そのヘリコプターが急に方向を変えて帰還する。それと同時にPフォンに本部長からメッセージが入った。

「犯人が帝石の施設内で爆発物を使用した。ヘリコプターの監視を中止しないと更なる攻撃を予告している。状況に鑑み、上空監視は中止する」

鑑識では竹輪の家に残された爆発物の残量と、犯行に使用された量が一致しないことを報告していた。どうやら竹輪は黒幕からかなりの量の爆薬の製造を依頼され、それらの調達が終わったので口を封じられたらしい。

しかし、監視ヘリを止めるために躊躇せず爆弾を使用するとは、この犯人の凶暴性はすでに制御不能となっているのではないか。そんな人間に自分はどんな恨みを買ったというのか？

そうしてついに手塚は真崎山ＳＡに到着する。犯人からの指示はないが、とりあえず空いている駐車場を探す。ＳＡの駐車場は大型車両エリアはすでに満車で、一般車両のエリアもほぼ埋まっており、妻木と手塚の車は駐車場の端と端になった。

それと同時に立川のスマホからメッセージが届く。

「妻木とは連絡をとるな。このメッセージを声を出して読むな」

おそらく妻木にも同じメッセージが届いているだろう。手塚は思わず周囲を見回す。このタイミングでメッセージを送ってくるからには、犯人は真崎山ＳＡにいて、自分たちを監視しているのだ。それを裏付けるように、立川から再びメッセージが入る。

「キョロキョロするな」

妻木と連絡をとるなというのは、犯人はここから自分と妻木には別々の指示を出すのではないか。手塚はそんな気がした。声を出すなというのも、メッセージを読み上げることで、外にいて自分たちを尾行している仲間にメッセージの内容を伝えないようにするためだろう。

確かに車内にマイクは仕掛けられているが、犯人はそんなことを知っているのだろうか？知っているかもしれないが、ハッタリの可能性もある。マイクなど仕掛けていなかったら、ハッタリとわかるが、マイクは本当に用意されているのだ。

犯人が手塚と妻木を名指ししてきたという事実が、すべての行動を難しくしていた。相手はかなり狡猾《こうかつ》なやつだ。おそらく黒幕本人ではないにせよ仲間がこのSAで手塚たちが来るのを待っていたとすれば、いまこの瞬間も監視されていると考えるべきだろう。

実は警察は真崎山SAに至る高速道路の車両のナンバーをNシステムを用いて監視していた。犯人がここにいるならば、SAに入った車両のどれかに犯人が乗っている。

だが、手塚はどうして真崎山SAを指定してきたか、その理由がわかった。目の前を県を跨《また》いで移動する高速バスが通っていったのだ。

このSAには高速バスのバス停がある。このバス停は下道《したみち》にもエレベーターで出入りできるから、犯人が高速バスを用いていたら、車両から特定するのは不可能だ。

スマホ決済かクレジットカードで乗り降りしてくれれば、個人の特定も可能だが、現金で乗車券を購入されたら追跡はそこで終わる。もちろんこの犯人がスマホやカード決済で降車するとは思えない。そして真崎山SAのバス停から下道に降りられたら、そこには監視カメラはほぼないのだ。

おそらく真崎山SAで待機している警察車両も長距離バスの運行には気がついただろう。そう信じるしかない。

「雁字《がんじ》SAへ移動せよ」

再び立川からメッセージが入る。手塚は再び車を雁字SAに向けて移動させる。記憶が確かなら、雁字SAはインターチェンジ併設のSAであった。SAとしてはホテルも含む大規模な施設である。

そこは道路も駐車場もフェンスで仕切られているが、ホテルやショッピングモールだけは下道からもアクセスできる。家族が一日遊べる施設だ。手塚も生前の雪菜と俊輔とで何度か訪れたことがあった。

想い出の場所だが、犯人視点で見れば脱出ルートの多い場所となる。バックミラーで確認すると妻木の車も手塚の後ろについている。どうやら同じ指示が出たらしい。

妻木と手塚の自動車はほぼ縦列で走行車線を移動し、そこから少し後ろに一台、さらに少し後ろに一台、真崎山SAで待機していた覆面パトカーがついてきていた。

後ろの車は急に速度を上げると、手塚の車と並走し、助手席の刑事が高速道路の地図を示す。待機している捜査本部の人間たちも報告がないまま手塚たちが移動したことで、状況を理解したのだろう。手塚は片手をあげて四を示す。

刑事は、地図に赤丸を二つつける。雁字SAなのか、PAを含めて数えて四つ目の獅狩《ししかり》PAなのかどちらか？　手塚は雁字SAだと示すと、自動車はそのまま手塚たちの車を追い抜いて、前進した。それに倣《なら》うようにもう一台も追い抜いて行き、いままで見えなかった車両が手塚たちの後ろに並んだ。

同僚たちの機転と手際の良さを感じた手塚であったが、今回の事件にだけは、それが裏目に出るような気がした。犯人が自分たちを何らかの方法で監視しているなら、一連の動きは不自然なものとして注意を引いた可能性は少なからずある。

あるいはこうしたことをすべて予測した上で、犯人は計画を立てている可能性さえ否定できない。そうした考えは、自分が弱気になっているためではないか。ただ一つ言えるのは、犯人が本当に自分に恨みを持ち、精神的に追い詰めようとしているなら、それは成功しているということだ。

雁字SAまであと五〇〇メートルという標識が見えた時、再びスマホにメッセージが入る。手塚は後ろの車にそれがわかるように、あえて大きな身振りでスマホを手にとる。メッセージはやはり立川のスマホからで「そのまま直進せよ」とだけある。

手塚は窓を開けると、後ろにいる妻木に腕で前に行けと身振りで示す。ウインカーも出さないことから、後続の妻木も事態を理解したのだろう。そのまま手塚を追い抜いて前進するが、無線で雁字SAで待機しているだろう二台の僚車にそちらには止まらないことを連絡したらしい。

手塚と妻木の車両の直前に合流車線からの僚車二台が入り込む。警察車両が五台も並んだ格好だ。

そのまま一時間近く前進する。どこに行こうとしているのか、手塚もわからなくなる。この状況が続くようならガソリンを入れなければならないだろう。

手塚は運転中なので音声認識機能を使って立川宛にガソリンを補給して良いかをショートメッセージで尋ねる。もちろんそこで仲間と連絡を取るためだ。だから無線マイクで捕捉できるように音声認識機能を使ったのだ。

「非檜《ひひ》山《やま》出口から県道三六号を北上しろ」

そのメッセージは非檜山出口の一キロ手前で出された。さらに「ガソリンは足りる」と追伸があった。

どうやら犯人は自分の位置を特定されないために、メッセージを送るときだけ立川のスマホの電源を入れ、それ以外は切っているらしい。だからガソリン補給についての手塚の要求も今知ったのだろう。

高速から降りろという指示は妻木にも出ていたようで、前を走る妻木の車は出口のかなり手前でウインカーを点灯させ、速度を急に下げた。非檜山出口から一般道に入ることを僚車に伝えるためだろう。

先頭の一台はこれに間に合わなかったが、次の一台と後ろの一台は非檜山出口から一般道に出ることに成功した。ここで妻木は僚車を追い抜き、先頭となった。普通なら危険運転だろうが、警察車両ばかり四台並ぶ中でそれを問題にする奴はいない。

妻木はそのまま県道三六号に出ると、分岐のかなり手前でウインカーを点滅させ、北に向かうことを僚車に伝えた。土曜日ということもあってか、県道は混雑していた。

捜査本部はGPSで妻木と手塚の自動車を追跡しているのかも知れないが、手塚の車はだんだんと妻木の車との距離が開いてきた。しかし、手塚はそのまま妻木との距離が広がるのを放置していた。

この状態で犯人からどんな指示があるかによって、連中が自分たちをどのように監視しているのかわかるかも知れない。それは捜査本部も同じ考えなのか、特に手塚への働きかけもない。

ただ犯人の目的が手塚にはだんだんとわからなくなってきた。いったいどこまで走らせるつもりなのか？　高速を降りたからにはそれほど遠くではないだろう。

自動車はやがて国道と合流するが、犯人からは何も言ってこない。もっとも同じ道路が途中から国道になるだけだからあえて指示しないのかも知れない。

ただ、このまま進めば県を越えて、隣県の県庁所在地にまで進むことになる。あるいは犯人は現金を受け取るつもりなどないのではないか？　カーナビはすでに県境を越えたことを告げている。あるいはいまこうしている間に別の犯罪がおこなわれているのではないか……。

「大中西《おおなかにし》パークに向かえ」

再び立川のスマホからメッセージが届く。そこはこの界隈では最大のアウトレットモールだった。国道に面しているのでこのまま進んでも応援の車両が見失うことはないだろう。少なくとも先行する妻木の車を追っている応援部隊に妻木がわかるように行き先を指示すれば妻木の後ろを走行している車両にも連絡が行くはずだ。

その意味では妻木の動きの情報が入ってこないのは手塚だけだった。目的地こそわかるが、いまの妻木の状況がわからない。

「北側3から入れ」

アウトレットモールの巨大な建物が見えてくると、立川からのメッセージが入る。どうやってこのタイミングで指示を出すのか？　現金に隠されたGPSを追跡しているとは思えない。妻木や自分は警察の車ではなく、自分の所有車だ。だから発信機などが仕掛けられている可能性がある。そのため入念に検査が行われたが、車に不審なところがないことは確認している。

ただ手塚は自分に指示されてきたルートを頭の中で思い起こし、あることに気がついた。最終目的地が大中西パークだとしたら、高速から県道を経由するルートはかなり遠回りなのだ。

つまり犯人が自分を監視しているとして、常に先行することが可能だ。犯人側が高速に一台、下道に一台の車の二台も用意すれば、彼らは目的地を知っているから手塚らの車が自分たちの前を通過するかどうか先回りして確認できるわけだ。

指示された北側3は土曜日の昼時ということもあり、渋滞していた。しかし、ここは我慢するしかないだろう。犯人は近くにいるはずで、それならこの渋滞もわかっているはずだ。この渋滞の列の中に犯人がいる可能性だってあるのだ。

「渋滞だがそのまま進め」

メッセージが入る。やはり犯人はどこかで監視しているようだ。渋滞の列に三〇分ほど並んでから、やっとゲートまで来た。七階建ての駐車場は一階から五階まですでに満車の表示が出ている。どこに車を停めさせるつもりかわからないが、駐車場での現金の受け取りを本気でするつもりなのか手塚も疑問に感じ始めた。

この駐車場は四階まではアウトレットモールと直結していたから、犯人が駐車場から店内の人ごみに紛れることはできる。しかし、五階から上は階段かエレベーターしか使えない。車で逃走はもっとまずい。駐車場のゲートを閉鎖されれば袋の鼠だ。しかし、この犯人ならそれくらいわかっているだろう。

やっとゲートを抜け、駐車券を受けると、メッセージが入る。

「最上階の屋外駐車場の端のエレベーター乗り場に掃除道具を納めたロッカーがある。現金を持って、その中の封筒の手紙の指示に従え」

手塚は指示に従い最上階の屋外駐車場に向かう。あれだけの渋滞があったのに、店舗へのアクセスがもっとも悪い駐車場には半分ほどの空きスペースがあった。

手塚は妻木の自動車を目で探したが、車も妻木の姿もない。どういうことなのか？　手塚はともかくエレベーターまで急いだ。嫌な予感がする。

大中西パークは大きく、東棟、西棟、北棟の三つのアウトレットモールに分かれており、映画館やフードコートもある。駐車場で一番大きいのが北棟なのだが、驚いたことに、妻木とその車は西棟の屋外駐車場にあるのが見えた。手塚と妻木は引き離された格好だ。

エレベーターの脇には確かに掃除用具入れのロッカーがあり、中に「手塚様へ」とボールペンで書かれた封筒がある。

手塚は指紋がつかないようにハンカチで封筒を摑み、中の手紙を読む。そこには信じ難い指示があった。

「屋上から南に七五〇〇万円をばら撒《ま》け」

手塚は最初、その文面の意味がわからなかった。犯人にこの七五〇〇万円を渡すのではなかったのか？

その時、Ｐフォンが鳴った。本部長からだった。

「手塚君、犯人からのメッセージは読んだか？」

何が起きているのかわからないが、本部長は手塚に宛てた手紙の存在を知っているらしい。

「犯人の要求に従ってくれ。帝石の敷地内で小規模な爆破事件があった。警察には犯人からの警告だとの声明があった。急いでくれ」

手塚はそこではっきりと、犯人の悪意を感じた。犯人の目的は金ではないのだ。

手塚は屋上の駐車場から南に向かい、そして紙幣をつかむと投げつける。現金は、買い物客が歩いている屋外広場の上に舞ってゆく。最初は何も起こらなかったが、やがてそれが紙幣とわかると、人々は空からの紙幣を先を争ってつかみ始めた。

それがどこから降ってくるのか観察する冷静な人間も見えたが、それは少数派で、多くは紙幣をつかみ取ることに夢中だ。手塚はあまりの情報量に神経が飽和状態になったように何も感じられないまま、機械的に札をばら撒く。

そうした中で、西棟の方からドローンが飛んでゆくのが見えたが、それも一瞬だった。あちこちで混乱が起きていた。

手塚が紙幣をばら撒くのを止めたのは、いきなり後ろから地面に押さえ込まれた時だった。

「警察だ、大人しくしろ！」

地元警察の刑事たちに逮捕された時も、手塚は何が自分の周囲で起きているのかわからなかった。

9月5日

妻木和俊はドローンによる身代金強奪を許したことで、家族と暮らす官舎で休暇を取ることが認められていた。こんな状況なので妻子は妻の実家に帰らせた。だからいまは彼一人だ。むろん自主的な休暇の形だが、実質的な命令である。

もっとも捜査本部の妻木への空気は同情的なものが大半だった。犯人の目的の一つが手塚への復讐であり、妻木は運悪くそれに巻き込まれたというものだからだ。休暇にしても罰則的なものではなく、報道機関などから守るという意味が強かった。

それが証拠に、笹川係長は妻木のもとへ頻繁に訪れ、捜査の進捗などを教えてくれた。時には意見を求められることもある。懲罰ではなく単なる休暇だから問題はないということらしい。

「手塚さんは、どうなってます?」

「彼は大丈夫だ。それよりゆっくり静養することに専念しろ」

笹川は手塚について語りたがらず、妻木もそれ以上は尋ねない。犯罪のターゲットになっていると認識されている特殊な状況に手塚は置かれているわけだ。言えないことも多いだろう。

妻木もそれ以上は尋ねようとは思わなかった。諸々の不祥事に関して、捜査本部は手塚を切って、妻木を救おうとしているように思えるためだ。

ただ妻木にはそれも理不尽な話に思えた。手塚に恨みを抱く犯人という話にしても、何か具体的な容疑者が浮かんでいるわけではないのだ。

捜査本部でも手塚の担当した事件を洗い直していたが、該当者はいなかった。それは妻木とは別の刑事が行っていたが、彼はそこから該当者は出ないだろうと思っていた。

同僚の刑事を馬鹿にしているわけではない。行動に一貫性はないが、高度な技術は持っているようなこんな犯罪者と遭遇したことのある刑事など日本全体で見てもいないだろう。

ただこの問題を放置はできない。ここをクリアしないと手塚の復帰は難しいだろう。

妻木は考えをまとめるために、紙に図を描いてみる。中心に手塚、そして彼を取り巻く人間関係だ。家族、犯罪者、同僚、犯人が手塚を知ってるからには、何らかの関わりのある人物が、この図の中にいる。

とはいえ、家族はすでに死亡し、犯罪者にも該当する人物はいない。そうなると残るのは同僚の警察関係者となる。それは誰もが認めたくない可能性である。内通者が捜査本部にいるということでもあるからだ。

だが、妻木は気がついた。同僚たちにも家族はいるのだ。彼はすぐにスマホでこのことを手塚に伝えた。この辺りのことは手塚本人でなければわからない。

「手塚さんへの怨恨ですが、逮捕した犯人ではなく、警察関係者の可能性はないでしょうか？　署内の出世競争程度でこんな事件を起こす奴もいないと思いますが、殉職者が出るような事件で遺族から逆恨みされるようなことはないでしょうか？」

手塚からの返答はなかなか戻ってこなかった。もっとも状況が状況だけに、スマホなど触りたくない気持ちはわかる。それでも数時間後に短いメールが届いた。

「殉職した同僚はいたが、家族には恨まれていない」

おそらく手塚自身もこの問題を考えていたのだろう。ただこれはこれで収穫だ。手塚への怨恨の線は消えたと言えるからだ。だが、妻木はそこでもう一つの可能性に思い至る。

「実は恨まれているのは俺なのか？」

＊

手塚も警官生活はそれなりに長いつもりだったが、警察署内にこんな部屋があるとは思わなかった。元々は取調室にする予定が何かの都合で取りやめとなり、書類の保管室として使われていた。いや、忘れられていた。

幾つかの段ボール箱が捨てられ、幾つかは移動させられた。そうして作られた空間の中に手塚はいた。

「資料です、置いておきます」

あまり面識のない刑事部の若い警官が手塚の方を見ることなく、入口近くの長テーブルの上に段ボール箱を置くと、すぐに部屋を出た。手塚もその刑事の姿に目をむけるでもなく「ありがとう」と口の中で呟く。他のテーブルの上には、すでに段ボール箱が二つ載っていた。

そして手塚本人は一人で、奥の古い机に向かい、捜査資料をスキャナーで読み取らせ、ノートパソコンで原本と比較して修正するという単純作業をおこなっていた。

少し前までは、捜査資料を読み込んでパソコンに打ち込んでいたが、もともと捜査本部に事件関係者でもある手塚を残すための仕事であった。それが一連の事件の犯人への現金引き渡しに関わる不祥事のため、捜査資料は膨大となり、スキャナー読み取りで処理するよりなくなったのだ。

とは言え機密資料であり、誰にでも任せられる作業ではない。だから手塚にこの仕事が命じられたのだ。

本当なら自宅謹慎なり懲戒処分になってもおかしくない。だが状況はより面倒になっていた。

まず手塚と妻木が車で移動している間に、帝石本社で爆発物が仕掛けられているという予告電話が立川のスマホから行われ、小型の爆弾が発見され、これとは別に威嚇のために花火程度の小規模なものながら爆発事件も起きていた。

県警や捜査本部としては、過去の事例から犯人の要求に従わない場合、犯人を刺激しかねないと要求を呑むことを上層部は決めていたのだ。

しかし、計算違いの出来事は他にも起きていた。後から考えれば、犯人は最初から隣県の大中西パークを現金の受け渡し場所と決めていた。そして犯人は、隣県の警察本部に捜査協力の要請までおこなっていた。

この時の連絡は隣県の警察本部の刑事部長になされていた。立川のスマホからであったが、犯人はなぜか警察本部の内線番号まで把握し、刑事部長の名前まで知っていた。

そして連続殺人事件の捜査本部長を名乗り、捜査協力を要請してきたという。この時の音声は録音されていたのだが、電子的な変調がかけられ、捜査本部長の声に酷似していた。

隣県の刑事部長がその緊急要請を疑わなかったのは、大中西パークに対して、爆破予告が届いたばかりであったことと、その予告で帝石本社へ爆弾を仕掛けたことが言及されていたためだ。

警察にとっての不運は、隣県の刑事部長は捜査本部ではなく、帝石本社に直接照会したことだった。刑事部長は折り返しスマホに連絡を入れ、情報の裏が取れたことと、捜査協力を約束した。ここでスマホに捜査本部長から「帝石に爆弾を仕掛けた容疑者を密かに追跡している。県境を越え、大中西パークに向かっている。容疑者の風体と車両は……」と手塚の人相と自動車の特徴を伝える連絡が入ったのである。

だから手塚が大中西パークに入った時点で、彼は捜査本部の身内だけでなく、隣県の刑事部にもマークされていたのだ。ただし妻木の車はまったくマークされていない。

そうして手塚は警察官らが監視している中で、犯人の指示に従い駐車場から紙幣をばら撒き、ショッピングモールに大混乱を巻き起こした。そして妻木は目の前に現れたドローンに、犯人の指示に従い現金だけ七五〇〇万円を載せた。ドローンは現金を載せたまま飛び去っていった。そしてドローンは監視カメラのない近くの山中に消えたが、三〇分後に近くのタワマンの監視カメラの視界に入り、そこからドローンは再び県境をこえた。

ドローンは道路を避け、監視カメラのない河川の上空を飛び続けていた。確かに河川を監視しているカメラは少なかったが、大中西パークの騒ぎや帝石本社の事件は報道されていた。このことから河川を飛行するドローンが何を意味するのか理解した市民は少なくなかった。

そうした中には、このドローンを墜落させようと試みるものも多かった。このドローンを叩き落とせば、中にある七五〇〇万円が手に入るという発想だ。

石をぶつけようとしたり、手製の槍を用意するなどというのはまだ可愛いもので、猟銃を発砲するものが出て、検挙されたりもした。最終的に撮影用ドローンを体当たりさせたオペレーターがドローンの撃墜に成功したが、その瞬間にドローンは空中で爆発し、木っ端微塵となった。このため撮影用ドローンのオペレーターも検挙されることとなった。

その日の深夜、またも立川のスマホから、警察がドローンを見失っているうちに現金を受け取ったことと、犯行の終了が宣言された。そしていまだに監視カメラが修理されていない帝石本社の社員用出入口で段ボール箱に入った小型爆弾が発見された。箱の中には「終了」と書かれたA４の紙が一枚入っていた。

犯人にとっては計画はそれで終わったのかもしれない。しかし、手塚にとっては違っていた。駐車場の屋上から一万円札をばら撒く刑事、警察の隙をついて七五〇〇万円を載せたまま河川を飛び続けるドローン、そのドローンを墜落させようとする人々、ドローン同士の衝突と爆発、帝石に届けられた爆弾……。

ＳＮＳ上には多くの人が撮影した様々な映像が氾濫した。ドローンの映像からその性能を分析するような動画制作者も一人や二人ではなかった。どういう方法なのか、その日のうちに一万円札をばら撒いていた刑事が手塚であることがあきらかになり、すぐに彼の住所も割り出された。自宅と警察に報道陣やそれ以上の野次馬が殺到する中で、手塚と妻木はとりあえず、「安全のため」宿直室に待機することが命じられた。ただしあてがわれたのは別々の部屋だ。

スマホが没収されなかったのは、単純な見落としなのか、何かの同情なのか、あるいは遠回しの懲罰か。手塚はそれでもしばらくスマホを手にできなかった。官給品のＰフォンは特に着信はないのに、私物のスマホには秒単位の間隔で通知のアラームが鳴るからだ。だから電源を切った。

それでも状況を知るためにテレビをつける。予想されたことだが、テレビ番組は身代金の強奪と屋上から紙幣をばら撒く手塚の姿が繰り返し放映されていた。しかもスマホで撮影していた人間はかなりいたようで、画角はどれも違っていた。

幾つかの番組ではばら撒かれた紙幣を返すことの是非のような議論を弁護士を交えておこなっていた。チャンネルを変えてみるも、事件のどこを切り取るかの違いだけであったが、一番多いのはやはり手塚の映像だった。テレビ的に絵になる画角が多いからだろう。

自分のスマホに着信が多い理由はこれでわかった。しかし、どうして自分のスマホの番号が知られているのか？　手塚は再びスマホの電源を入れる。よく見れば電話への着信ではなく、メールアドレスに対するものだった。どうやらどこからかメアドが漏れたらしい。誰が？　と思った時に、テレビ画面に義父だった男、伊藤の姿が映る。

映像はモザイクが入っていたが、妻の父親は一人しかいない。音声も変換されていたが、手塚が如何に夫として、父として無責任な人間だったかを吠えていた。

どうやら警察も、隣県の警察との連絡の不手際や、隣県の県警本部も偽電話に騙されるなど、様々な失態があるために、それらから目を逸らせようと手塚という絵になる刑事でメディアを埋めることを選択したらしい。

しかし、その狂騒も一日ほどで沈静化した。話が警察庁レベルに上がってしまい、記者クラブに対して捜査協力が要請されたようだ。嘘か本当か知らないが、帝石から銀行に働きかけ、銀行から報道各社に圧力がかかったという話もある。ただ一介の警部補にはそこまではわからない。

ともかく一日程度で、手塚に対する取材要請は、少なくとも報道各社からはなくなった。残るのはフリーランスの記者程度だが、むろん手塚はそうしたものは無視していた。

言うまでもなくこのゴシップ満載の事件の関心を世間が忘れるわけはなかった。ただターゲットが手塚から別の人物に移っていたのである。手塚が撒いた一万円札を着服して返さない人間などがいまはゴシップの焦点となっている。

そして改めてスマホを確認すると妻木からメールが、そして前川からの着信とメールがそれぞれ一つだけ届いていた。前川からの着信は着信だけで留守電はない。テレビの報道から、電話に出られない状況だと判断したのだろう。

まず妻木のメールを確認する。簡単な近況報告と挨拶の中で、彼は手塚に尋ねていた。

「手塚さんへの怨恨ですが、逮捕した犯人ではなく、警察関係者の可能性はないでしょうか？　署内の出世競争程度でこんな事件を起こす奴もいないと思いますが、殉職者が出るような事件で遺族から逆恨みされるようなことはないでしょうか？」

妻木の指摘は手塚が完全に見落としていたものだった。ただ彼の指摘は鋭いとは思うものの、やはり手塚には心当たりはない。

彼が若い頃に彼の教育係的な真樹《まき》という古参の刑事と組まされていたことがあり、その刑事は捜査中に殉職した。確かに真樹には息子がいたが、手塚とはほとんど接点がなかった。

いまの捜査本部長が上司だった時に「息子さんは真面目に働いているし、我々が面倒を見ている」という話も聞いていた。だからやはり妻木の視点は面白いが、怨恨という点では可能性はないだろう。

「殉職した真樹という同僚はいたが、家族には恨まれていない」

手塚は手短に妻木にそう返信した。そして次に前川のメールを確認する。

「大丈夫？　状況が落ち着いたら返信ください」

「大丈夫」

手塚はそれだけを前川に返信する。いまこそ彼女と話したかったが、さすがに署内で女のところに電話するのは気が引けたし、それにまだ前川は勤務時間だろう。それにメールではいまの気持ちは書ききれない気がした。

ともかく、署内に匿われているような扱いの中で、彼は独り、奥まった資料室で資料をスキャンするだけの仕事をあてがわれた。状況が一つ間違っていたならば、彼は懲戒免職になっただろう。

しかし、犯人がどのような意図によるのか手塚のメディアへの露出を煽《あお》ったために、彼は世間で知らない人間がいないような存在となった。手塚は警察の失態の象徴的な人物となったが、それは手塚自身の判断の誤りとは言えず、捜査本部の判断ミスや隣県の警察署との意思の疎通の悪さ（それが彼らがスマホの情報を鵜呑みにしたことが理由だったとしても）に主たる理由があった。

このため手塚を処分することは、警察が末端にのみ責任を取らせて上層部の責任を回避する行為だと言われかねない状況にあった。

彼が隔離同然なのには、もう一つ厄介な問題があった。それは犯人が捜査本部の誰かと通じているとしか思えないからだ。手塚と妻木のことを知っているだけでなく、明らかに捜査本部の内情にも精通していたからだ。

県警首脳としては犯人がここまで犯罪を重ねられたのは、警察の内部情報を手に入れているからだと判断していた。そしていままで犯人は過去に手塚に逮捕された人間から逆恨みされていたと考えていたが、警察内部に手塚に恨みを抱いているものがいるのではないか？そうした疑念が出てきたのだ。

このため警察内部の動きを調査するために警務部も動き出していた。手塚自身は内通者ではなく、むしろ被害者であるというのが警務部の認識らしかったが、だからといって手塚に好意的な対応をしてはくれなかった。

警務部は手塚を監視し、周辺の警察官の動きを探っているようだった。手塚を隔離しているのは、監視の都合もあったわけだ。

こうしたことから手塚は処分されることはなかったものの、捜査に直接当たらせるわけにもいかず、誰とも接触できない部屋でひたすらスキャナー作業をすることになったのだ。

段ボールの中のＡ４の書類を手塚は機械的にスキャナーに読み込ませる。それは捜査本部長の好意も含まれていたことを手塚は感じていた。この作業をしていることで、彼は捜査の状況をほぼ把握できたためだ。

ただ捜査の進捗状況は思わしくなかった。犯人は少なくない証拠を残していたのだが、それらが直接犯人に結びつくには至っていなかった。

一連の犯行に用いられた爆弾は、竹輪が製造していたと推定される火薬量から逆算して犯人はすべて使い切ったと思われた。犯人の犯行終了の宣言が信用できるかどうかは疑わしかったが、爆弾が使用される可能性はかなり低いというのが捜査当局の一致した意見だった。

一方で、撃墜されたドローンからはめぼしい情報は得られなかった。トリエステで爆破したドローンと部品も設計も同じであり、竹輪は二機を同時に製作し、犯人に渡していたらしい。

こうしたことから犯人側はいままでのような派手な犯罪を行う能力を失ったことは間違いなく、また現金を受け取ったことで、当面は犯行目的を達した可能性があるとも議論されていた。

ただ犯人グループの犯行がこれで終結したと言えるのかどうかには、捜査本部の多くの関係者が疑問を抱いていた。竹輪ほどの技術を持っていなかったとはいえ、武多も社会に不満を抱き、犯人に金を渡されて犯行に及んだ。

黒幕が直接手を下したと思われるのは竹輪の殺害だけで、ほとんどの犯罪において直接は手を下していない。つまり黒幕は、武多や竹輪のような人間を新たにリクルートして再度の犯罪を実行する可能性があった。

たとえば一億五〇〇〇万円を要求し、やりようによってはそれらを全額手に入れられたにもかかわらず、確保したのは半額の七五〇〇万円であり、残りは駐車場から撒かせている。このような行為は金品目当てだけの犯行とは思えない。

「俺への恨みだというのか……」

資料にはそう書かれてはいなかったが、手塚には暗にそう指摘されているような気がした。ただここまで恨みを買う相手というのに本当に心当たりがなかった。

むろん恨みというのは感情であって、手塚は意識していないが相手が強く恨みに感じることはあるだろうし、彼自身もそうした経験がまったくないわけでもない。

だがそうであるとしても、何よりも手塚が納得できないのは、自分に深い恨みを抱く人間がいるとしても、こんなに手間のかかる手段で復讐するということだ。手塚を苦しめるために家族を殺すとしても、もっと単純な方法があるだろう。

それを言えば、帝石から金品を巻き上げるのが目的というのもしっくりこない。少なくない人間を殺傷し、逮捕されれば死刑は免れないような犯罪を犯しながら、手に入れたのは七五〇〇万円に過ぎない。

だからこそ、怨恨による犯罪ではないかという話になるのだが、怨恨にしては複雑すぎ、その複雑さの割に強奪した金額は少ない。

「この犯人の真の目的は何か？　そもそも目的はあるのか？」

手塚は手元のメモ帳にそう走り書きをして、手をとめた。軽い気持ちで書いたメモだが、自分で読んでみてハッとした。犯人には犯罪の目的などなく、犯罪そのものが目的だったら？　犯罪が目的だからこそ、意味もなく複雑な犯罪にしてしまう。なぜなら犯罪そのものが犯人には快楽であるから……。

手塚はしばらくそのメモ帳を眺め、手で破って自分の警察手帳の間に挟んだ。これが正解ではないとしても、犯人の目的のすぐ近くを掠《かす》ったような気がしたからだ。

手塚はそこで視点を変える。捜査本部が解釈に苦慮している問題は、犯人も被害者の多くもイニシャルがYTであることだ。市役所職員の前川は「YTなんてイニシャルは思っているほど珍しくない」と言っていた。

確かにそうなのかもしれない。手塚も亡き妻の雪菜も、イニシャルはYTだった。この町ではそれほど珍しくないイニシャルというのはあり得る話かもしれない。

しかし、だとしてもここまでYTが多いのは、やはり異常だろう。たとえば市民の九割のイニシャルがYTとしても、任意に集めた一〇人がすべてYTである確率は三五パーセントにも満たないのだ。そして言うまでもなく市民のイニシャルの九割がYTなどということはない。数パーセントあればいい方だ。

だとすれば事件関係者をYTで固めたのは、何か意味があるのだろう。そこで手塚は考える。

「犯人はどうやってイニシャルYTの人間ばかりを集めたのか？」

犯人は何らかの理由からYTがイニシャルの人間を集める必要があり、それでそうした人間のリストを作成し、実行犯も被害者もその集団の中から調達したのではないか？

非常に馬鹿げた思いつきのようだが、よく考えるとそれほどおかしな想定ではない。リストから選んだ実行犯が犯人の命令に従うならば、被害者もリストの中から選ぶことで、事件関係者を全員イニシャルYTにすることは十分可能だ。

問題はどうしてYTなのかだが、これについては前川のあの言葉で説明ができそうだ。

「市内で一番多いイニシャルはYTだから」がそれだ。

つまり市内にイニシャルYTの人間が何人いるのか、そんなことを警察は数えはしない。

警察が考えるのは、あくまでも事件関係者の共通点であり、YT問題については偶然の一致の可能性が低いとしても、その意図が理解できないまま捜査は迷走してしまう。

だが違うのだ。犯人の視点ではイニシャルYTの母集団が大きければ、大きいほど、自分にとって都合の良い実行犯予備軍が含まれる可能性が増える。倫理観が欠如し、社会を恨み、殺人を躊躇わないような人間は手塚の刑事としての経験からいっても一パーセントもいない。多く見積もっても数千人に一人だろう。

しかし、リストの母集団が数万人規模ならば、手駒になる人間の五人や一〇人はすぐに調達できる。そして被害者にイニシャルと別の共通点を用意すれば、警察はますます誤った方向で捜査を進めるに違いない。

犯人にとってイニシャルYTとは、事件関係者集団を大きくするためのキーワードであったとするならば、手塚の現在の苦境もまた、過去の恨みなどとは何の関係もないことになる。

手塚は自分のこの考えに興奮したものの、捜査本部に伝えることには躊躇した。そもそもこの考えを誰に伝えればいいのか？　捜査本部内では難しい。実を言えば手塚に関係するスキャンダルに関して刑事部と組織暴力対策部は、警察に落ち度はないという立場から手塚を処分していないものの、失態の責任については相手に押し付けあっている状況だった。

そうした事情から捜査本部長とは個人的な知遇はあっても、話を通すのは難しかった。本来の所属である組織暴力対策部テロ対策班にしても、今回の犯罪が「凶悪ではあるが組織暴力の範疇にはない」との従来の立場から変わることはなく、情報を得たとしても動きようがない。

彼らも帝石から横槍が入った時には憤っていたが、現在の状況では関わらなくて幸いと考えているのは明らかだった。これは彼の直接の上司であるテロ対策班の井本班長からも、ほとんど接触がないことでもわかる。

もちろん完全に当てがないわけではない。県警や所轄にも見知った刑事は少なくない。妻木に頼むことも考えられる。笹川によると、彼は捜査の現場にもうすぐ復帰するらしい。

ただ何にせよ、刑事を動かすためにはもっと具体性があり、根拠のある証拠が必要だろう。手塚にはそれを実現するための手段があった。

警察署を出る前にもう一度、スマホを確認する。そこには妻木から新たなメールがあった。

「恨まれているのは手塚さんではなく、自分の可能性はないだろうか？」

それは本気で妻木が、恨みを買っていると思ってのものではないだろう。むろん手塚を慰めるというものでもない。問題を別の視点で考えようということだろう。

「俺への恨みでないとしたら、それは妻木への恨みでもなく、警察全体への恨みじゃないか。とりあえず、もう仕事のことは忘れろ」

手塚はそう返信した。ただ、自分へのメールを見ながら、手塚への恨みではなく、警察全体への恨みという可能性は、低いのではないかと彼は思った。偶然と思っていたが、手塚のイニシャルもYTだ。犯人がYTに強いこだわりがあるとすれば、ターゲットが手塚ということはあり得るだろう。

彼はその考えを胸に、前川のマンションへと急いだ。

しばらくぶりに訪ねた前川のマンションには、麗子しかいなかった。息子は友人の家で勉強をしているという。

「あなたはまだ九月と思うかもしれないけど、受験生にとっては夏休みが終わったいまは、もう九月なの。遊んでいる時間はないわけ」

麗子はそういうが、手塚にはとってつけた話のような気がした。麗子は手塚と会う場所を作るために、息子に友人の家に行くようにいっているのではないのか？

実際に手塚はいままで麗子の息子の亨の姿を一度も見たことがない。前川に子供などいないのではないかと疑いたくなるほどだ。むろん前川の家には、子供机や参考書などが置かれているし、子供の生活感は間違いなくある。

そもそも麗子に子供がいなければ、ＰＴＡの集まりで会うこともなかったわけだ。

とはいえ手塚にとって麗子の息子よりも、犯人のことだ。手塚は麗子の出した夕食を食べ終えてから、自分の考えを切り出した。つまり、市役所のデータベースを活用すれば、犯人が活用した事件関係者リストが作成できるのではないかという仮説である。だがそれは麗子にあっさり否定された。

「あなたも警察の人間なら個人情報の扱いが厳格なことくらいわかっているでしょ。理屈の上ではあなたが考えているようなことは可能よ。市役所には膨大な個人情報が蓄積されているから。

でも、市役所は縦割りなの。電算機室の室長とかその上の階級の人でなければ、部門の壁を超えてデータにアクセスすることはできない。やろうと思ったら、面倒な手続きがいるのよ。

こう言えばわかる？　警察官だからって、誰でも拳銃を勝手に持ち出せないのと同じ」

かなりいい線をいっていると思っていたのに、手塚の仮説は前川に否定されてしまった。

だが、前川は別の可能性を提示する。

「いいわ、協力してあげる。私の再就職を妨害した奴に目にもの見せてやる」

「協力って、市役所のシステムには入れないんだろ？」

「そんな必要はないもの。よく考えて、全市民の中からイニシャルYTの人間をもれなくリストアップする必要はないわけでしょ？」

「どういうことだ？」

前川は近くのチラシの裏に図を描く。大きな丸とその中に中位の丸。さらにその中に小さな丸。

「この丸がイニシャルYTの全市民としても、犯人が必要なのは犯罪関係者になりそうなこの中間の丸の中の人間なのよ。警察が逮捕した犯人ってどんな人なの？」

　手塚は捜査情報を明かすことには躊躇いがあったが、武多と竹輪のことはニュースでも流れていたので、概要だけを教えた。

「いま思ったけど、あなたのやり方は順番が違うのよ。竹輪なんか顕著だけど、黒幕は実行犯に高い技術を要求していた。だったら市内の高学歴で非正規雇用の人間のリストを作るんじゃないかな。その中に社会を恨んでいるだろう人物がいると仮定して」

「高学歴で非正規か……君みたいに？」

「失礼ね、なら止めましょうか」

「ごめん、続けてくれ」

　麗子には自明のようだったが、手塚にはそのリストをどうやって作成するかがわからなかった。

「どうやって、そんなリストを作成する？」

「見てて」

　麗子はどこかのSNSのページを開くと、そこには様々な書き込みが現れた。

「これはSNSの検索結果だけど、社会を恨んでいそうなキーワードで検索すると、これだけ書き込みが表示される。手作業でもいいけど、IT関係の知識があれば、これらのデータからアカウントの持ち主をリスト化できる。いまなら生成型AIを使ったサービスだって活用できる。

それぞれのアカウントのプロフィールを読みにいかせるスクリプトを書けば、アカウントに関する基礎情報のリストができる。複数のキーワードで同じ手順を繰り返せばキーワードの数だけリストができる。

それで、リストの常連をピックアップすれば、彼らはかなり世間を恨んでいそうだから実行犯に使える可能性が高い」

「でも、このリストだと本名まで特定できるとは限らないだろ。匿名とか変なアカウント名も多いし」

「そこは犯人じゃないからわからないわよ。本名を公開している人間だけ選ぶか、アカウント名と本名を紐付けする手間をかけるか。ちょっと待って……」

麗子は竹輪の名前で再び検索する。

「竹輪なんて珍しい姓は少ないから、これが彼女のアカウントよね。アカウント名は本名じゃないけど、仕事依頼の募集のメアドはYTakewaになってる。出身大学や学科も公開しているわね」

手塚は黒幕の狡猾さを思った。関係者がYTだからと、そちらに気を取られていたが、それから離れても実行犯を探し出せるのだ。彼は麗子に、武多についても調べてもらった。そっちは拍子抜けするほどだった。

　こちらも仕事募集と共に、学歴と本名などが開示されている。市役所の市民情報のデータベースなどなくてもいいのだ。それでも彼はあと一つの可能性が欲しかった。

「君が黒幕として……」

「何よ、私を疑ってるの？　ネットで情報を検索できたから？　馬鹿言わないで、これくらい工学部で多少ＩＴを学んでいれば誰だってできるわよ」

　怒る麗子に手塚は必死で謝る。ここで協力を拒まれては捜査が進まない。

「いや、君が犯人だということじゃなくて、仮に君が犯人の立場として、リストの人物が犯罪を犯しそうかどうかを判定する手段は何かあるか、それを知りたい」

「そんなの心理学の分野じゃないの、検索結果だけでその人が犯罪を犯すかどうかなんて判定できないわよ。それってネットの風評だけで人を判断する偏見じゃないの」

　麗子はかなり心証を悪くしてしまったらしい。ノートパソコンの蓋を閉じかねない様子だ。

「だから、犯人がそうした偏見を抱いているとして、どう行動するかが知りたいんだ。君だって親友の立川を殺した犯人を見つけ出したいんじゃないのか？　頼むよ」

　麗子はそこでノートパソコンを閉じる。

「一つ訊いていい？」

「何でも訊いてくれ」

　麗子は手塚に真正面から顔を近づける。

「あなた、私を便利に使える女としか思っていないわけ？　雪菜さんが亡くなって、その代用品？」

手塚はゾッとした。麗子の迫力もあったが、彼自身、前川を便利な女と思っていたのは事実だったからだ。ただ、「便利な女」と「便利なだけの女」は違うと手塚は思っている。

麗子には便利な女以上の情愛を感じているのは確かなのだ。はっきり言って、雪菜以上に心のつながりを麗子には感じている。妻が死んだ日に会っていたのは、この女なのだ。

「そんなことはない！　この事件が片付いたら、結婚するつもりだった」

そう、口にしてから手塚は本当にそうだろうかと自問し、たぶん間違いないと自覚する。

結婚という言葉は、麗子にも予想外だったのだろう。少なくともこの場で出てくる言葉とは思っていなかったらしい。

「わかった。その言葉、信じるわね。

思いつきだけど、別のアプローチはできると思う」

麗子は心なしか、手塚との距離を近づけてきたように感じた。しかし、それよりも画面に武多と竹輪の名前が現れたことに目がいった。

「過去の裁判の判例のデータベース。武多は離婚した奥さんと泥沼の離婚訴訟をしたみたい、竹輪はネットの書き込みによる名誉毀損。犯人がこれを調べたかどうかはわからないし、裁判沙汰になったから犯罪を犯すだろうというのは偏見でしかないけど、判例にはあったわね」

　手塚は興奮を抑えきれなかった。黒幕がこのような手段で実行犯を見つけていたならば、同じ手法で第三の実行犯を探すことができるのではないか？　そこから一気に黒幕まで糸をたぐれないか？　しかし、さらに一つ問題があった。

「被害者の帝石社員はどうやって見つけたんだ？　殺されたのは裁判沙汰とは無関係な人間だったが」

「それは簡単よ。これでも元帝石の社員だったんだから」

「それなら立川由利は？」

　麗子はその名前に対して、無表情で何かを検索する。死んだ友人の名前で調べさせるという悪趣味に気がついた時には、前川はすでに作業を終えていた。そして一枚の写真を表示する。それは立川だけでなく、白衣を着た鳥居暢子も写っている。

「帝石の広報写真。我が社は女性の社会進出に貢献しています！　みたいな記事とか、あるいは研究職なら論文とか。帝石規模の会社なら色々な事業や社会貢献事業をしているから、そこから社員の名前をリスト化するのは実行犯予備群を見つけるよりずっと楽よ」

　麗子は手塚が与える過去の被害者の名前から、次々と画像を探し出した。すべて公開情報であるという。中には千葉靖子のように会社とは無関係の鮮明な写真が表示された。

「別に驚くようなことじゃないわよ。帝石ほどの規模なら、広報にはかなりの人間が載るし、いまの顔認証技術は精度が高いから、広報の写真から画像検索してより鮮明な写真だって発見できるの」

手塚は混乱していた。麗子がやったような方法で黒幕が事件関係者をリスト化していたなら、事件の性格も犯人像も再考は避けられない。

「すごい技術じゃないか！」

「どこがよ、こんなのネット調査の基本よ。帝石で研究職に就いているような人間なら誰でもできる。いまのは事件関係者で調べたから、すごく感じるだけ。私が帝石にいた時だって、自分たちの研究と関係している大学の研究機関を調べるなんて日常茶飯事だった。帝石以外でも大手はみんなそうじゃないの？　こんなのに驚くというのは、単に日本の警察がＩＴの活用で世間よりも遅れてるってだけの話よ」

手塚はふと捜査本部で最もＩＴに精通していると言われている妻木のことを思い出した。妻木にしても前川の半分もＩＴを活用できないだろう。確かに自分らはこの分野では遅れている。

それでも手塚には、確認しなければならないことがあった。自分がマスコミやネットに晒されたのは手塚への怨恨を疑わせたが、麗子の仮説が正しいなら、怨恨はまるで関係ないことになる。これは手塚個人の問題だけではない。手塚の怨恨ルートの捜査自体が警察の力を分散する犯人の思惑通りではないのか？

　手塚は麗子に、自分への怨恨ではないことを証明するにはどうすればいいかを尋ねた。

「だからさぁ、私は魔法使いじゃないんだって。私たち、知り合ってまだ一ヶ月と少しなのよ。あなたが検挙した犯人から恨みをかってるかどうか、どうやってわかるというのよ！」

　麗子は半分怒っている。しかし、手塚も引き下がれない。いまの自分に頼れるのは彼女しかいないのだ。手塚はそのことを、半ば懇願するように説明する。我ながら最低だと思ったが、警察官が親なら子供の受験にも有利だみたいなことさえ口にした。

　ただ最低とは思ったが、前川享の進学についての話は、確かに麗子を動かしたようだった。

「親子面談の、いや、願書提出までには籍を入れてくれる？　空手形は嫌よ。前の亭主は口先だけの男だったから」

「約束する。なんなら今週中に書類を出してもいい」

「あなた本気なの？　妻子を失ったばかりなのに、そんな台詞を恥ずかしげもなく口にできる男を信用しろというの？」

「信用されないのはわかってる。しかし、君への気持ちは嘘じゃないんだ」

　手塚のその態度に、麗子も折れた。

「じゃあ、一週間後、一二日に婚姻届を出しましょう。前の亭主みたいに口約束で利用されるだけなのは願い下げだから。その日に書類が出せなかったら、もう私たちの関係はおしまいよ。二度と顔を見せないで。結婚の実態なんか心配しないで、当面は書類さえ揃えばいいから。享には私から手順を踏んで説明する」

「それは頼む。自分は警部補だからいまみたいに苦労せずに専業主婦になれるはずだよ」

それは結婚のメリットのつもりで手塚は口にしたのだが、麗子はむしろ怒り出す。

「専業主婦なんて、なんて馬鹿なこと言ってるのよ！　私が非正規雇用で苦労しているのは、結婚して退職させられたからなのよ。経済基盤がない状態で、私がどんな結婚生活を送ってきたと思ってるの。結婚しても仕事は続けます。警部補の給与が幾らか知らないけど、学費を払うにはとても足りないって雪菜さんが愚痴ってたわよ。なら尚更よ」

手塚はここで雪菜の名前を出されたことは不愉快だったが、麗子の剣幕に反論はしない。それより調査だ。

麗子も怒ったことでいささか冷静になったのか、手塚に尋ねる。

「まず、基本だけど、あなたを深く恨んでいる人物に本当に心当たりはないの？」

「恨んでいる人間はいるかもしれないが、ここまで深く恨まれる覚えはない」

「どうかなぁ。あなたって他人の気持ちに鈍感だから、恨まれていても気がついていないだけじゃない。聞きたくはないだろうけど、雪菜さんがこぼしていたわよ。あなたが父親の神経を逆撫でするようなことばかりするって」

そう言いつつも、麗子は何か考えているようだった。

「とりあえずあなたが担当した事件で、死傷者が出た事件ってわかる。事件の詳細はいいわ。日付さえ確実なら、あとは新聞のデータベースで引っ張れると思う」

「死傷者が出た事件か……」

「万引きで捕まったからって爆弾を投げてくるような人間がいると思う？　仮に恨みによる犯行なら、腕の一本も失うくらいの傷を負ってるはずよ。あるいは身内が死んだとか」

「ちょっと待ってくれ」

官給品のPフォンなら、自分が担当した事件についての記録を見ることができた。ただ手塚に逮捕された人間についてはすでに警察の捜査では該当する人間はいなかった。

それでも手塚が麗子に調査を託したのは、彼女が警察にはない視点で物事を見ているところにあった。

Pフォンは安全な相手以外にはデータを送れないため、麗子は手塚がかざすPフォンの画面の名前や事件の日時をチラシの裏に書き込む。

そうして無言で一時間ほどパソコンと格闘している中で、麗子は一つの名前を提示した。

「高畑裕貴《たかはたゆうき》……知らんな」

手塚もPフォンでその名前を検索するが、そんな名前は引っかからない。ただイニシャルはYTだ。

「あなたが逮捕した人間については警察は誰も容疑者を見つけられなかった。だけど、あなたというか警察は大きな見落としをしてる。警察官の身内から恨みをかっている可能性」

「身内から恨みをかってるだと……」

「お舅《しゅうと》さんから家を取り上げられるほど恨まれていたのに、あなたはそんなことにさえ気がついていなかった。だからあなたが気がつかないなんてのは、何の根拠にもならない。署内のどこで誰の恨みや反感をかっていることやら」

それは手塚も薄々感じていた。自分に反感を抱いているような人間が捜査本部にいるのかもしれない。しかし麗子は違うという。

「殉職した仲間に心当たりはないの？　その家族から恨まれているとか」

手塚はそれを聞いてハッとした。それこそ妻木が自分にメールした可能性ではなかったか。

「あなたの署内の評判は知らないけど、いやしくも現役の警官が爆弾を投げてくるような真似はしないでしょ。背中から撃ってくることはあってもさ。

そうじゃなくて、こういえばわかる？　真樹源蔵《げんぞう》の息子、真樹裕貴。高畑は母親の姓よ。新聞のデータベースの記事だと強盗事件で真樹源蔵が犯人に殺されて殉職、あなたが相棒だったようね」

確かに手塚も真樹のことを考えたこともあった。もう二〇年近くも前のことだ。真樹は手塚の教育係として組んでいたベテランだった。ただ二人の間は互いをバディと呼べるほどしっくりとしたものではなかった。

真樹にとっては、手塚と組まされたのはその前に彼が独断専行の捜査をしたことに対する懲罰的な意味があったらしい。新人を指導することで、基礎からやり直せという意味だったのだろう。

真樹はマッチョなタイプの刑事であり、データにこだわる手塚を文弱と見下していた。そのせいだろうか。彼はコンビニに押し入った強盗に対して、手順も踏まずに突入した。それは真樹が手塚に対して、男らしさを見せようとしていたのかもしれない。

だがその強盗は拳銃を持っていた。飛び込んだ真樹は犯人から銃弾を受けて絶命する。のちにわかるのは犯人は兄貴分から拳銃を預かり、撃ってみたくなって衝動的な犯行に及んだという。

手塚は弾を撃ち尽くした犯人を逮捕し、救急車を手配した。そしてこの事件がきっかけになって拳銃の密売ルートが発覚し、手塚が組織暴力対策部に異動するきっかけとなった。

手塚にとっては真樹という男はそれだけの相棒だった。それだって他に表現のしようがないから相棒と言っているだけで、はっきり言えば相棒という意識はなかった。一緒にいた期間も短ければ、真樹の態度に仲間という意識は持てるはずもない。

一応、葬儀には参列し、遺族にお悔やみの言葉は投げたがそれだけだ。それ以降は真樹の家族と会ったこともない。会うべき理由もない。手塚のミスで真樹が殉職したというならまだしも、奴の殉職は自業自得だ。むしろこんな偶然のために、警官殺しの犯人になってしまった強盗犯も驚いただろう。

だが息子の真樹裕貴なら別の見方をするだろうし、霊前に線香の一つもあげにこない手塚に対して恨みを抱いていても不思議はない。

しかし、それでもやはり手塚には納得できない。そんな恨みでこんな犯罪を計画する人間がいるとも思えないのと、真樹の息子に今回の犯罪を実現できるだけの知識や財産があるとも思えないからだ。

世代も関わるのかもしれないが、真樹が手塚を見下す理由の一つは学歴に対する反感にあったらしい。現場の警官に学歴はいらないという考えの彼は、子供に教育を施すという観念が見事に欠落していた。

自分が殉職したら、残された妻子は恩給その他で質素に暮らすべきというのが奴の口癖だった。生命保険にさえ最低限度しか入っていなかった。むろん学資保険の類に加入しているはずもない。

だから息子の真樹裕貴が今回のような高度な専門技術を必要とするここまで複雑な犯行を計画実行できるとも思えない。

「これが真樹裕貴の略歴らしいわ。苦労しているようね」

麗子が真樹の息子の略歴を表示してくれた。麗子は色々なサイトから断片を集めてきたらしく、データに重複も多かったが、概要はわかった。むしろ個人情報が公開情報でこれだけ把握できることにこそ手塚は驚いていた。

ただ真樹裕貴の写真はそれほど多くない。施設紹介のパンフレットの写真が幾つかある程度で、一番新しいものでも一〇年前の不鮮明なものしかない。

麗子が示したのは幾つかの介護施設やケア施設の職員表で、高畑裕貴もしくは真樹裕貴は介護福祉士の資格を取得後に複数の施設を異動していた。

そして取得資格から出身校が割り出せた。さる専門学校のパンフレットにOBとして記事が出ていた。高畑は意外に自己顕示欲が強いらしく、職員による施設紹介のような記事には頻繁に登場していた。

彼による自分語りの断片を組み合わせると、父の急逝により母親を助けるため進学を諦め、高校卒業と同時に専門技能を身につけて云々という趣旨のことが書かれている。

真樹の殉職時期などを考えると、時期的に辻褄は合わないが、専門学校のパンフレットの記事ならそれくらいの誤差はあるだろう。

いまは何をしているかまではわからなかったが、二年ほど前まで勤務していた会社では主に訪問介護を中心として働いていたらしい。それはわかったが、どうにも犯人とは結びつかない。

高畑はSNSも行っていたが、流石に内容非公開で麗子にもどうにもできない。友人限定で読めるだけだ。ただあんな犯罪を実行していたら、友人限定でもSNSにそんなことは書かないだろう。

「真樹の息子は本命じゃないんじゃないかな。だいたいそこまで強い恨みがあるなら、もっと前に何かしているはずだろう」

しかし、麗子はそう簡単に諦めなかった。ほぼ手塚のことなど無視するように何かをネットで調べ続ける。

「匿名掲示板で、警察への恨みつらみを書いてある板を見つけたんだけど、これなんか高畑っぽくない？」

麗子が見せたのは数年前から続く書き込みで、ハンドルは同じだった。内容は父親が警官で、折り合いの悪い相棒が見捨てたことで、父親は殉職したというものだった。

幾つかの断片情報から事件そのものを特定した人がいて、それは明らかに手塚と真樹の事件であった。殉職者の息子と名乗る人物は身元を特定されたくないので、返答できないと述べただけだった。ただ否定もしていない。

ただこの人物は父親を見殺しにした相棒を深く恨んでおり、自分が結婚もできないのも、貧困レベルの収入しかないのも、その刑事のせいだと繰り返し述べていた。

「こいつが犯人なのか？」

麗子は首を振りながらパソコンを閉じる。

「誤解しないでほしいけど、今までやったのはあなたが言ってる条件に合致する人間を公開情報で検索できるという実演に過ぎないわ。高畑が犯人かどうかなんてわからない。犯人がもっとたくさん情報を持っているなら、全然別の人間の名前が上がるかもしれない。ただ市役所の住民管理システムに侵入するような危ない橋を渡らなくても適当な人間は見つけられる。それをわかって欲しかっただけ」

手塚は欲求不満が解消されないまま、麗子の話を受け入れるしかなかった。それでも高畑のことについて妻木に連絡を入れることだけはやっておいた。彼にもこうしたやり方があることを知る権利があると思ったからだ。

妻木からは返事はなかったが、既読にはなっていた。

そして九月七日、手塚は自宅にいた。いつまでも前川の家やビジネスホテル住まいとはいかないからだ。数日前から伝を頼って警察OBが大家という安アパートを借りている。1DKの部屋だが、いまの彼にはそれで十分だ。

麗子や妻木の話を考えたくて、休暇をとった。誰も止めなかった。そして一人でパソコンを触ってみた。確かに試行錯誤は必要だったが、前川のやり方を思い出しながら高畑裕貴の名前に行き着くことができた。

そんな中で刑事部の笹川係長からメッセージが入る。その内容に手塚はPフォンを落とした。

「妻木が殉職した」

9月6日

手塚に自分の考えを伝えた妻木は、手塚の強がった返答に彼の疲れを読み取った。これ以上はこの件は深追いしないことにする。そして彼は別の問題に着手した。

妻木が今回一連の事件で気になっていたことは、犯人グループがどうやって連絡をつけていたのか？ であった。

殺人の実行犯の武多は指令を書いた手紙を受け取るだけで、あとは見知らぬ若い女から現金を受け取るだけだった。そして捜査本部は竹輪についても、同様の連絡方法だと判断していた。

確かに現金受け渡しに用いられていたらしい現金の入ったジッパーつきの袋も発見されていたが、手紙の類は発見されていない。

また竹輪のスマホを警察は押収していたが、SNSやメールにもそうしたやり取りをした形跡はなく、SNSに至ってはアカウントが凍結されていたほどだ。

ただ妻木はそこに疑問を持っていた。武多のような犯行なら、被害者を指示して金を渡せばいいだろう。

しかし、ドローンにより空から爆弾を投下するような複雑な犯罪を実行するなら、手紙で指示を出すような方法では不可能だ。作業の進捗状況を確認する必要もあれば、それにより爆破目標の変更なども必要だろう。

ともかく綿密な連絡のやり取りが必要なはずだ。パソコンにはそんなメッセージの痕跡はない。流石にブラウザーのキャッシュなどは完全にクリアされていたが、そこはプロバイダーに確認するも、怪しいメールは届いていなかった。スマホについても同様だった。

だから状況証拠は竹輪も手紙だけでやり取りしていたように見える。それが妻木には信じられない。

竹輪のスマホについて、妻木はもう一つ腑に落ちない点があった。竹輪のスマホのショートメッセージはほとんど使われていない。捜査本部ではこの件はほとんど無視されていた。友人が少ないためと思われていたのだ。

しかし、妻木の経験では竹輪のような性格の人間は、SNSには二段階認証でアクセスするのが常だ。事実、凍結されたSNSのアカウントは二段階認証を用いており、そのためのメッセージだけはスマホにも残されていた。

ブラウザーを介したメールサービスにも竹輪はアカウントを作っていたが、二段階認証はせず、メールの送受信の痕跡もない。しかし、不思議なことに彼女のパソコンにもスマホにもこのメールサービスのアプリは入っていた。それは明らかに矛盾した行動に妻木には思えた。それがずっと気になっていた。

妻木は竹輪のアカウントをハックしようと試みた。二段階認証がないならパスワードさえわかればアカウントは開ける。彼は自分のスマホでそれを確認しようとする。手塚世代と違って、若い妻木はスマホの方が慣れていた。

最初に鑑識が解読したSNSのパスワードを試したが、さすがにパスワードの使い回しはしていない。ただ、そのメインのパスワードは二段階認証を信頼しているのか、misfortune（不幸）という意味のある単語だった。

妻木は竹輪の境遇から、思いつく限りのネガティブな単語を打ち込んでみた。そしてついにgenocide（虐殺）でアクセスに成功した。

「こういうことだったのか！」

妻木は叫んだ。どうしてメールのやり取りの痕跡がないのか？　どうして二段階認証をせずにパスワードだけでアクセスできるのか？　それは犯人たちの連絡手段の方法が警察の想定とはまったく違っていたためだ。

メールの受信箱には何もない。ところが送信用メールの下書きが一通だけあった。そこにはこう書かれていた。

「検討したが竹輪さんの要求を呑むことにしました。ただし先日のリストにあった人物を確実に処理することが条件です。舘花はもちろん、悟られぬように手塚母子を処理することも忘れないようにしてください。前回同様、計画が成功したかどうかは当方で確認します。確認が済み次第、要求通り因美《よりみ》ではなく、私が直接、謝礼を手渡します」

文面からわかるのは、この下書きを書いた人物は竹輪ではないことだ。そうではなくこの前に竹輪が書いたメールへの返信がこの下書きだ。

つまり竹輪とのメールに関して同じメールアドレスとパスワードを共有している。そして二人のメッセージのやり取りは、同じアカウントを共有する二人が、決して送信されないメールの下書きの推敲という形で行われていたのだ。

竹輪は二回目の犯行を行うに当たって、いままで黒幕の代理で金を渡していた因美なる人物ではなく、黒幕との直接的なやり取りを要求し、どうやらそのために殺されてしまったらしい。

もっともこの文面だけでは竹輪殺害の犯人はわからない。黒幕本人かもしれないが、因美なる人物かもしれず、第三の人物の可能性もある。

だがそれ以上に重要なのは、舘花殺害に巻き込まれたと考えられていた手塚母子が、実は巻き込まれたのではなく、最初からターゲットであったということだ。

はっきり言って、犯人の動機が手塚刑事に対する怨恨にあるという仮説は、捜査本部でもあまり支持されていない。怨恨にしては一貫性もなく、犯罪そのものが複雑すぎるからだ。

それに恨みというなら手塚よりも帝石に対する恨みの方が犯人からは強く感じられている。

それが捜査本部全体の空気だった。

しかし、犯人の文面は攻撃対象に手塚の妻子が含まれていることをはっきりと述べている。

妻木はスマホを机の上に置いて考える。このことを捜査本部にどう報告するのか？　自分がやっていることを捜査本部に説明するのは、アカウント管理についての知識がないとすぐには理解してもらえないだろう。しかし、それは鑑識の泉にでも相談すればなんとかなる。

問題は手塚にこのことを告げるべきかどうかだ。個人的には手塚は知るべきだと思う。それは辛い現実であったとしても、家族の死の理由について本人には知る権利があるだろう。

しかし、妻木は警察官として、手塚に知らせることには躊躇いがあった。警察のルールとして、このような重大情報を上にも報告しないまま勝手に流すことなど許されない。

むろん手塚は警察官であり、捜査本部の一員だが、それでもやはり筋は通さねばならない。そうしたことが長い目で見れば手塚の復帰を早めることにつながるはずだ。

手塚もそのことは意識しているのではないか。妻木がそう考えるのは、ショートメッセージを含め、手塚から何の連絡もなかったためだ。彼はいまは動かないことに決めたのだろう。

そう決心してからの妻木の動きは速かった。さすがにこうした面倒な内容についてはスマホではなく、パソコンを立ち上げて上に提出する書類の文案を検討する。

そうした時だった、スマホが鳴った。妻木は誰からかかってきたのかわかるように、相手に応じて着信音を変えていた。しかし、それはアドレス帳には登録していない番号の着信音だった。

訝しく思いながらスマホを見ると、画面には相手の番号が表示されている。妻木は躊躇いながら電話を受ける。それは殺された鳥居暢子のスマホの番号だった。覚えやすい番号だったのでその番号だけは、捜査資料を整理する中で記憶していたのだ。

「妻木さんでいいんですよね」

それは聞いたことのない若い女の声だった。

「もしかして君は因美さんなのか？」

あのメールの下書きに残されていた因美という名前。それは武多の言っていた若い連絡役の女と思われた。鳥居のスマホを使っているのは間違いなく犯人側の人間だ。なら相手は因美の可能性が高い。妻木はそう考えたのだ。

「もう捜査はそこまで進んでいるんですね」

自分の名前を当てられたことで、相手の女は明らかに動揺していた。

「自首したら刑は軽くなりますか？」

「も、もちろんだ。自首すれば量刑は軽くなる」

電話口から軽い嗚咽《おえつ》の声が漏れた。

「警察で守ってもらえますか？　私、逃げたいんです、高畑から」

「もちろん身柄の安全は保証する」

急な展開に妻木はどう解釈して良いかわからなかった。高畑という名前は、手塚が少し前に送ってきたメールの中にあった。ITに堪能な知人の協力で割り出したとあった。

警察の組織力でも浮かんでこなかった高畑という人物の情報には、妻木は懐疑的だった。むしろ手塚が焦っていることが心配にもなった。

しかし、いま因美から、まさにその高畑の名前が出た。そうなると俄然その意味は違ってくる。

とはいえ妻木も少なからず因美の言葉を疑ってもいた。どうしてこのタイミングで自分に電話があったのか？　単なる偶然とは思えない。

だが、それに対する答えは因美の口から知ることができた。

「妻木さん、竹輪さんのアカウントを解読できたんですね？」

「なぜ、それを！」

「やっぱり……妻木さん、メールの下書きに何かしませんでした？　一文字打ち込んで消すとか何か？」

重要証拠の文面を変えるようなことは妻木はしていない。証拠の捏造などと言われれば公判で使えなくなるからだ。しかし、無意識にうっかりスペースキーを叩いたような気はする。

妻木が答えられないと、それを察したのか因美は言う。

「下書きが一文字でも変えられたら自動保存機能が働きます。アカウントを持っている人間なら、誰かがメールを閲覧したことがわかるんです。それだけじゃなくて、セキュリティ機能で、どの端末からアクセスがあったかも。

妻木さんのスマホにはその通知は届かなくても、高畑のスマホには通知が行くことになってます。

もうご存知とは思いますけど、高畑は妻木さんのスマホの番号もメアドも把握しています。私も似たような方法で、常に監視されています。でも、この使われていないスマホならそれはないから」

武多の話では、鳥居のスマホを受け取ったのは、因美であるはずだった。彼女なら、確かに鳥居のスマホを使うことはできるだろう。

しかし、予想してはいたが高畑という黒幕が妻木のスマホの番号をすでに把握していたとは驚きだ。ただ彼には高畑なる人物に接触した覚えはない。

「その高畑が一連の事件の黒幕なんだね」

「高畑はおかしいんです。最初は親の仇《かたき》の刑事を苦しめるんだと言ってたのに、途中から殺人や爆破を楽しみだしたんです。逃げようとしたら私も殺すと言われて……でも、もう無理です」

因美はしばらく黙っていた。妻木は根気よくまった。

「それでなぜ自首する気になったんです？」

「いままで私の役割は連絡係でした。高畑と実行犯との連絡係です。それ以上深入りさせないのは、彼が私を愛してくれているからだと思ってました。

でも違った。高畑は以前の高畑じゃない。妻木さんが竹輪のアカウントを解除したのを知ったら、あの人は私に妻木さんを殺せと言ったんです。自首すると言って誘い出して、毒を飲ませろって」

「竹輪を殺したのは君じゃなくて高畑なのか？」

「たぶん……私はやってません！」

「いま、そこに高畑はいないんだね？」

「いません、お金の洗浄に行ってるからしばらく戻ってこない」

金の洗浄という言葉に、妻木は反応した。そういえば武多や竹輪の所持していた現金はどれも古い札だった。ただ妻木が知るような資金洗浄の方法とも思えない。

「高畑の仕事はよくわからないんですけど、自由に出入りできるお年寄りのお宅が何軒もあるみたいなんです。そんなお年寄りの箪笥《たんす》貯金の現金とヤバイ現金を入れ替えると聞きました。その時には一万円か二万円余計に足して。

お年寄りは箪笥貯金の額面さえあっていれば札の新旧には無関心なので、資金洗浄がされていることにも気がつかないって言ってました。老人たちは一円でも盗めばすぐ気がつくが、逆に箪笥貯金が一万、二万増えているとそれを隠そうとするので好都合だと」

キャッシュレス化が進んでいる日本でも、未だに箪笥貯金の総額は日本全体で兆円単位であると聞いたことがある。高畑の本業が何なのか因美の話ではわからないが、仕事の上で関係のある老人たちの信頼を勝ち得たならば、彼らの箪笥貯金の古い現金を、いまの現金に入れ替えることで、誰にも気づかれることなく現金の洗浄が可能だろう。

「状況はわかりました。まず、すぐに家を出て最寄りの警察に出頭してください。それが最善です」

妻木にはそれくらいしか思いつかない。

「もう家は出ました。でも、妻木さんが保護してくれないんですか？」

因美は意外なことを言う。

「私が交番に駆け込んでも犯人だなんて信じてもらえるわけないし、犯人とわかったらわかったで、今度は私の言い分なんか聞いてもらえるわけないじゃありませんか。高畑は捜査本部にも仲間がいると言ってたんですよ」

「誰なんだ、そいつは！」

「知らない、仲間がいるとしか聞いてない。でも、妻木さんは仲間じゃないから、信じられるのは妻木さんだけなの！」

妻木は迷った。因美の証言は何かの罠の可能性が否定できなかった。しかし、捜査本部内に犯人グループとの内通者がいるという話は捜査本部内でも噂になっている。過日の犯人との現金引き渡しも、犯人側が妻木や手塚のスマホの番号を知っていたことなど、内通者の存在を疑わせた。

それ以外にも犯人グループの動きには警察内部の情報に妙に通じているようなところがあったが、それも内通者の存在で説明できる。

とはいえ捜査本部内ではこの話題はタブーであった。互いを信じられないようでは、捜査など成り立たないからだ。それに内通者がいたとした場合、末端の刑事ではなく、捜査状況を俯瞰できるような立場でなければ、犯人グループはここまで警察の裏をかけないだろうという印象を多くの刑事が口にこそしないものの、内心では抱いていた。

そうしたことを考えるなら、彼女が本当に自首しようとしていた場合、警察への連絡が彼女の命取りになる可能性がある。捜査本部長の周辺の誰かが仮に内通者であったとすれば、安全確保は望めないからだ。

「君は今どこに居る？」

「もうすぐ杉下公園です」

「だったらそのまま公園に入ってくれ。できるだけ人が多いところにいたほうがいいだろう」

「あのぅ、喫茶店じゃ駄目ですか？　公園だと高畑に見つかるかもしれないから」

「何かいい店でも知ってます？」

「杉下公園近くにマスコットという喫茶店があったと思います。行ったことはないんですけど、だから高畑もそこは探さないと思います」

マスコットという喫茶店は確かに記憶にあった。小さな喫茶店で通り過ぎるだけの存在だったが、場所はわかる気がした。

妻木はすぐに家を出ようかと思ったが、とりあえず今までのことを手塚にだけ手短にメールにまとめて報告した。捜査本部に内通者がいる、しかもそれが中枢部の誰かとなれば、報告する相手は十分吟味する必要がある。

そしていま犯人に内通していないことが確実なのは手塚だけだ。因美が無事保護されたら、内通者もわかるだろうし、その場合は手塚が状況を知っていても知らなくても問題はない。

しかし、万が一にも自分に何かあれば、手塚にこのデータが渡ることで、捜査はそこから始められる。

手塚にメールを送り、妻木は官舎の自宅を出た。問題のマスコットという喫茶店はすぐに見つかった。それは記憶通りの場所にあった。あまり流行っている印象はなかった。

「いらっしゃい」

妻木の漠然とした記憶では、ここの店主はたまに店先に出ていた初老の男性だった気がするが、妻木に挨拶したのは陰気な感じの自分と同年くらいの男だった。

「お連れさんなら、奥です」

店主は伏し目がちに、奥を示す。奥の人目につかない席には、確かに若い女がいた。ＯＬ風のスーツ姿は帝石本社近くではそれほど目立たないが、彼女がこうした服装は着慣れていないのは感じられた。

目鼻立ちの整った美形の部類に入ると思うのだが、それでも生活の荒んだ感じは隠しようもなかった。頭の回転も速そうだったが、それでさえ聡明さよりも狡猾な印象を与えた。

「因美さんですか？」

女がうなずいたので、妻木は彼女の正面席に着いた。そのタイミングで、店主がコーヒーを妻木の前に置く。

「先に注文しておきました」

「ありがとう」

店主は二人が別れ話でもすると思ったのか、コーヒーを置くと、そのままカウンターの方に戻って行った。視界の中に、彼の姿はない。

「自首する決心に間違いないのだね」

彼女はうなずく。

「まず、どうやって君は高畑と知り合うことになったんだね？」

妻木は尋ねる。

「実は……」

因美は彼女の半生を語った。彼女の名前は天間《てんま》因美、イニシャルはＹＴだ。高校を卒業するまでに義理も含めて三人の父親がいた。原因は母親のパチンコ依存症のためで、玉が出ないと店で暴れて書類送検されたこともある。そして借金がかさんで自己破産。

だから天間因美の人生は貧困と共にあった。どんな友人よりも、彼女の傍らには貧乏がいた。母親から躾もされず、社会常識も教えられず、経済的支援も受けなかった彼女だが、美貌にだけは恵まれていた。だから援助交際で補導されることもしばしばだった。しかし、地頭は良かったため、補導はされても逮捕されることはなかった……。

彼女の語る半生は、妻木の求める内容ではなかった。苦労話であり、今回の事件については何の関係もない。高畑とどこでどう知り合ったのか？　それがわからない。

「どうして、他に客が来ないんだろ」

天間は急にそんなことを気にし始めた。

「あまり流行っていないからじゃないのか？」

「でも、あの人はどこ！」

「あの人？」

その時、スマホが鳴る。妻木のものでも、天間のものでもなく、二人のいるテーブルの下だ。

「うそっ！」

天間が立ち上がりかけた時、テーブルが爆発した。天間因美も妻木和俊も竹輪が残した爆弾により絶命した。店の残骸を検証した時、遺体は彼ら二人だけだった。店のオーナーである老人は介護施設に入所しており、店のことはわからないと証言した。

9月7日

妻木が死んだのは喫茶店での爆破事件によるものだった。科捜研は火薬の残渣などから一連の爆破事件の爆弾と同じものと判断していた。ただ事件の状況から遺体はもう一人の女性とあわせて司法解剖に回され、現時点では葬儀の日程さえ立てることができなかった。

「まず死亡した女性は所持品と歯科医師の証言から天間因美、二三歳と判明。連続殺人の実行犯と目される武多裕一の証言によれば、彼に殺人の報酬を手渡し、被害者のスマホを受け取っていたのが、この天間因美であると断定してよいと思われる」

手塚は自宅から捜査本部の報告をリモートで見ていた。手塚を捜査本部に戻すかどうかには署内でも意見が分かれていると笹川係長からは聞いていた。笹川自身は手塚も被害者との認識だったが、やはり現場復帰への抵抗は強いらしい。

どこで調べたのか、手塚と組んでいた頃の真樹刑事の殉職の話を蒸し返している人間もいるようだ。このため今回の妻木の件ともあわせ「相方を見殺しにする男」という風評も起きているという。

手塚としては耳にしたくない情報だが、笹川は「知っておくべき」情報として教えてくれた。笹川の温情はわかったが、それでも署内の空気は心に刺さる。真樹はともかく、妻木の死には彼も責任を感じていたためだ。

ただ笹川は手塚を復帰させられる状況ではないと考えている半面、この事件に手塚の協力が不可欠と認識していた。それもあって彼は上を説得し、手塚に捜査会議の状況をリモートで見学することを許可したのだ。

彼にできるのは会議の様子を見るだけで、直接の発言はできない。マイクはホスト側からミュート設定にされている。ただ笹川係長にメッセージは送ることができた。それを発言するかどうかは、笹川の判断であり、手塚の意見が黙殺される可能性もある。だがいまはそれを甘受しなければならない。そのことは手塚もわかっている。

「もう一人の被害者である妻木刑事については、どうしてあの場所にいて、天間と何をしていたのか不明です。

ただ……」

刑事が口籠ると、捜査本部長から「ただ、何なのだ？」と叱責に近い質問が飛ぶ。現金を目の前から奪われた間抜けな刑事とネットなどで妻木が揶揄されていることは、手塚も知っていた。それもあってか捜査本部内の空気は刺々しいものになっているようだ。

「詳細は鑑識から報告があると思いますが、妻木刑事の私物のパソコンを調べた結果、爆破犯で殺された竹輪安香と連絡をとっていた可能性が出てきました。爆破現場から回収された天間の所持品と思われる残骸の中から、多数の紙幣の破片と『妻木さまへ　金五〇万円』と記された焼けこげた封筒の一部が回収されました。紙幣は、先日、彼がドローンに奪われた現金の一部です。

さらに妻木刑事のスマホですが、損傷が激しいため着歴などには不備がありますが、解読に成功した履歴の中には連続殺人の被害者である鳥居暢子のスマホから着信がありました。そして天間の遺留品の中には鳥居暢子のスマホが見つかっています」

課長が静粛にと一喝するまで捜査本部内に怒声が飛び交った。捜査本部内に犯人に内通している人間がいるとの噂はあったが、それが妻木だったというのだ。手塚はその報告に、一瞬で身体の力が抜けた。

いままで犯人は手塚への恨みで犯行に及んだと一部には思われていた。なぜなら手塚の個人情報を犯人が知悉《ちしつ》していると思われたからだ。だが相棒の妻木なら彼の個人情報を入手する機会は幾らでもある。

しかし、手塚は妻木が犯人に内通していたという可能性にはやはりしっくり行かないものを感じた。彼はすぐに笹川に対して自分の疑問をメッセージとして送る。

「妻木内通説には疑問がある。

現金の受け渡しのあの場面で、妻木が協力者ならドローンで現金を奪うことは容易《たやす》くなるが、警察の関心を引くのも間違いない。それは犯人としてもリスクであるはず。

さらに妻木宛の封筒に例の奪われた現金の一部が入っていたというが、いままで足がつかないように旧札を使っていた犯人が、どうしてここで奪われた紙幣を渡そうとしたのか？

さらに武多の場合は、武多宛の封筒など使われていなかった。

これらの事実が示すのは、犯人が妻木が内通者であることを印象付けようとするものとしか思えない」

画面では笹川が勢いよくキーボードを打ち込んでいた。

「確かにそれはもっともだが、物証を否定するには根拠が弱い。他に根拠はあるか？」

手塚はすぐに返答する。

「黒幕は竹輪や天間の口封じをおこなったが、そうであるなら武多にしてもいずれ始末したかったと推察される。状況としてはそれが自然な流れだ。

仮に妻木が本当に内通者なら、武多を逮捕した時の状況では彼を射殺することは十分可能だった。刃物を持ち被害者を殺害しようとしていた事実を考えれば、射殺には十分な正当性がある。

しかし、妻木は射殺を選択しなかった。それよりも武多の身柄拘束を優先した。これは内通者としたら矛盾する動きだ」

「なるほど、確かにそうだ」

笹川はそうメッセージを返すと、挙手をして捜査本部で手塚の主張を述べた。ただ手塚の名前は伏せている。それは彼も甘んじるよりほかない。

「確かに、笹川係長の意見は筋が通る。我々が軽々《けいけい》に内通者の存在を疑うような真似をすれば、それこそ犯人の思う壺だろう」

捜査本部長は、笹川の発言に救われたような表情を見せた。捜査本部の空気も、これで先ほどよりも落ち着いた雰囲気を取り戻したが、手塚個人に関しては、やはり手詰まりに陥ったことになる。

つまり妻木が犯人に陥れられたのなら、やはり内通者が別にいるという結論になる。そうであればまだ手塚は捜査本部の人間を迂闊に信用できない。疑えば笹川係長でさえ無条件では信用できないかもしれないのだ。

捜査会議は次に鑑識の説明に入った。妻木がどうやって犯人と連絡していたのか？　どうやら妻木は竹輪のメールアドレスのアカウントを共有しており、そのアカウントを利用してメッセージを交換していたとの分析が示された。

手塚は考える。妻木が内通者というストーリーなら、これもそのストーリーの傍証となるだろう。しかし、彼が内通者ではないとしたらどうなるのか？

たとえば妻木が竹輪のアカウントのパスワードを解読することに成功したとしたら？　彼はそこに犯人グループのメッセージのやり取りを発見する。

ところが犯人グループがそのことに気がつき、妻木をおびき寄せて天間ごと口封じをおこ

なったとしたら？　天間が所持していたとみられる鳥居暢子のスマホから妻木のスマホに着
歴があったというのは、おそらくその関係だろう。

鑑識も手塚と同じような仮説を述べたが、犯人グループが竹輪のアカウントを利用したのが妻木だとなぜわかったのかは彼らにも謎だった。

あるいは妻木が何らかの方法で監視されていた可能性もあったが、家族と官舎で暮らしていることを考えると、内通者の存在に突き当たる。手塚もそのことは笹川にはメッセージできなかった。

「爆破された喫茶店マスコットですが、オーナーである柏木良吉《かしわぎりようきち》氏は高齢のため介護施設におり、経営は第三者に委託されていたようです。ただ柏木氏は九六歳という高齢のため、誰に委託されていたのかは不明です」

先ほどとは別の刑事が報告する。マスコットとは前川と初めて同席した喫茶店だった。かなり古い喫茶店とは思っていたが、オーナーがすでに一〇〇歳に手がとどく年齢とは思わなかった。

「飲食店の経営なら保健所などに届けが出ているんじゃないのか？」

本部長の質問に、その刑事はやや困った表情を向けた。

「それが関係書類については、すべてオーナーの名前で提出され、口座の管理や取引もオーナー名義でなされています。柏木氏の証言をどこまで信用して良いのか判断に苦慮するところですが、数年前までは取引のある不動産会社に管理を委託し、その後は契約を解除して店は閉める手続きをしていた。

そこに彼に親切にしてくれた人物が現れ、店の経営を私的な契約として委託したとのことです。柏木氏の証言は曖昧ですが、不動産屋の契約書類から判断して、この人物が店を切り盛りしていたのは、長くてもこの一年ほどの間のようです」

手塚は前川との逢瀬にばかり気を取られ、店主の顔はあまり覚えていなかった。老けた印象だが、思った以上に若い人間かもしれない。せいぜい言えるのはその程度だ。

「この店主については行方不明です。店が爆破されたのに被害届も出さず、警察へ保護を求めた形跡もありません。さらにこの店主の行動には事件への関与を疑わせる行動がありま す」

手塚が見ているのは定点カメラの映像であるため、その刑事がモニターに映している映像がどんなものかは角度の関係でよくわからない。ただ喫茶店の入口が映っているようだった。

「これは近所の監視カメラの映像ですが、爆破された喫茶店マスコットは、この日、ずっと閉店の札を出していた。

そこに死亡した天間因美が入って行った。そして一〇分ほどして札は開店になり、五分後に妻木が到着します。そしてさらにその五分後に店主は札を再び閉店としたまま、店の外に出ると杉下公園に向かい、そこからの足取りがつかめません。公園内は監視カメラの死角が多いため、そこから逃走したと思われます。

重要なのは、爆破時刻に連続殺人事件の被害者である立川由利のスマホから外山桂子のスマホに着信があったことです。外山は千葉靖子殺害未遂事件の時の関係者で、彼女のスマホが被害者の呼び出しに使われています。立川のスマホからの発信は杉下公園からであり、鑑識によると外山のスマホが爆弾の起爆装置に使われた公算が高いとのことです」

「つまり事件の黒幕はこの喫茶店の逃走した店主だというのか？」

捜査本部長が身を乗り出す。

「そこまでは何とも言えませんが、犯人グループが実行犯の粛清に入っているなら、少なくとも幹部クラスであるのは間違いないと思います」

手塚は混乱していた。マスコットの店主が一連の犯罪の黒幕だとしたら、前川が指摘した高畑とは年齢が一致しない。

それとは別に気になるのは、前川との関係だ。彼女はあの喫茶店を最近見つけたというようなことを言っていたから、単なる常連客なのかもしれない。しかし、手塚との関係も含め、すべてが仕組まれた可能性もある。そして考えたくはないが、前川なら手塚の個人情報も入手可能だ。

だがそれはあり得そうにない。そもそも前川との接点は雪菜との喧嘩の中でＰＴＡの会議に出席したためで、少なからず偶然の要素が大きい。何よりも前川が手塚に接近したのではなく、前川に接近していったのは手塚の方だ。

そして手塚はある可能性に気がつく。雪菜や俊輔が爆破事件に巻き込まれたのは、偶然ではなく意図的だったのではないか？　店主が偶然にも高畑であったなら、自分が憎んでいる相手が現れたことで、犯人を刺激し、二人は殺されたのか？

雪菜たちが事件に遭った時、まさに自分は前川と浮気をしていた。そのことに罪悪感を覚えていた手塚だったが、今の考えが正しければ、二人を殺したのは自分のようなものだ。自分の浮ついた気持ちが、死ななくてもよかった二人が死ぬことにつながったのだ。

捜査会議で鑑識の報告が終わると、見慣れない人物が立ち上がる。署内の人間ではないのはもちろん、風体《ふうてい》からも警察の人間とは思えなかった。だがその理由はすぐにわかった。その初老の人物は県警本部に請われて参加している大学の心理学の教授だった。犯罪心理学の専門家らしい。

彼は犯罪の黒幕について、意見を求められたが、矛盾したプロファイルしか出てこないことを率直に認めた。それは学者としては誠実な態度かもしれないが、結論を求める刑事たちには受け入れ難いものでもある。ただ政府系のパネルに参加するような学者であるためか、本部長もそこは丁重に尋ねる。

「矛盾するとは、具体的にどのような？」

「一般論として連続殺人を犯すような人間は、幻覚型、確信型、快楽型、権力型に分けられる。武多などは典型的な権力型で、金で雇われたとはいうものの、自分の妻に似た女性の生殺与奪を握り、その生命を支配することで権力を確認していた。

一方、竹輪に関しては本人に関する情報が希薄であるため少なからず推測を含むことになるが、特定の条件の人間を抹殺したいという確信型の可能性が高い。爆弾による無差別殺人ではなく、ドローンにより被害者は注意深く選別されている。その選別基準は歪んでいたとしても、彼女の中では正義であった。

天間因美については事件関係者ではあるが、彼女自身が殺人に関与していた可能性は低いでしょう」

「そこまで分析されているのに何が矛盾なんでしょうか？」

「犯人グループの黒幕の意図がわからない。たとえば竹輪や天間の口封じを行うのは自分に捜査の手が及ぶのを阻止するためではあるが、その一方で遺留品については頓着していない。確かにありふれた物品であったり、爆破したりするものの、残した物証は少なくない。あまつさえ喫茶店の爆破を行い重要参考人の存在を浮かび上がらせた」

「黒幕が二人いて、意見の一致を見ていない可能性は？」

本部長の意見に心理学者はうなずく。

「その可能性は高い。しかし、矛盾している二人が、逆にここまで破綻せずに犯行を重ねられた理由がわからない。

あくまでも印象レベルのことで言えば、犯人の一人は、途中で一連の犯行に関心を失っているように見える。犯行に興味がないから、相棒の支援をする以上のことはしていない。それならまぁ、説明はつくが、途中で犯行に興味を失うという状況が私には理解できない。

ただ、この仮説の場合、一つ懸念がある」

「懸念とは？」

「黒幕が竹輪や天間を殺しているのは口封じではなく、状況をリセットしようとしている可能性がある。関係者を一掃して、すべてを白紙にしたいというような心理です」

「黒幕がすべての証拠を抹消して市民生活の中に隠れようとする、そういうことですか？」

だが心理学者は残念そうに首を振る。

「黒幕の一人は、すべてを始末した上で自殺する可能性があります。ある意味、それで黒幕の犯罪は完結する。ただ、一連の犯行が今回の爆破事件で終わったかと言われれば、それも疑問です。

なぜなら黒幕の目論む犯罪が完結していたなら、あの爆発で自分も死んでいたはずだからです。しかし、黒幕と思われる店主は逃げている。自殺する前に、やり残したことがあるはずです」

それは手塚には衝撃的な解釈だった。

「それは俺か」

ここまで周到に思えた黒幕の犯行が急に杜撰《ずさん》になったのも、周到にする必要がないとの判断だろう。そうした時にスマホにメールが届く。発信は立川由利となっている。例の現金輸送の時に登録しておいたもので、間違いはない。いよいよ黒幕が自分に接触してきたか。

しかし、そのメールの差出人は信じられないことに妻木だった。だがよく見ると少し違っている。メールのヘッダーを見ると、妻木は手塚にメールを送ったらしいが、そのメールは手塚ではなく、なぜか立川に届いていたらしい。

そしていま、立川のスマホから手塚へ妻木のメールが転送されてきたのだ。捜査会議では妻木のパソコンについては特に問題は指摘されていない。だが手塚へのメールの送信についても触れられていなかった。

仮にスマホに履歴がなくとも通信キャリアには履歴はある。なのに立川への送信履歴がないのはなぜか？

手塚はもう一度、自分宛のメールを確認する。驚いたことに妻木の手塚宛のメールは見たこともないメールアドレスに送られていた。携帯キャリアのメールではない。おそらく官舎のWi-Fiを使ったのだろう。妻木はスマホから手塚宛にメールを出したつもりでも、そのメールは手塚ではなく第三者に届き、そこを経由して手塚に送られてきたのだ。そしてこのやりとりはスマホで完結し、パソコンとは連動していないことを示している。

「そういうことだったのか！」

手塚は組織暴力対策部の経験から、何が起きていたのかを理解した。いや薄々は予感していたのだが、認める勇気がなかったのかもしれない。

どこの、どういう経路かは不明だが、妻木のスマホは何らかのコンピュータウイルスに感染していたのだ。妻木のような若い世代はスマホの使用頻度が高いから、ウイルスに感染する機会も多いだろう。

セキュリティの高いPフォンではなく、私物のスマホというのもこのことを裏付けているだろう。だから手塚あてのメールが犯人に送られ、犯人からいま転送されてきたのだ。

現金の受け渡しで手塚の私物スマホにメッセージが届いたのも、妻木のスマホの住所録が犯人に筒抜けであれば簡単に説明がつく。そして捜査本部で手塚への攻撃が強いように見えれば捜査の目は手塚に向いて、妻木には向かない。

おそらく捜査本部はもとより、妻木自身も自分のスマホがウイルスに感染している可能性など考えていないのではないか。

そして手塚は自分のスマホを見る。妻木と行動を共にしていた自分のスマホは感染していないか？　おそらくそれはないだろう。私物のスマホでは妻木とのやり取りはほぼない。仕事中はPフォンだけだ。

しかし、そんな手塚の予想も、メールの内容を読むまでだった。それは妻木が解読した黒幕から竹輪に送られてきた指示書のようなものだった。そこにははっきりと舘花だけでなく、雪菜と俊輔も爆破するように指示されていた。自分の妻子は巻き込まれたのではなく、最初から狙われていたのだ。

手塚はすぐに立川に対して通話を試みる。犯人は自分たちが必要と判断するまでスマホの電源を切り、所在を隠していると分析されていたが、いまこの時ばかりは通じると考えたのだ。

だがやはり立川への通話は届かない。諦めてスマホを机に置いたとき、スマホが鳴る。見たこともない番号からだ。

「手塚洋三さんだね」

聞いたことのない男の声だった。だが手塚にはそれが誰かわかっていた。

「高畑裕貴か！」

だが電話の相手は驚きもしない。

「前川とかいう女に教えられるまで、父のことも、その家族のこともすっかり忘れていたのに、ここで私の名前を当てて優位に立てるとでも思いましたか？」

「なぜ前川を知っている！」

スマホの向こうから、馬鹿にしたような笑い声。

「その質問からすれば、あなたは本当に状況がわかっていない。おそらく妻木刑事のスマホがウイルスに汚染されたとあなたは考えているだろう。独善的なあなたらしい思考回路だ」

「違うのか？」

「警察官というのはどうも思考回路が固くていけない。それは私の父もでしたけどね。妻木刑事のスマホは確かに私の作成したコンピュータウイルスに感染していた。しかし、感染源は私ではない。私が汚染したスマホは、手塚さん、あなたのスマホだけだ。あなたは私の店にやってきた。女に鼻の下を伸ばし、スマホはまったくの無防備だ」

「マスコットの店主はお前だったのか！」

「あなたが見たのも警察が追っているのも私が雇った別の人間です。彼も事情があって警察には捕まるわけにはいかない。いまも必死で逃げている。とはいえ日本の警察は優秀だから、今月中には逮捕されるでしょうが、私には十分な時間的余裕だ」

手塚は混乱した。あの喫茶店でないとしたらどこだ。

「avengerというワインバーをお忘れですか？　あなたは何のためらいもなく店のフリーWi-Fiに自分のスマホを接続した。ウイルスを感染させてくれと言わんばかりの愚行だ。まあ、技術的な詳細を話しても意味はない。重要なのはあなたのスマホから署内の私物スマホに私が作ったウイルスが感染したという事実です。おかげで警察内部の動きはよくわかりました。

いるんですよ。禁止されていてもPフォンのデータを私物スマホに転送する人って。一〇〇人の警官の九九人が規則をまもっても、規則違反が一人いればすべての努力が水泡に帰す。

それがサイバー犯罪というものです。

前川のこともそうです。私は運命論者ではないが、常連客が親の仇と現れた時には、運命を感じましたよ。

あなたと前川のやりとりはスマホ。あなたの巻き添えで殺された奥さんもスマホでやりとりしていた。感染したウイルスには、必要なら音声を盗聴して私に音声ファイルを転送する機能もありましたけどね、大人二人のGPS座標がホテルで一致している時に何が起きているか、盗聴するまでもない」

「こんな電話をかけてどうするつもりだ！」

「ここでのやりとりは手塚さん一人の胸に収めてください。私の手元には竹輪の作った爆弾がまだ三つ、四つ残っている。そうとう世間を恨んでいたようですね、彼女は。私だって自宅で爆弾と暮らす生活もさすがに嫌ですからね。

警察の皆さんの私物スマホのおかげで署内に侵入する簡単な方法も見つけました。手塚さんの判断によっては警察署で多数の死傷者が出るでしょう。

あなたがスマホ以外の方法で上司に報告しても無駄です。ウイルスに感染したスマホは署内に何十とあるんです。報告すれば必ず私に伝わるとお考えください。ともかく近いうちに直接お会いすることになると思いますよ。必ずね」

高畑は一方的にスマホを切る。手塚はどうすべきかを考える。もはや捜査会議の内容など耳に入ってこない。

まずはavengerの店主について調べることだ。しかし、検索しようにもまともにキーボードも打てない。彼はスマホを手にしかけ、放り投げる。誰にも連絡がつけられない。そして友人知人の電話番号はすべてスマホの中だ。

そして彼は前川からのメールが数時間前に届いていることに気がつく。しかし、彼はそれを読むことができなかった。読めば高畑にも内容が知られると思ったからだ。

このまま放置すれば、前川が新居に来てくれるのではないか。手塚はそれに期待した。それだけを希望にただ待ち続ける。そして深夜になり、チャイムが鳴る。

手塚はインターフォンに飛びつくと、知らない子供が立っている。

「手塚さんですか、前川享と言います。ママが帰ってこないんです」

9月8日

「とりあえず、これでも食べなさい」

すでに日付も変わっていたが、手塚は前川享が夕食もまだだと言うので、明日の朝食のつもりだったコンビニ弁当をレンジで温めて食べさせた。

「これ、好物なんです」

享は社交辞令ではなく、うまそうに焼肉弁当を食べている。箸は使わず、フォークで食べているが、あまり躾を受けているようには思えない食べ方だった。

前川とは何度か食事をしたことはあるが、前川の食事のマナーからは、享のような雑な食べ方の子供が生まれるとは思えなかった。

その間に手塚は前川にスマホからメッセージを送る。ウイルスに感染していると告げられてはいたが、このメッセージで事件が動くとも思えない。

享のスマホは小学生にも持てる機能制限が加えられたものだ。だが、流石に愛人同然の前川に、享のスマホを使って連絡するのには抵抗がある。

とはいえ、内心では手塚は恐れていた。高畑が自分を逆恨みしているだけでなく、自分の周辺の人間を傷つけていたのであれば、前川も奴のターゲットになりかねない。

だからこそ手塚は自分のスマホにだけは、前川からの返信があるのを期待した。

「いま何している？」

手塚のメッセージにはすぐに前川から返答が来た。

「残業、享頼む」

それなら自分で息子に説明しろと思った手塚ではあったが、彼女がまだ市役所で働いていることには安堵した。確かに前川には結婚の約束はしたが、息子の享を紹介されたことは一度もなく、会うのは今日が初めてだ。

再婚となれば前川には前川の考えもあろうが、もう少し手順について説明なり何なりがあってもいいはずではないか。

「君は、どうして家に来たんだい？」

手塚は黙々と弁当を食べている享に尋ねる。前川が子供を虐待しているとは思えない。痩せ細っているわけでもなく、むしろ肥満気味だ。まだ暑い盛りで半袖、半ズボンだが虐待の傷もない。

それでも享の食べ方には尋常ではない何かを手塚は感じた。前川の料理は手塚も美味いと思っていた。はっきり言ってコンビニ弁当よりもずっとマシだろう。しかし、享はコンビニ弁当を美味そうに食べている。そしてなぜ手塚の家に来たのかは、聞こえなかったように答えない。

享にあまり良い印象を持てない手塚だが、おそらくそれはお互い様だろう。だから質問を変える。

「ママはご飯を用意してくれないのか?」

「用意してくれますよ。用意したものは食べなきゃならないから。健康にいいからって。それにうちは貧乏だから」

「そうかい」

やはり、シングルで子育ては大変そうだ。結婚という話をしていたものの、どうも知らないことが多い。しかし、それを言えば雪菜のこともわかっていなかった。つまりは人間などわからないことの方が多いのだ。

「どうしてママはおじさんの家に行くように言ったんだい?」

手塚が同じ質問を繰り返したので、享は箸を止めずに言う。

「パパがママを狙ってるって言うんだよ。おじさんは警察の人だから、何かあったら守ってもらえって」

そう言えば、前川は前の夫のDVで離婚したというようなことを言っていた。その前の夫が別れた妻に付き纏っていると言うのか? 確かにそれはよく聞く話だ。

「パパは暴力を振るうのかい?」

「そんなことおじさんに関係ないでしょ」

子供とは思えない享の冷たい答えに、手塚は圧倒される。これが前川の息子というのか？

「ともかく、ママは享くんを守ろうとしたわけだ」

「本人はそう言ってる。僕のことなんか見もしないで」

享は弁当しか見ていない。もしかするとこの子は大人と会話することに慣れていないのか？

「ご飯だって、ママが全部決めるんだ。僕が食べたいものなんかお構いなしに。学校だって、僕には無理な学校に進学しろっていうんだ。パパを見返せる人間になれって」

「パパってどんな人なんだい？」

「知らない人」

享はそう言うだけだ。これが容疑者なら口を割らせる話術は手塚も持っている。大抵の人間は、脅したりするまでもなく、話術で知りたいことを教えてくれるものだ。とはいえ、子供相手に口を割らせるというのはさすがに抵抗があった。

それに享の自分の父親に対する「知らない人」との言葉は、そのまま俊輔の自分に対する認識と同じではないのか？　手塚はそれが明らかになるのが怖かった。

「宿題をしていいですか？」

弁当を食べ終わると享は尋ねてきた。そういう部分は躾の良さを感じる半面、弁当の食い方は酷いもので、テーブルの上は汚れ放題で、本人はほとんど気にしていない。後片付けは前川がおこなっていたのか？

手塚はとりあえず自分で享の弁当の後片付けをする。あるいはこの子を我が子としなければならないのかもしれないが、いまこの状況で父親のように躾をするというのも違う気がした。そもそも食後のマナーなど、手塚は自分の息子にもしたことがない。それは雪菜の仕事だった。それなのに享にマナーを云々するのは、俊輔に対して父親として申し訳ない気がしたのだ。

手塚はそうして雑巾で享の食べこぼしを拭き取る。それでも享は手塚などいないかのように、床に教科書や参考書を並べている。勉強が好きというより、何かから逃げるために勉強をしているようにも思えた。勉強をしている限り、外の喧騒は入ってこないとでもいうように。

「もう寝る時間じゃないのか？」

黙々と勉強をしている享に手塚はいう。

「風呂にだって入っていないだろ？」

「シャワーなら来る途中でネットカフェで済ませました、会員証あるし。眠たくなったら寝ます。僕はどこでも眠れますから」

どうも享のものの考え方がわからない。狡猾とか卑しい子供ではないとは思うが、素直な子供とも言えない。陰影が深いというか、生きるのに精一杯のようにも見えた。

ただ前川とのやりとりを考えてみると、彼女の息子がこんな子供になるとも思えない。前川は夫が妻子に暴力を振るう男と言っていたが、享の人格形成に、その父親が悪影響を及ぼしているのか？

それでもいま現在この子と生活しているのは前川であり、経済的に苦しいとは耳にしていたし、それは嘘ではないのだろうが、それでも手塚と飲みに行ったのも事実である。そこまで困窮しているとは思えない。だいたい前川は息子を私立に進学させると言っていなかったか？

手塚は享の扱いに途方に暮れていた。それ以上に俊輔との親子関係の経験が何の役にも立たないことに驚いていた。この世代の子供が何を考えているのか、まったくわからない。

「君は俊輔の友人だったんだろ。俊輔のことを教えてくれないかな」

「友達は友達だけど……何を知りたいの、おじさん」

はて、自分は俊輔の何を知りたかったのか？　将来の夢か？　なりたい大人か？　しかし、それは享に尋ねる話ではなく、自分が息子に直接聞くべき話ではなかったか？

手塚は自分が息子に何の関心もなかったのだという結論を心の隅に押しやる。

「俊輔は、おじさんについて何か言ってたかな？」

そんな質問しか手塚は思いつかない。そして享の返答は、ある意味で、予想通りだった。

なのだろう。


「別に、何も。学校じゃ家の話はしないから」

享はノートに何か書き記しながら、そう答える。この家は自分の家なのに、手塚は享が作り上げた壁の中に入ってゆけない。良くも悪くも、この壁に入ることができるのは前川だけなのだろう。


「朝のご飯を買ってこよう。焼肉弁当でいいかね？」

手塚はただこの何とも言い難い空気から逃れるために、そんなことを言ってみる。ここは自分の家なのに、いまはただこの空間から出たい。

念のために、享には戸締まりをするように告げると、手塚はマンションの外に出て近くのコンビニに向かう。

とりあえずマンションの外に出ると手塚はスマホを握る。自分のスマホは汚染されているので、捜査情報が筒抜けと高畑には言われたが、前川との連絡手段は他にない。

とりあえず前川には近くのコンビニで待ち合わせるべくメッセージを送る。近くにコンビニは幾つかあるが、前川が知っているのは一軒だけ。ポイントアプリの関係で使う店を絞っているからだ。

これは買い物の時に聞いた話で、高畑が知るはずもない。そこで前川と落ちあい、享を引き取らせる。そして状況を説明し、当分は連絡も取らないようにする。自分のせいで多くの人間が犠牲になった。これ以上の犠牲者は出したくないからだ。それとてすでに手遅れかもしれないが。

メッセージで近所のコンビニで待ち合わせとメッセージを送ると、前川からはすぐに「移動中」と返答がある。さすがに享を手塚の家に預けっぱなしにはできないと思ったのだろう。

手塚はコンビニに着くと、雑誌コーナーに移動し、外をみる。ほどなく「着いた」とメッセージがある。しかし、前川の姿はなく、歩きスマホの男が入ってきただけだ。

男は雑誌コーナーにやってくると、急に持っているスマホをかざして、手塚に話しかける。

「待ちましたか？」

それはストラップが独特の前川のスマホだった。男は三〇代後半くらいに見える小柄だが筋肉質の男だった。

「高畑か？」

「初めまして、高畑裕貴です。あぁ、ワインバーで少しだけ会ってますか、客と店員として。でも覚えてはいないですよね、線香の一つもあげようとしなかった人だから」

手塚はそんな高畑の言葉など聞こえていない。それよりも前川のことだ。

「市役所で深夜まで残業だなんて話を真に受けるとは思いませんでしたよ。前川があなたの愛人なのはわかっています。あなたにとってはもはや唯一の心の拠《よ》り所だ。

だけどいまは私のところにいますよ。刑事なんだからこれくらいすぐにわかると思ったんですけどね。

それと下手な真似はしないほうがいいですよ。私が時間までに戻らないと彼女は死ぬことになる。竹輪の爆弾はまだ残ってますからね」

「なんだと！」

「それくらい予想していただけるものだと思いましたけどね」

「こんなことをして、逮捕されたら確実に死刑だぞ」

手塚の言葉にも高畑は動じることなく、外に出ようと促す。そして彼は指で自分の着衣を指差す。彼の腹部には不自然な膨らみがあった。爆弾なのかと目で尋ねる手塚に高畑は軽く頷く。二人はしばらく高畑を前にする形で住宅街を歩く。手塚はその後ろをついて行くことしか出来ない。

普通なら高畑のような相手を捕縛することなど容易だ。しかし、爆弾の所持を仄めかしている男を、住宅街の中で捕縛はできない。捜査会議で心理学者に自殺の可能性さえ言及されていた相手だ。自爆を躊躇するとは思えない。手塚と一緒の今の状況なら尚更だ。

「逮捕されたら確実に死刑とのことですが、私は逮捕されませんよ」

「逮捕されないだと。あれだけの証拠を残し、捜査本部は事件関係者の網を絞り始めた。お前も警察官の息子なら、警察が本気を出せば何ができるかくらいわかるだろう」

だが高畑は相変わらず手塚に背中を向けたまま、歩みを乱すこともない。

「何ができるかわかると言うのは、何ができないのかわかると言うことと同義です。できることがわかるから、できないことも見える。

まず、捜査本部は私の存在を知らない。妻木や前川のような柔軟な思考ができる人間だからこそ、私を発見できただけで、捜査本部は私の存在にかすりもしない。

手塚さんはご存知ないでしょうが、父は良くも悪くも情の人間でした。だから当時の同僚や署内の上層部で可愛がってくれた人もいた。殉職者の息子として、私もそういう人たちの前で健気に振る舞い、年始の挨拶は欠かさなかった。こういう日が来る時のために、何年も何年もね。

だから、捜査本部の中で私の名前が出ることはない。警察幹部は私が手塚さんに微塵も恨みを抱いていないと信じてますからね。殉職者が一人だけで、相棒を救えたことで父も本望だったでしょう、そう言って涙の一つも流せば、疑う人はいませんよ。私はあの人たちの身内として扱われてますからね」

こいつ嗤《わら》っていやがる、手塚は後ろ姿だけで、それがわかった。

「そんなことが逮捕されない根拠になるか！」

「容疑者リストに名前が載らないことだけでも、逮捕の確率はかなり下がりますよ。それに手塚さんは大きな問題を見逃している。

捜査本部の刑事さんたちの私物のスマホはウイルスに感染している。それスマホだけだと本気で信じているんですか？」

高畑の後ろ姿は、楽しげだった。

「まさか……警察のシステムに……そんな馬鹿な！」

「私も全部は把握しているわけじゃないですけどね、警察は基幹システムのセキュリティこそ堅固ですけど、そこにぶら下がっている末端のパソコンは実に無防備だ。規則じゃ禁止されていても、私物のノートパソコンをつなぐ人間もいるわけです。

そういうパソコンを踏み台にして、警官のアカウントを使って基幹システムにアクセスできる。捜査状況もわかれば、不都合な記録は書き換えられる。だから私につながりそうな情報は消すことができるわけですよ。

まぁ、私につながりそうな情報はほとんどありませんでしたけどね」

そうして高畑は、住宅街を抜けた場所にある、廃工場の前で止まる。以前は鉄工所だったらしいが、すでに工作機械の類は搬出され、残っているのは建屋だけのようだ。

廃工場の入口は鎖と南京錠で閉鎖されていたが、高畑は鍵で錠を解いた。

「どうしてお前が鍵を持ってるんだ？」

「私が管理を任されてますからね」

高畑は錠を解くと、鉄板のドアを開けて、手塚に中に入るように促す。建屋の中には工事現場で見かける照明台が一〇メートル四方程度の領域を照らしている。そこには何やらガラクタが積まれている。

「不動産屋でもやってるのか？」

手塚は高畑の情報を得るために、そんな質問をしてみる。それに殉職警官の息子が町工場とはいえ、工場の管理を任されているとは信じ難い。

「後見人ですよ。店舗や不動産を所有しているが、高齢で管理もできない。そんな人も最近は少なくない。そういう人たちから私的に管理を委ねられているだけです。合法的にです。書類に齟齬《そご》はない。実印も管理させていただいてますからね。古い喫茶店やワインバー、あるいはこの廃工場のように」

妻木を爆殺した喫茶店、前川と逢瀬を楽しんだワインバー、そしていま案内された廃工場。すべて高畑が管理していた物件だったのだ。

「誤解して頂きたくないんですが、私は管理や経営を任されているだけで、所有権は変えてません。だから固定資産税は持ち主の老人たちが払う。登記の移動なんかしたら、家族が黙っちゃいないでしょう。

老人たちの家族も、細かい物件のことなんか把握していない。それに不動産は下手に更地にすると、固定資産税が上がるんです。私が形だけでも店舗経営している方が彼らにも損はない。

何より管理権にしても短期間のものです。将来店をやりたいので勉強させて欲しい、給料は不要と言えば文句も出ない。いずれにせよ借りているのは計画を進める間だけです」

そういうと高畑は手塚を照明のある方に促す。

「警察はどうも頭が固い。竹輪の自宅だけ見て爆弾もドローンもあの家で製作されたと結論づけた。爆弾はまだしも、ドローンは試験飛行をおこなわないと使い物にはなりませんよ。あれだけ完璧な動作をこなせたのも、この廃工場の広い空間の中で何度も何度も実験した結果です。ドローンの製作自体、精密部分は竹輪の家でも、大半はここで組み立てられた。廃工場は便利ですよ。コンプライアンスってのがあって、中の音は漏れない構造になっている。もともとドローンは爆音は出さない。さらに二トン車程度の車両が出入りしても誰も怪しまない。

私が主に捜査本部の資料から消したのは、この工場についての情報です。ここまで説明すれば、ここに爆弾が隠されていることはおわかりですね」

「前川もここにいるのか！」

そういう手塚の前に、照明の陰から前川が現れる。

「私はここ」

手塚は何が何だかわからなくなった。どう見ても前川は高畑の仲間だ。しかし、前川に接近して行ったのは自分であり、出会いは偶然ではなかったのか？　そんな考えを察したのか、彼女はいう。市役所に勤務している服装ではなく、黒系統の作業服を着ていた。

「もとはと言えば、あなたの奥さんがいけないのよ」

「雪菜がだと……」

どこから雪菜が出てくるのか？　それが彼女が息子と殺された理由か？

「あなたの奥さんは、あなたを公務員の手塚さんで通していた。でも、ことさら隠すというのは、公務員でも限られた職種だけよ。たいていの主婦は夫が公務員なら自慢する。それであなたも承知していると思うけど、私はＩＴには長《た》けているのよ。ＰＴＡのサイトからダウンロードするスマホアプリも私が作成した。いまはダークウェブに少し潜れば、便利なツールが手に入るのよね。

そのアプリが私にスマホ経由で送ってくる個人情報を眺めていればいいだけ。雪菜さんの旦那の職業もすぐにわかった。そしてあなたも同じアプリをダウンロードしてくれた」

そして高畑が話を継ぐ。

「私たちがどうやって知り合ったのか、それはいまここでは関係のないことでしょう。ともかく私は前川さんからこの話を告げられた時、運命を感じましたよ。復讐のために警察内部の情報を集めようとしていたまさにそんな時に、その情報源が手塚さんだったんですから。だから一連の犯罪は、すべてその時から始まった。そのための資金はある。老人たちの中には金融機関を信用しない人も多い。彼らの蓄えている箪笥貯金の額を知ったら驚きますよ」

「結局、横領じゃないか」

「だからあなた方は頭が固いと言うのです。箪笥貯金の現金は古い札が多い。資金洗浄には手頃なんですよ。老人たちは自分の現金の札の数さえ合っているならそれで満足だ。老人たちは満足し、私は利益を得る。どこにも問題はない」

高畑には余裕さえ感じられた。

「俺に復讐するためだけに、罪のない人たちを殺し、あまつさえ爆弾まで使ったのは何故だ！」

高畑は笑う。

「どうも先ほどから話を聞いていて思っていたんですけどね、あなたは根本的に勘違いをしているようだ。

私の復讐の相手はあなただけじゃない、警察そのものですよ。警察官も殉職したらそれまでだ。可愛がってくれた警察幹部にしても、そんなものは自己満足にしか過ぎないわけです。残された家族の生活は決して楽じゃない。

もちろん生きてはいける。生活するだけなら何とかなる。しかし、父親が生きていたら選べたであろう選択肢は悉《ことごと》く奪われた。

だからあなたへの復讐と一緒に警察も巻き込んだ犯罪に仕立て上げたんです。事実、警察の面子《メンツ》は丸潰れだ。帝石の企業イメージもダウンした。株価が下がり、それだけで数十億の損害だ。

ご存知とは思いますが、帝石も警察庁からの天下りを受け入れているんです。警察庁だって黙ってはいられない。まぁ、これから人事は荒れるでしょうね」

「本当に、そんな理由で貴様はこんな犯罪を……」

「だからいいんですよ。犯罪の理由がつまらなければつまらないほど、あなたの妻子が殺された理由もつまらなくなる。私の馬鹿げた犯罪の馬鹿げた道具に使われるためだけに、あなたの妻子は死んだわけです、あなたの家族であっただけというつまらない理由で」

この男は自分の言葉を信じていない。それは手塚の勘だった。ただ、だとしたら真意はどこにある。

「あなたはこう考えているかもしれない。一連の犯罪は、どうしてこうも一貫性がないのかと。犯人は何を狙っているのかと。答えは簡単です。

私の犯罪に一貫性がないのは、警察の捜査に一貫性がないからですよ。いいましたよね、私には警察の捜査情報が筒抜けだと。だから犯罪が実行されるたびに警察が捜査方針の重点を変える。それに従って私は別の犯罪を用意する。

その繰り返しで、あなた方はこれが快楽殺人の類か、爆弾テロか、営利目的の恐喝の類なのか、判断がつかなくなった。そうなるように私は犯罪を配置してきたんですから。

それでも全体を俯瞰して見ればわかる。私の犯罪は常に警察を効果的に混乱させるようにおこなわれてきたと。

混乱の中で捜査本部の空気も着実に悪くなっていった。手塚さんに対する陰口なんか、私でさえ耳を覆いたくなりましたよ。それだけじゃない。上層部は部下の無能を嘆き、部下たちは上層部の愚劣さを呪う。捜査本部の誰もが自分たちの無力さを見せつけられてきた。それだけでもこの犯罪を計画した甲斐があったというものです」

犯人の目的がわからない理由。それは捜査の内情を知っている高畑が、警察を混乱させるために行ってきた。混乱こそが目的だったのだ。だが手塚はそれでも理解できない相手がいた。前川だ。

「君はいったい何のために……人を殺せるような人間じゃないだろう！」

だが前川は何も答えず、高畑はそんな彼女を抱き寄せる。

「資金洗浄というのは、なかなか複雑でね。高度なＩＴ知識がいるんですよ。だから前川さんに協力をお願いした。一流大学の工学部を出て、結婚するまでは一流企業に勤めていた才媛です。必要なことはすべてしてくれた。

まぁ、わかりやすく言えば、お金ですよ。私はそこそこ金を自由にできましたからね。ただいかんせん、私の計画が進むにつれて、抜けられなくなってしまった。

それでもですね、責任の半分以上は、前川さんと浮気をしたあなたにあるんですよ。彼女を恨むのは筋違いだ。あなたが前川さんに手を出さねば、この人の役割はスマホにウイルスを感染させるだけで終わったんです。

あっ、ここで前川さんがあなたを助けてくれるというような茶番は期待しないでくださいね。何故なら……」

高畑はいきなり前川の作業着をたくし上げた。そこには爆弾を装着したベストを着せられた彼女の姿があった。

「最近の作業着は丈夫な素材を使ってましてね、爆弾の圧力をすぐには逃さない。内圧が高くなるから破壊力も強力です。いわゆる人間爆弾です」

「貴様は何を考えているんだ！　彼女は仲間じゃないのか！」

「あなたはどうも状況を理解してくれていないようですね。私が前川さんを殺したいと思いますか？　仲間なんですよ。ただ彼女がこうしているとあなたも馬鹿な真似をしないと思いましてね。

要するに前川さんの命はあなたが握っているわけです」

手塚はどうすればいいかわからなくなった。さっきの前川の発言も状況を考えるなら、高畑に言わされているようにも見える。手塚を傷つけるために。

「俺をどうしたいんだ！」

高畑はその質問を待っていたのか、愉快そうに笑う。

「最初は私もあなたに幻想を抱いていた。自分の周囲の人間が、自分のために傷つき死んでゆくという事実に、あなたは自分を責め続ける。そんなようなことです。

この場合、あなただけは絶対に殺したりしない。苦しみながら残りの人生を過ごしてもらうのが復讐としては最も美しい。

ですが、それは無理だ」

「無理だと……」

「私も予想すべきだった。あなたの人間性の程度をね。前川さんのアプリで私はあなたの私生活も色々と知ることができた。時には夫婦や親戚との会話もね。

いやはやそれは酷いものだった。あなたの奥さんが実家とあなたの板挟みでどれほど苦しんでいたのか、あなたは知らないだけでなく、知ろうともしなかった。

自宅の件もそうですよ。義父が資金の大半を出していたのに気がつかないという、あなたの家族への無関心ぶりも驚きですが、それには触れないでおきましょう。

それでもそうした事実を知ったなら、義父に対して、ありがとうございましたの一言があってもいいじゃないですか。

だがあなたは妻子や娘を案ずる父の気持ちよりも、自分のプライドを優先した。あるいはプライドというより見栄というべきかもしれませんがね。

家族に無関心で、あなたは家族の人格を認めていなかった。奥さんからのメッセージを無視し続けることで、少なからず奥さんを傷つけておきながら、そのことにはまったく思考が及ばない。ただただ自分こそが被害者だと自己憐憫に耽るだけだ」

「何を……」

手塚は言葉が続かない。

「そんなことはないと仰りたいわけですか、さてどうでしょう。奥さんは実家に戻った時も、あなたが迎えに来てくれることを待っていた。しかし、あなたは義父と会っただけで帰ってしまった。スマホに一言入れる程度のことさえしていない。

しかも奥さんが殺された日にはあなたは待ち合わせの日にちを間違え、あまつさえ前川さんと浮気の真っ最中だ。どこをどう切り取っても、あなたは徹頭徹尾、自分のことしか考えていない。

確かに事実として竹輪が奥さんと息子さんを殺しました。でも事件をよく考えてください。奥さんも息子さんも屋外テラスに出ていたから爆弾で死ぬことになった。それはこちらからあなたを装いトリエステに電話をかけたからだ。

でも、あなたが日時をちゃんと覚えていて、先にトリエステで二人を待っていれば、二人は外に出ることはなかった。竹輪のドローンだって店内には入り込めませんからね。二人のことを大切に考えていた人間なら、あの殺人は起こらなかったんですよ」

「お前が殺させたことに違いはあるまい！　なぜ二人を巻き込んだ！」

高畑は首を振る。

「確かに殺人の責任は私にもありますが、あなたも無罪とは言えない。私が用意したシナリオには分岐があった。あなたが家族思いなら家族は助かるが、そうでなければ犯罪に巻き込まれるというシナリオだ。あなたの行動次第で二人の生死は決まったわけです。

その意味では私には殺意はない。あなたの妻子が死のうが生きようが、私には何の興味もないですからね。だからあなたが妻との約束を尊重し、守っていたならば二人はいまも生きていた。

私が用意したのはあなたが妻との約束を蔑ろにした時、妻子が殺される仕掛けだけだ。妻との約束など忘れて浮気三昧のあなたの心根が、二人を殺す仕組みを起動させてしまったわけです」

そして高畑は鞄から何かを取り出しながら話す。

「それでも本音を言えばね、あなたは約束は守らないだろうと思いましたよ。あなたは自分のことしか考えない人間ですからね。だからあなたの奥さんと子供が巻き込まれたと聞いた時、あなたは私が思っていた通りの人間と確信できた。

それであなたをどうしたいのかという先ほどの質問ですが、あなたは一〇〇歳まで生きても、自分の罪禍に苦しむような人間じゃない。だから残念ですが、ここで死んでいただくことになる」

「苦しめて殺そうというのか？」

手塚は考える。前川の爆弾さえ何とかなれば、反撃の機会はあるはずだ。ここまで犯罪の背景を説明できるのだから心神喪失などの屁理屈は使えまい。逮捕できれば確実に死刑にできる。

「私の話を聞いていなかったんですか？　私の犯罪はあなただけじゃなく警察に対するものでもある。犯人に翻弄された警官が、犯人に殺されたとなれば、警察の面子は丸潰れだ。私が雇った、事件とは無関係の人間を逮捕するという冤罪も起こしてくれれば尚更だ」

そういって高畑は鞄からパイプのようなものを取り出し、組み立てる。それは手製の銃だった。銃身が不自然に太いが銃なのは明らかだ。

「性格はともかくとして、竹輪にはものづくりの才能があった。だから頼んでもいないのに余技でこういうものも作ってくれた」

詳しいことは知らないが、ネットの世界にはこういう銃の図面も出回っているらしい」

高畑が引き金を引くと、ほとんど音がしなかったのに、手塚の足元に土煙が舞った。

「街中で使うものですからね、音は最少にしませんとね。ひょっとすると竹輪は護身用に銃が必要と考えたのかもしれませんがね。猜疑心の強い人だから。

この銃は射程は一〇〇メートルもありません。ただ弾が軽い分だけ高速なので、近距離なら十分な殺傷能力があります」

高畑がそう言った直後、手塚は足に激痛を覚えた。

「見えますか、あそこの裏口は施錠されていません。裏口を出ればすぐに住宅街に抜けられる。そうすればあなたは逃げることができる。私だって住宅街でこんな銃を振り回すほど馬鹿じゃありません。

さぁ、お逃げなさい。一〇数えますから、その間にできるだけ遠くへ」

そうして高畑が壁際のスイッチを押すと、工場内が明るくなる。いままで見えなかったが、壁際の六つの照明台が点灯したのだ。

「ひとつ……」

手塚はともかく走った。足を撃たれ、出血しているがそれでも裏口に走るしかない。そして考える。弾は軽すぎるから遠くまで飛ばないというのは警察の講習で習ったことがある。弾道学か科捜研の話か、そんな類だ。

だから裏口から出られなくとも距離を稼げば奴の銃の威力は抑えられる。

「……よっつ……いつつ！」

高畑はそこで撃ってきた。手塚は肩に激痛を覚え、そこでひっくり返る。

「本当に一〇数えると思ったんですか？　あなた相手に？　あなた相手に約束なんか守る必要など微塵もないでしょう。逃げるあなたを切り刻んで殺す。それが警察へのはっきりとしたメッセージになる」

手塚は起き上がり足を引き摺《ず》りながらも前に進む。この工場周辺の様子から裏口を出れば住宅街に出られるのは間違いあるまい。しかし、裏口は開いてなどいないだろう。高畑の言葉など信用はできないし、すべきでない。

手塚は照明台の配線が一つの制御盤から給電されているのを見た。それは裏口の方向に近い。あれを潰せば工場内の照明はすべて消せる。ここを暗くできれば、勝機はある。

「えっ、くそっ！」

高畑が悪態を吐く。三発目の銃撃を行おうとしたら、弾が詰まったらしい。横にいる前川と何か話している。自分が人間爆弾にしている相手に尋ねるとはかなりの神経だと思うが、前川が拒めるはずもなく、彼女が何か助言すると銃弾は出た。ただ手塚には当たらない。

すぐに次の銃弾が放たれ、脇腹のすぐ横を熱いものがかすめた。しかし、距離を稼いだためか、服を貫通しただけで、銃弾は脇腹には刺さらなかった。

手塚は出血は承知の上で、裏口に走るように見せかけていたのを、ここで進路を変え、制御盤に飛び込んだ。しかし、照明台のコードに足をとられ盛大に転倒した。

それとともに銃弾が床を跳んだ。転倒したことで命中を免れたのだ。それに苛立ったのか、高畑は銃を保持しながら手塚に近寄ってきた。そして再び銃撃をおこなおうとするが、またも弾が出ない。

高畑は何か悪態を吐いて銃の遊底を開くと、銃弾のグリップを装填する。あの銃は五発でマガジンが空になる。手塚はそれを心に刻む。相手の残弾の把握はこうした状況での基本だ。

手塚はそのわずかの隙をついて、倒した照明台のケーブルを手繰り、制御盤を引き寄せるとすべてのプラグを抜いた。瞬時に工場内は闇に包まれる。

「テメェ、何しやがる!」

高畑は怒声を上げ、そのまま五発を連射した。しかし一発も命中せず、手塚はそのまま裏口に走るが、やはりそこは施錠されていた。

銃のマズルフラッシュはそれほど明るくなかったが、手塚に高畑の居場所を把握させた。逆に高畑は銃のマズルフラッシュのせいで、視界を完全に失っていた。

「ただで済むと思うな! この野郎!」

高畑は悪態を吐きながら、ハンドライトを取り出し、銃弾を補充し、周辺を照らす。手塚は痛みに耐えながら、壁伝いに移動する。廃工場なら他にもどこか出入口があるはずだ。それを見越してか、高畑はハンドライトを振り回し、ついにそれが手塚を捉える。すぐに銃弾が飛んでくるが、距離がありすぎて貫通には至らない。

「使えねぇ鉄砲だ!」

高畑は銃を投げ捨てると、ナイフを取り出し、手塚に近づいてきた。間の悪いことに手塚はそこで、電線か何かに足を取られて転倒してしまい起き上がれない。何度か銃撃された身体は転倒しただけで起き上がれなくなる。

「刑事もそうなればザマァねぇな」

高畑が両手で握ったナイフを掲げ、そのまま突き下ろそうとしたとき、彼は横に吹っ飛んだ。

「早く！　出口はこっち！」

前川はそう言うと手塚に肩を貸す。

「爆弾は？」

「自分で外したに決まってるでしょ！　外したら自爆するような細工なんかあいつにできるわけないわよ」

前川は手塚が思っているのとは反対の方向に逃げてゆく。

「痛いかもしれないけど急いで！　あの馬鹿は死ぬ気よ。逆上して工場ごと吹き飛ばしかねないんだから！」

前川が殴ったことで高畑は手塚を刺し殺すタイミングを失ったが、彼はまだ生きていた。金属バットで殴るなんて酷いとか、なんとか言っていたが、ぶっ殺してやる！　の一言は聞き間違えようがない。

「ここよ！」

どういう構造か地面に蓋があり、そこを開けると地下道から外に出られるらしい。風が感じられたがゆっくりしてはいられない。逃げられると思うな、という高畑の声と共に蓋を閉める。そして爆発音が轟《とどろ》く。

「何が起きた？」

「爆弾の起爆装置は無線だけ。スイッチは奴が持ってる。あいつ私をあんたともども殺そうとしてスイッチを押したのよ。即死かどうかわからないけど、無事じゃ済まないはずよ。あんたも爆弾の数は見たでしょ」

爆弾は相当の威力であったらしい、工場が崩れるような音がして、火災も発生していた。

手塚と前川はかろうじて、地下から工場の外に出る。すでに消防車やパトカーが走ってくる音がする。

「なぜ助けた？」

「あいつは自殺しようとしていた。私だけじゃなく、自分も爆弾を抱えてると言ってた。フェイクかと思ったけど、違ったのね。ともかくスマホ用ウイルスを作っただけなのに、殺されたり殺人の共犯にされたらたまらない。警官のあなたを助ければ、罪も軽くなるはずでしょ」

これが前川の本性か。手塚はつくづく自分には人を見る目がないと思った。警察官には向いていないのかもしれない。だからこそこれだけの人間が死んだ。

「俺のことをどう思ってたんだ？」

「鈍感な自己中男ってところ」

「あぁ、十分だ」

そして警官たちがやってきた。

電話機が鳴った。手塚は訝しげに受話器を取る。

「手塚さん、外線です」

「外線？　私に？」

「手塚洋三って課長しかいませんよ」

受付の若い女性は、怒ったような口調で電話を切り替えた。手塚はすでに警察官ではなく、上司から勧められて早期退職し、いまは県警の外郭団体に部下のいない名ばかり課長として職を得ていた。

「はい、手塚ですが？」

「お久しぶり、お元気？」

手塚はしばらく声が出なかった。封印してきた記憶や想いが一瞬で蘇る。

「前川か？」

「ちょっとの間とはいえ、愛人だった相手なのよ、他に言いようはないの？」

電話の相手は前川麗子だった。

三年前の連続殺人事件は、主犯の高畑裕貴も自分に取り付けた爆弾で自爆死したことで、前川と武多以外の事件関係者は全員死亡しているという結末を迎えた。

このため裁判は難航した。武多は末端の実行犯であるため、事件の全貌解明には何の役にも立たなかった。

したがって事件の全貌究明は前川の証言だけが頼りだった。すでに県警のみならず警察庁も不祥事続きのこの事件に綺麗でわかりやすいストーリーを求めていた。主犯が死亡した以上、真相解明は必要ないというのが警察の空気であった。

後手ごてに回る警察の動きに対して、世間の批判は強かった。これは県警本部長の更迭につながったほどだ。

何よりも警察首脳が恐れたのは、高畑が前川の協力でスマホにウイルスを仕込み、捜査本部の情報を入手していたばかりか、警察の捜査情報のサーバーに侵入し情報を書き換えたという事実である。

幸か不幸か、警察でこのことを知っているのは廃工場で前川から説明を受けた手塚だけであり、あとは事情聴取をおこなった一部の警察官だけだった。

もしもこの事実が明らかになれば、警察庁長官の首どころか、支持率が低迷している総理の首さえどうなるかわからない。このため警察庁レベルでこの件に関しては徹底した緘口令《かんこうれい》が敷かれた。

結果として、前川の罪状からはサイバー犯罪に関するものは綺麗さっぱり消えた。警察にサイバー犯罪がおこなわれていない以上、サイバー犯罪を犯した人間はいないという理屈である。そもそも警察が証拠を出さないなら、検察としても立件はできないだろう。

さらに警察からの情報漏洩という事実を隠蔽するために、前川と手塚との関係もなかったものとされ、彼女は高畑の愛人という形で落ち着いた。

その代わり、彼女の罪状は犯人隠匿というものとなった。警察当局と前川の間でどんな取引があったのかは手塚も知らない。手塚とて警察のお膳立てをぶち壊して自分のセカンドライフを台無しにするほど馬鹿ではない。かつては敏腕刑事に憧れたが、いまの彼は昼行灯で生きることの方が心地よい。

じっさい課長職とはいえ、仕事は楽だ。回ってきた資料に目を通し、何をするかわからない会議に出席し、たまに資料をもとにエクセルのマス目を埋めるくらいだ。だから外線など掛かって来ることはない。

もっとも前川は警察との取り決めは守ったものの、別の形でマスコミには登場した。「夫のDVで離婚し、犯罪者まで転落した女」としてその方面の支援者も多いからだ。もうテレビも見なくなったので、何が報じられているかは知らないが、前川は高畑の暴力に支配されて犯罪に手を貸すことになり、それもこれも最初の夫のDVのトラウマが原因とされているらしい。

確かに前川からは前夫の恨みつらみは寝物語に聞かされた記憶がある。すでに前夫の住所や氏名がネットで暴露され、退職にまで追い込まれたとの話もネットか何かで目にしていた。

それらも含めて高畑が主犯の事件であるというのが警察の公式見解であり、そのストーリーで終了している。しかし手塚は納得していなかった。いや手塚だけでなく、捜査関係者の大半が納得はしていないだろう。

ただ一方で、納得できないが故に、この事件をさっさと終わらせたかったのもまた事実だ。捜査本部のあの刺々しい空気に戻りたい人間はいない。まして少なくない数の警察関係者が降格されたり処分されたとなればなおさらだ。飼い殺し状態の手塚など、職が与えられているだけマシな方なのだ。

あの事件は手塚にとって忘れたい記憶だった。それなのによもや前川から接触してくるとは。

「何の用だ？」

手塚は内心の動揺を悟られないように、ぶっきらぼうに返した。

「普通はさぁ、もう出所したのかとか、そういうことを尋ねない？」

「いつ出所したんだ?」

手塚は壁のカレンダーを見る。平穏な生活は三年で終わるのか、彼はそんな予感がした。

「何をとってつけたように。知ってるでしょ、私が出所したのは。だから私の周辺を調べていたのよね?」

予感は的中した。そう手塚は前川が出所後、その動向を探っていた。理由は一つ、この女が危険だからだ。

「どうしてここがわかった?」

手塚は前川の質問には答えず、問い返す。そして無意識に自分のスマホに触れる。キャリアごと新しいスマホに変えたので、ウイルスの類に感染するようなことは一切ないはずだ。

「あなたがあのまま警察に残れるわけないし、とはいえ警察もあなたを監視の届かないところに置くわけにはいかない。だったら外郭団体で飼い殺しにするしかないでしょ。県警の外郭団体なんかすぐわかるわよ。これでも市役所でIT部署にいたんだからさ。

それと、元警官の探偵なんか雇わないことね。言ってなかったかしら、私、人の顔を覚えるのは得意なの。あんなことに関わっていたのよ、捜査本部の刑事の顔は忘れない。

警察がまだ私を監視しているのかと思ったら、元警官の探偵だった。あとは探偵事務所の公開情報から探っていくだけよ」

「それだけで俺が雇った証拠にはなるまい」

「事件被害者が私を逆恨みして、復讐のために探偵を雇うなら元警官、それもあの事件の捜査本部の関係者だった人間には依頼しないでしょ。復讐しようとしても止められるのは明らかだもの。となると消去法で残るのは手塚さんしかいないわけ」

手塚は反論できなかった。あの事件の後に退職して探偵社に就職した元同僚に前川の身辺調査を依頼したのは、本当のことだったからだ。その男もあの事件の犠牲者と言えるのかもしれない。

前川の調査は自衛のため、彼女の逆恨みから不意打ちを喰らわないためだったが、どうやらその行動が裏目に出てしまったらしい。あの時の捜査関係者の顔を前川が記憶しているなど誰が予想するだろう。

「それで何の用だ？　いまさらよりを戻すという話ではあるまい」

「前の亭主そっくりなあなたみたいな男とよりを戻すわけないじゃない。交際相手もいるならなおさら」

「何の話だ」

手塚は惚けてみるが、動悸が速まったのはわかった。

「大瀬秋子《おおせあきこ》、具販《ぐはん》商会庶務課勤務、バツイチ独身、子供なし、身長一六七センチ、スリーサイズも言いましょうか」

「お前は何をするつもりなんだ！」

「その言葉、そっくりお返しするわ。どうして私のことを嗅ぎ回るのよ」

「嗅ぎ回られて困るようなことでもあるのか？」

手塚は何とか論点をずらそうと悪あがきしてみる。ともかく時間を稼がねばならない。

大瀬秋子は交際中の女性、結婚を前提の相手だ。互いに形は違えど結婚生活に一度失敗し、だからこそ再起を誓った同志でもある。

そう、手塚は自分の幸せが待っているからこそ、出所が間近い前川の動向を探ったのだ。あの女なら、手塚の幸せを叩き潰そうとしても不思議はない。

「あぁ、そういう態度なわけ。あの事件、爆弾がらみで多くの人間が死傷した。殺人には関わっていないとしても、私も関係者なのよ。主犯の高畑が死んでしまったら、被害者家族の誰かが私や武多に復讐しようとするかもしれない。ただの事件関係者ってだけの私にもね。それと、あなたは自分だけは安全と思ってるかもしれないけど、あなただって恨まれていないとは限らないのよ」

それは手塚には聞き逃せない話であった。

「現実に殺人を犯した武多はわかる、殺人に関わっていなくても犯人グループの一員であるお前が狙われることもあるかもしれない、しかし、俺は被害者の側なんだぞ。どうして狙われる？」

前川は意識していないだろうが、電話口から、ふっと笑い声が聞こえた。手塚は彼女がどこにいるのかが気になった。前川の周囲は静かすぎる。

「いま、どこにいるんだ？」

「駅にある個室ブースって知らない？　椅子とテーブルだけの防音部屋。それがどうしたの？　場所は教えないわよ」

「何を警戒しているんだ？　俺がお前を狙っていると……」

「私と武多は犯人側、あなたは妻子を殺された被害者側。高畑が警察を混乱させるために武多に連続殺人を仕向けた。だがターゲットはあなただった。それと同じ。あなたは自分の妻子を殺されたことで復讐心を抱いている。だが高畑は死んだ。残っているのはあの日、情を通じていた相手、つまり私。でも私を殺せば疑いは自分に向けられる。だから私の身辺を調査して、事故死か何かに見せられないか調査していた。あなたが雇った探偵なら、協力してくれるんじゃない。あの事件のせいで警察官を辞めることになったんだから」

「あのなぁ、もしも俺がお前に復讐したいのなら、探偵を雇ってお前を警戒させたりしないはずじゃないか」

「あなたの復讐に私を怯えさせることも含まれていたら？　現にこうして、私はあなたに電話している。そうよ、怖いのよ。

だってそうでしょ。私は高畑のサイバー犯罪は幇助《ほうじょ》したとしても、殺人には関わっていない。それなのに自分が不倫した責任を私に向けるのは理不尽よ、そうじゃないの！」

「まず、そもそも復讐とは理不尽なものだ。そうは思わないか？」

電話の向こうで、前川は沈黙していた。怯えているかどうかはわからない。しかし、闘わざるを得ないと腹を括《くく》ったのだと相手の息遣いが教えている。

「やっぱり私に復讐したいと思ってるわけね」

前川は、それだけを口にする。

「俺のことじゃない、武多、竹輪、天間そして高畑だ。この四人は何をしてきたか？　四人は程度の差はあるものの、社会を恨んでいた。

直接の面識があったのは武多と高畑だけだが、あの二人は自分たちが社会に認められないことを他人や社会のせいにしていた。あの二人が直接的に恨んでいたものは違っても、自分の人生が失敗した理由を他者に求めていた」

「竹輪や天間はどうなの？　あの二人には会ったこともないんでしょ」

「確かに二人のことは直接には知らない。竹輪や、天間に至っては死体さえ見てはいないからな。

しかし、捜査資料は見ているんだ。天間は家庭環境の問題から、周囲の人間を敵と思って生きてきた。竹輪はもっとわかりやすい、彼女の境遇は武多と瓜二つだ。良い大学を出て、良い企業に勤めていたが、退職。そこからは辞めた会社よりも遥かに不安定で悪い条件で働かねばならなくなった」

「あなただって社会を、いや高畑と同じ、警察を恨んでいたはずよ」

「俺が警察を恨んでいるだと？　どうしてだ？　確かに警察は理想的な職場ではないだろうさ。だがな、俺がともかくこうして安定した生活ができるのは警察のおかげだ。それを恨んでどうする。恨むとしたら……」

「私よね。だから探偵まで雇った」

前川が意味ありげに笑う。そして手塚はそこで何とも言えない不気味さを覚えた。

「それは自意識過剰ってもんだ。お前が雪菜や俊輔を殺した高畑の仲間なのは確かだ。しかし、あの件に関しては悔しいが高畑が言った通りだ。お前と浮気などしていなければ、二人は死ななかった。責任は俺にある。我々家族の問題に、いまさらお前が入り込む余地はない。まして警察への恨みなどとんだ見当違いだ。

探偵を雇ったのは、お前が何をしでかすか不安だったからだ。じっさい秋子のことまで嗅ぎつけたじゃないか」

「それはどうかしら。犯人グループの一員であるこの私が殺人に関与していたことを証明できる材料を探していたのが本音じゃないの？　そうすれば私の罪状は犯人隠匿から、殺人少なくとも殺人幇助くらいにはなる。多数の人命が奪われた事件だもの、私を合法的に死刑にできるなら、あなたの復讐は果たせるもの。

だけど、警察は私との密約で私を犯人隠匿でしか検挙しなかった。サイバー犯罪については不問。

つまり警察はあなたの復讐の邪魔をした。私を恨んでいるのなら、当然、警察も恨んでいるはず」

手塚は途方に暮れていた。探偵を雇ったのは前川の逆恨みから秋子が傷つけられないためだったのに、むしろ彼女を刺激する結果となった。こんな相手をどう説得するか？

「なんで、そんな話を俺にする。そんなに俺が心配なら、さっさと逃げればいいだろう。身寄りもないんだから、どこだって行けるはずだぞ」

かなり酷い発言ではあるが、それくらい言わないと前川には通じないだろう。

「わからないの？　それともわからないふりをしているだけ？　いいわ、教えてあげる。安全のためよ。

本当にあなたが私に復讐しようとしていないなら、この電話は時間の無駄になってそれで終わり。

逆に、あなたが私に復讐を企てているとしても、私がそのことをすでに予想していると伝えるなら、あなたは容易には動けない。私に何かあれば、疑いはあなたに向けられるから。

そういう書類はすぐ弁護士にメールできる」

やはり前川は強《したた》かな女だ。手塚はそれを再確認した。

「お前の仮説には、一つ見落としがあるな」

手塚がそう口にすると、前川の息遣いが変わった。

「何がどう見落としなのよ。まさか被害者遺族が武多や私を殺そうとしてるとでも？　その可能性は低いわね。私だって、その辺は警戒しているのよ。

幸いにもあの事件の真相の多くは公開されていない。被害者遺族が私に好意を抱いているわけはないけど、復讐を願うほどの憎悪は抱いていないはず。

被害者遺族の中で、真相に一番近かったのは、捜査関係者のあなただけ。私があなたを警戒する十分な根拠でしょ」

「ちょっと待て、いいか、事件関係者で生存しているのは、服役中の武多と出所したお前と妻子を殺され高畑に狙われていた俺の三人だ。

武多は死刑が確定している。だからここでの話では、あいつは除外していいだろう。

お前は一方的に俺が復讐しようとしていると主張するが、お前が俺を恨んでいて、俺を殺すための犯行で警察をミスリードするためにわざわざ電話してきた可能性もあるんじゃないか。

人生のすべてを失ったお前が、幸せになろうとしている俺を不幸にしようと考えるのは、人の情としてありえると思うがな。

さもなくば大瀬秋子のプライベートをあれこれ調べたりしないだろう」

「本気で言ってるの？　ならあなたもそうとう自意識過剰よ。私があなたに望むとしたら二度と関わり合いにならないことだけよ。高畑が生きているとでもいうならまだしも、前科がついた私があなたを殺したら、真っ先に疑われるくらいのことがわからない？　そこまでの重要性はあなたにはないの」

「誰なら、重要なんだ？」

「何が？」

手塚は話を変える。いままで目を背けてきたことを直視すべき時が来たと、覚悟を決めたのだ。

「お前は言っていたよな、立川由利とは帝石では同僚だったと」

「捜査資料にも書いてなかった？　裁判でこちらの弁護士も指摘したと思うけど」

「その通りだ。立川とは同じチームで新規開発を行い、その中にはドローンも含まれていた」

「それがどうかした？　竹輪が製作したドローンと私たちが製作したドローンは別物なのは警察も調べてたんじゃないの？」

「その通りだ。あの時はドローンに関係ありそうな団体をすべてリスト化して洗い出した。だが竹輪には行き当たらなかった。

その理由は竹輪が個人で開発していたからというのが警察の見解だ。しかし、おかしいとは思わないか」

「どこが？」

「帝石のドローンは立川やお前のチームで開発していた、他の企業や研究機関も同様だ。つまり竹輪がハードウエアとしてのドローンを製作したのは事実としても、ドローンのＡＩまでは竹輪の手に余るのではないかということだ。

もちろん鑑識や科捜研の見解としては、オープンソースのロボットＯＳなどを使えば個人でも不可能ではないとのことだった」

「なら、問題ないじゃないの」

「いや違う。個人でも不可能ではないというのは、竹輪一人の犯行であることを意味しない。まず竹輪の自宅から押収したパソコンには、そうしたロボットを制御するためのプログラム開発環境がインストールされていなかった」

「竹輪はあの爆破された廃工場でドローンを開発していたと高畑が言ってたじゃない。なら開発システムはそっちにあったんじゃないの？」

「残骸からはパソコンは見つかった。科捜研の話では、確かにロボット制御のためのプログラムの開発環境がインストールされていたらしい。ただし、それが誰の所有物かはわかっていない。爆破され火災現場の残骸から見つかったものだからな。

そして竹輪は薬学部卒だ。常識で考えるなら、工学部を優秀な成績で卒業し、帝石でドローン開発をおこなっていたお前が竹輪と共同でドローン開発をしていたと考える方が自然だ。それでも高畑がお前の経歴を知らなかったなら問題はない。でも、スマホ用のウイルス製作や捜査本部のサーバーに侵入するような真似をさせていたことで、お前は警察と取引している。

だったらドローン製作にお前もかかわったと考えるのが普通だろう」

「それはあくまでも状況証拠でしょ。薬学部卒でも工学の知識は学べる。竹輪は再就職のために他の薬剤師より就職で有利になるために、そうした技能を学んでいたとも考えられる。副業が当たり前の昨今なら、そっちの方が自然よ。

何と言っても私がドローン製作にかかわったという物証はどこにもない。だからこの件では警察も私を逮捕していない」

「逮捕するものか。そこを衝けば警察も自分たちの捜査情報が漏れていたことを明かさねばならなくなる。お前も殺人の共犯であることを免れる。どちらにとっても竹輪単独説はメリットがある」

「つまりそういうことなのね。あなたは私がドローン開発にかかわっていないという警察の判断を信じていない。私がドローン開発にかかわっていたから、あなたは私を妻子の仇として復讐しようとしている。そう、あなたは私が殺人事件に直接かかわっていると信じている。そして復讐しようと考えている」

自分は何をしているのか？　手塚は思う。探偵を使ったために、前川はあくまでも手塚が自分に復讐しようとしていると信じている。それなのに自分にこうして連絡をとってきたのは、つまり宣戦布告なのだ。

しかし、手塚としてはそんな一方的な話に乗るわけにはいかない。あんな出来事はもう忘れたい、それが手塚の本心だ。

ただ、それでも電話を切ることはできなかった。いまここで切ったところで何の解決にもならない。むしろ前川から情報を引き出すべきだろう。身を守るためにも相手の情報は必要だ。

「お前は裁判で高畑との関係をあくまでも雇われただけというようなことを言っていたな。だが、あの廃工場での出来事のとき、気がつかなかったか？」

「気がつくって何を？」

「あの時は違和感だけで、それが何を意味しているか、俺自身もわからなかった。本当に奴は俺を父親の仇と考えていたのか？　なんか納得できなかった。そして最近になって気がついたんだ。

高畑の父親というのは、古いタイプの人間ではっきり言って育ちのいい人間じゃない。言葉遣いもガサツだった。高畑には会ったことはなかったが、警察署で電話は受けたことがある。父親への伝言でな。短い会話だったが、およそ丁寧な会話など望むべくもないようなものだった。

だから高畑が丁寧な言葉遣いで俺に向かってきた時、本当に真樹の息子かどうか信じられなかった。じっさい最後の局面では、あいつの言葉遣いに丁寧さなどなくなっていた。まぁ、しかし、指紋その他で奴が本当に高畑裕貴であることは確認されている」

「私も裁判の当事者なんだから、それくらい知ってるわよ。だけどいまさら高畑の言葉遣いが何だっていうの？

高畑は自己顕示欲が強くて、地方の劇団に所属し、映画のオーディションにも参加していたって裁判資料にもあったでしょ。

あいつは役者の端くれだったんだから、親の仇を取るために、芝居がかった口上の一つもあげたって不思議はない。あの状況で芝居を打てたから、奴は心神喪失などではなく正常な判断が下せたという裁判所の判断にもつながってた。忘れたとは言わせないわよ」

「警察を退職する時、俺もあちこちに挨拶して回ったが、高畑の言ってることは本当だった。幹部の何人かは奴と親交を持っていた。父親そっくりのガサツな人間だったらしい。そこが可愛いって人もそれなりにいたわけだ。

おかしいとは思わないか、どうして奴はあんな丁寧な言い方で、俺にあれこれ説明したのか？　そんな芝居をうつ必要がどこにある？」

「私にそんなこと、わかるわけないじゃない」

「高畑が俺に対峙していた時、奴は台本通りの台詞を言わされていたとしたら、違和感の理由は説明できる」

それに対する前川の反応は明らかに警戒感を露わにしていた。

「それは何？　あの事件の黒幕は高畑ではなくて、さらに黒幕がいるとでも言いたいわけ？いままで警察が捜査してきて、高畑の周辺だって調べたんでしょ。それでもこの三年の間に新たな黒幕なんか見つかっていない。それなのにあなたは高畑の言葉遣いだけを根拠にそんなことを言い出すわけ？　おかしいんじゃないの、少し」

「確かに唐突かもしれない。

俺たちが廃工場から脱出してから、捜査本部の大勢は高畑が黒幕という方向で幕引きに入っていた。俺の証言があったからか、それが捜査本部にとって好都合だったからかは途中から排除された俺にはわからんがな。

何より俺もあの事件のことは封印することにしたんだ。関係者のほとんどが殺されるような事件だ。細かい事実関係が違っていたとしても、事件が終わったという大枠は動かん。細かい不審点を衝いたところで、雪菜も俊輔も生き返るわけじゃない。

だけどな、お前からのこの電話で考えは変わった。事件が終わってなどいないなら、不審点は放置できない。違うか？」

「確かに、あなたが私への復讐を目論んでいるなら、事件は終わってはいないわね。でもそれはあなたの問題で、新たな黒幕なんか必要ない」

前川の敵意が手塚にははっきりと感じられた。

「捜査本部が高畑黒幕説になぜ固執したかといえば、事件の全貌をそれで説明できるからだ。父親が殉職したのに何もしてくれなかった警察組織と元相棒を恨んだ男の復讐劇。爆弾やドローンまで使ったのも、すべては警察の威信を傷つけるため。誰もが納得できるわかりやすい説明だ。良くも悪くも高畑は死んでいる。事件の幕引きに苦情を言うものはいない」

「じっさいそうでしょ。誰も知らない新たな黒幕なんかいないのよ」

「それはその通りだ」

手塚がそう言っても前川は反論しない。なので彼は続ける。

「まず高畑が黒幕という仮説の前提は、奴がお前を含めてすべての事件関係者を横領した金の力で掌握し、動かしていたということだ。そう考えねば、この事件の全体像は見えない。確かに高畑は捜査情報を知っていたから、捜査を混乱させられたというようなことを言っていた。

しかし、いまは高畑の発言がすべて台詞だったらという仮説の上で考えている。そうだとしたら高畑が捜査本部の情報をすべて知っていたという話にも疑問符がつく。

この犯罪をわからなくしている最大の理由は、竹輪のドローンと爆弾だ。奴の存在がこの犯罪が何を目的としているのかを不明確にしているわけだ。もしも武多だけの犯罪であれば、犯罪の構図は非常にわかりやすい。主犯が実行犯に金を渡して殺人を依頼する。そう一行で説明できる」

「それがどうだというのよ?」

「高畑が本当に警察を混乱させ、その面子を潰すのが目的なら、武多の連続殺人は不要だろう。警察は竹輪の爆弾のおかげで威信を失い、面子は丸潰れだ。逆に連続殺人に限れば、実行犯の逮捕により、以降の犯罪を阻止している。高畑の台詞どおりなら、あの犯罪は不要なんだ」

「あなた、あの事件の捜査にかかわっていた時、連続殺人と爆破事件に整合性がないと愚痴っていたじゃない。それって警察を混乱させるという目的には合致してるんじゃない」

「そうじゃない。確かに事実として警察は最初の連続殺人と続いて起きた爆破事件の整合性が取れないことに悩んでいた。

だが、高畑が一連の犯行を計画するとして、連続殺人と爆破事件を並立させるというのは明らかに不自然だ。

これでも警部補として犯罪心理学の基本程度は学んでいる。武多の犯罪はパターンが一定の秩序型、竹輪のドローン犯罪と殺された後の高畑による爆破事件はパターンのない破滅型だ。つまり高畑が黒幕として秩序型犯罪と破滅型犯罪を計画などしないはずなんだ。このことは捜査本部に協力していた心理学者も指摘していた。捜査にはほとんど影響しなかったがな。

ところで、お前は武多、竹輪の共通点が何かわかるか？」

「世間を恨んでいたこと？」

「より正確に言えば、この二人は失うもののないいわゆる〝無敵の人〟だ。さらに高畑もまた、この二人ほどではないにせよ世間を恨んでいた。経歴だけ見れば天間も同じ部類の人間だった」

「そして私もあの連中と同類だと言いたいの？」

前川の口調からは、明らかな嫌悪感が感じられた。

「それはいまはいい。

武多は黒幕の指示に従って犯罪の痕跡を隠そうとしたものの、それはあくまでも金を受け取るための方便で、奴自身は積極的に犯行を隠そうとはしていない。殺人の報酬は右から左だ。

いずれ逮捕されるとわかっていても犯行をとめることなく続けていた。犯行をやめて逃げようと思えば逃げられるにもかかわらずだ。どうしてか？

あの時点で、武多は自分の人生を捨てていた。そして奴の犯行の理由は金から別のものになっていた」

「別のもの？　あの男が金以外に何に興味があるというの？」

「取り調べで奴は言っていた。自分が連続殺人の極悪人と歴史に名前が刻まれるなら、自分を蔑ろにしてきた実家や別れた妻たちの人生も終わらせられるとな。彼らが社会的な地位を得ようとしても、自分の悪名が呪いとなってそれを阻止すると。

竹輪の動機は推測するよりほかないが、ドローンによる爆弾テロが社会で大きく取り扱われるようになると、爆破の頻度は高まった。高畑も言っていたな、依頼した以上の爆弾を竹輪は作り上げたと。

そして竹輪の実家は両親が自殺するという悲劇を生んだ。お前は知らないかもしれないがな。他の兄弟にしても地元を離れざるを得なくなった。

つまり武多も竹輪も、犯罪に手を染めたことで自分の人生を捨てた。そして自分を蔑ろにした肉親へと憎悪が向いた。攻撃対象が漠然とした社会から、具体的な人間へと向かった時、奴らの犯罪は暴走を始めた。

実行犯たちの暴走が、黒幕の考えていた犯罪計画を変えたんだ。そして黒幕は実行犯らの暴走を黙認した」

「逮捕された武多はともかく、黙認したのに、どうして高畑は竹輪を殺したの？」

前川はいままでの敵意を隠し、慎重に尋ねてきた。

「竹輪が黒幕に送ったメールの草稿がある。妻木が文面を変えた可能性があるというので、証拠には採用されていない。ただ、文面をそのまま信じるなら、竹輪は黒幕を脅していたようだ。

直接的には報酬の引き上げだが、一度それを認めれば竹輪は際限なく要求を吊り上げ、最終的には竹輪の道連れに自滅させられかねない。特に心理学の知識がなくとも、あの手の犯罪者相手なら容易に予測できる展開だ。だから黒幕は竹輪を殺したわけだ」

「ちょっと待ってよ。竹輪が殺されたのは、高畑が捜査の手が自分に伸びてこないようにするための口封じじゃなかったの？」

「高畑はあの時、竹輪の作った銃や爆弾については語ったが、彼女の殺害については何も語っていない。俺や警察を恨んでの自分語りは多かったのに、それについては何も触れていなかった。捜査本部としては高畑が竹輪殺害に触れようが触れまいが、あの男が犯人という方針で捜査に当たっていた。

現場に残されていたグラスからは連絡役の天間のＤＮＡが検出された。高畑が実行犯である天間に命じた、で筋は通るからな」

前川は考えをまとめていたのか、話まで少し間があった。

「あなた、いろいろ語ってくれたけど、結局は状況証拠の羅列か、事実関係の細かい訂正だけじゃない。私にとって重要な、あなたが復讐を企てていない証拠などどこにもない！」

「あるよ、黒幕は高畑じゃない。前川麗子、お前がこの犯罪のすべての黒幕だ。

だとするとお前からの電話の意味も違ってくる。事件の真相に最も近かった元警官が出所した自分の周辺を洗い直していたら。もしも俺がお前が黒幕という結論を得ていて、復讐心があったなら、何が起こるか？

簡単だ、俺はお前に接触などしない。証拠を揃えて警察に行くだけだ。結審した裁判でも新証拠によっては再審は行われる。

仮に再審申請が棄却されても、前川麗子が真の黒幕かもしれないという可能性だけで世間は動く。あえて俺が動くまでもない。

だからこそお前は俺に抗議をするように、大瀬秋子の情報まで持ち出して、俺から情報を引き出そうとした。どうだ違うか？」

「私が黒幕⁉　どこからそんな馬鹿な話が出てくるのよ！」

「俺だってこの三年間、お前が黒幕だなどと考えたことはないさ」

「ならどうして？」

「お前がこうして電話をかけてきたことだ。それでこの事件への見方が変わったんだ。安心しろ、刑期を終えた人間をいまさら訴えるつもりはない。そもそも物証も乏しい。よしんば警察が話を聞いてくれても、検察は起訴しないだろう。

だから、そこは安心しろ。だがここから先は正直に教えて欲しい。答えたくないことは答えなくてもいいが、嘘は言わないでくれ」

手塚は前川から電話を切られることを覚悟していた。またそれならそれでもいいと思っていた。自分の妻子を含め、この事件は死者が多すぎる。仮に手塚の考えが正しかったとしても、それをいまさら蒸し返して何になるというのか。

重要なのは、この電話で手塚が何かを知っていると思わせたことで、前川に迂闊な真似はできないことを理解させた点にある。次に何か変事が起これば、第一容疑者は前川なのだ。

だが、前川は電話を切らなかった。手塚はそのことの解釈に悩む。それは良い兆しなのか悪い兆しなのか。

「私が黒幕だと証明するのに物証が乏しいとはどういう意味よ。乏しいんじゃなくて、物証がないんでしょ。

そもそもそんな物証があったなら、警察も検察も私を主犯として起訴して死刑にしていたはずよ。確実な口封じなんだから」

「だから逮捕するの起訴するのという次元の話じゃない。筋の通ったストーリーが描けるかどうかだ。それが事実と思えるなら、警察が動かなくとも真相を探ろうとする人間がいくらでも現れるだろう」

「つくづくあんたって最低な人間ね」

前川はしばし沈黙したのち、再び口を開いた。

「で、質問って何よ？」

「まず、いままで俺が考えた仮説はあっているのか？」

「あなたの仮説ってどこまで？」

「ドローンの開発にはお前も関わっていた。高畑はお前に操られていた。高畑が俺に言った話は、お前が書いた台詞だった」

「ドローンの開発はその通り。高畑の台詞は私と彼とで考えた。理知的に見えるように話せばより効果的と言ったら、何度も練習したようね」

「だとすると、高畑が自爆して自殺したのも、お前が仕組んだのか？」

「最初のシナリオではあなたは裏口に辿り着けなくて、そこで高畑に命乞いをするから、奴が着ていた爆弾ベストをあなたに着せて爆破すると脅すことになっていた。私が着ていたのと同じものよ。

高畑にはダミーの爆弾で爆発しないと教えておいた。竹輪の爆弾はもう残っていないと言ったらあっさり信じたわ。そこは抜けているのよ。

だから私が爆弾ベストを外しても奴は気にも止めなかった。偽物と思っていたから。だけど知っての通り、あれは本物。リモコンでも起爆するけど、正しい手順で外さないと起爆する。そして奴は何も考えずに邪魔な爆弾ベストを外して、あなたを追跡しようとした。

あなたは高畑が黒幕という重要な証人だから、死んでもらっては困るわけ」

「お前の爆弾ベストは……」

「本物よ。万が一にも、警察官のあなたが高畑を逮捕したとき、私は脅されていたと証明すど。

るための保険の意味でね。あなたはそこまで優秀な刑事じゃなかったから、高畑は死んだけ

で、黒幕は誰かというなら、高畑なのは間違いない。少なくとも奴はそう思っていた。シナリオも準備もすべて私がやったけど、あいつは自分の命令で武多や竹輪が動いていると信じていた。あいつは私の思い通りに動いてくれたけど、黒幕が高畑なのは間違いない。解釈の問題よ。

どう、これで気が済んだ？　言っておくけど、この会話を仮に録音したとしても何の証拠にもならないわよ」

「録音などしてない。職場の電話機にそんな機能はないんだ。しかし、わかったよ。つまりお前がやりたかったのは、立川由利を殺して、自分が疑われないことだ。連続殺人はそれを隠蔽するためのもので、立川由利が殺された時点で、お前にとっての犯行目的は終わっていた」

「何でそうなるのよ。由利は私の就職先を探してくれていたのよ」

「しかし、現実にお前は非正規職員として糊口を凌ぐ生活を続けていた。立川は殺される前に昇進することも決まっていた。お前は内心で立川を見下していた。自分の方が優秀だと。

その自分が立川に頭を下げるだけでも屈辱的なのに、帝石に残っていただけで自分よりも出世した彼女が許せなかった。嫉妬は殺人の動機としては、それほど珍しくない。

お前の人格の歪みは、自分が見下している立川を殺したくらいで、自分が逮捕されたくないと考えたことだ。だからYTのイニシャルの人間を同じように武多に殺させた」

「どこにそんな証拠があるのよ」

「裁判でほとんど論点にならなかった問題。武多は知らず、お前はそれに何も触れなかった事実がある。

それは立川由利のスマホ、この事件の要所要所で登場したあのスマホがどこにも見つからなかったという事実だ。お前の家も含め、関係者全員の家宅捜索をしても問題のスマホは見つからなかった。

お前は知らないだろうが、周辺の下水まで調べて捜査したがそれでも駄目だった。警察犬まで投入したが発見できなかった」

「高畑が持っていて爆弾で吹き飛んだんじゃないの？」

「鑑識を馬鹿にするな。あの現場に立川のスマホが残っていたら、その破片は回収されていたはずだ。他の爆破現場では回収できていたんだからな。

ところで、この事件の黒幕の行動パターンで、他の犠牲者のスマホに関しては破壊されても平気なのに、立川のスマホだけは最後まで利用され続けた。これはお前が彼女に強い執着を抱いていることに他ならない」

「私が立川のスマホを使ったって証拠はどこにもないじゃない」

「使っていなかったという証拠もない。言葉遊びではなく、これは重要な事実だ。

実は俺が雇った探偵は、なかなか優秀な奴で、興味深い情報を教えてくれた。俺が高畑に殺されかけたあの日、宅配のメール便がお前の弁護士宛に出されている。裁判で雇った弁護士ではなく、離婚調停で世話になった方の女性弁護士だ。

彼女は送られてきた宅配の中身は見ていない。お前の要望に従って預かっていただけだ。出所後にお前は彼女から預けたメール便を受け取った。中身はスマホのようだった」

「ブラフでしょ。彼女は個人情報を漏らすような人じゃない。私はメール便なんか送っていないし、当然彼女も受け取っていない」

「もちろん弁護士から情報は漏れないだろう。しかし、弁護士事務所だってゴミは捨てるんだ。お前が事務所で捨てた封書はゴミとして出されていた。探偵はそれを確保した。内部の緩衝材にはスマホの跡がくっきり残っていた。裁判所がこれを物証と解釈するかどうかは知らないが、世間の反応はまた違うはずだ」

前川はそれには何も答えなかった。手塚はそれを肯定の意味と解釈した。

「そもそもお前と高畑の接点って何なんだ？」

「高畑は自分を可愛がってくれていた警察幹部を内心では軽蔑していた。口先ばかりで何もしてくれなかったから。だから警察の面子を潰そうと考えていた。

あいつは生活保護とか年金の不正受給なんかもやっていた。自分が逮捕されれば、警察幹部たちも面子を失うだろうと考えたらしいのね」

「そんな事実は捜査でも浮かばなかったぞ」

「そうでしょ。市役所の管理職はＩＴ関係の面倒な仕事は私に丸投げだった。それで個人情報データとクロスチェックすれば、怪しい金の動きはすぐにわかるのよ。そこそこ高い数学的なリテラシーが求められるけど。

不正受給に手を染めた人間は何人もいた。でも、経歴や金の動きから、あいつは使えそうだと思ったのよ。犯罪を実行することに躊躇しない人間だとね。

最初は市役所の福祉課を名乗って接触し、そのうちに互いに利害関係が一致するとわかった。それで高畑が実行犯を取り仕切り、私がお膳立てをするようにしたわけよ。当然、高畑が行った不正受給のデータは消える。奴が入手した不正な金は、分散して他の不正受給者が受給したという形にした」

「どう考えても、お前が黒幕じゃないか」

「あのね、市役所がちゃんとコンプライアンスを遵守して動いていれば、一連の犯罪は起きていない。いくら何でも、私だって自分の手で立川を殺すほど馬鹿じゃないもの。

非正規だから、女だから、ＩＴ業務で便利に使えるから、そういう理由で、私に仕事を丸投げしてきた連中だって同罪のはずよ」

前川の言い分が自分勝手なのは確かだろう。ただ、市役所が非正規職員に仕事を丸投げしなければ、この犯罪が起きえなかったのも事実だ。

しかし、いまさらそれを議論しても死んだ人間は生き返らない。市役所にしても体制に爆弾を抱えたままだろうが、それは手塚の責任ではない。

「武多の犯罪はともかくとして、実のところお前は竹輪に何をさせたかったんだ?」

「別に」

「別にって、どういうことだ?」

「高畑は帝石を爆弾で脅して、警察の面子を潰して金を手に入れるという犯罪を考えていたのよ。だから化学の専門知識があって世間を恨んでいそうな人間をリストアップした。

そこから竹輪を選んだのは高畑よ。何をしたか知らないけど、竹輪が自分に惚れてるから安心だと勘違いしていたようよ。馬鹿よね、あっ、別にあなたに嫌味を言ってるんじゃないわよ」

「わかってる」手塚は不愉快な話の先を促す。

「で、竹輪は思っていた以上にヤバイ奴だった。彼女なりに爆弾を仕掛ける時に足がつくと考えた。監視カメラが多いから」

「そこでドローンか」

「ラジコンで飛ばすことを考えていたみたいだけど、それだって監視カメラに発見される。自動操縦が必要となって、私はそこでドローン製作に巻き込まれたのよ。

そうしたら竹輪が暴走した。一つ二つの爆弾が用意できればよかったのに、ドローンを完成させたことで、竹輪は二〇個近い爆弾を作り上げた。ドローンで街中に爆弾の雨を降らせようと考えたみたいね」

その話をどこまで信じてよいのか、手塚にはわからなかった。ただ事実は多数の爆弾が製造されたということだ。

「そして高畑にも竹輪をコントロールできなくなった。それどころか高畑自身が、完成したドローンと爆弾を前に暴走した。

あの二人の無計画な暴走を放置したら、一蓮托生《いちれんたくしょう》で警察に逮捕される。だから軌道修正のためにイニシャルYTの帝石社員だけを狙うようにした。

それだって簡単じゃない。警察の面子を潰すという話が、高畑が竹輪の要求を撥ねつけられなくなると、身代金を奪うという計画になかった話まで広がった。それもまたもっともらしいシナリオに仕立てなければならなかった。

こんな事情だもの警察が混乱するのも無理はない。一貫性がないのも、犯人の動機が不明なのも、そもそも別の犯罪だもの整合性なんかないわよ。しかも当事者たちは冷静さを失って暴走してる。

結局、私は市役所でも犯罪でも、技術のない馬鹿どもに仕事を丸投げされて終わりってこと」

手塚のその時の気持ちを言えば馬鹿らしいだった。あれだけの大事件と思っていたものが、社会に復讐しようとしていたわずかな人間の暴走の結果とは。

「なんで高畑を殺したんだ？」

「殺しちゃいないわよ。ダミーと言って騙したけど、それだってそうとでも言わないと爆弾ベストを装着してくれないからよ。殺すつもりなんかなかった。本物だったとしても冷静になって、正しい手順でベストを外せば爆発なんかしない。あれは事故よ。正しい外し方は教えていた。それを守らないのは高畑の自己責任つまりは事故」

手塚は急激な徒労感に襲われた。前川の言っていることは信じ難かったが、あそこで何が起きたのか、前川の証言しか材料がないのだ。大きな流れは手塚が知っている事件の内容とも矛盾しない。だがそれが手塚が知りたい真実とも違っているのはわかっていた。

そして手塚はいままで自分の中で咀嚼《そしやく》できないままでいたあの疑問をぶつけた。高畑と遭遇したあの晩、彼を訪ねてきた亨のことだ。

「お前は亨くんのことは何とも思っていないのか？　裁判の時も、この電話でも、お前は我が子の安否について何一つ気にかけていなかった。俺の家に来た時も、あの子は母親から愛情を持って接してもらうのは、まるで諦めているようだった」

そう口にすることで、手塚は自分がいままで亨に感じていた違和感が何であったかを理解した。

「行政から何か言われるような虐待はしていないわよ」

「そんなことを言ってるんじゃない。彼にとって、自分の母親がこんな凄惨な事件の関係者であることが、どれだけ大きいことかわからないのか？　お前は彼の人生を壊したかもしれないんだぞ」

それに対する前川の反応は、手塚の予想もしないものだった。

「壊れればいいのよ。いや、あいつの人生なんか壊れて当然なのよ」

「息子の人生が壊れていいだと……自分の息子だぞ」

「享が生まれたからこそ、私の人生は壊された。そもそも産むつもりなんかなかった。妊娠したから結婚して、結婚したから退社、そんな結婚なんかしたくなかったのよ。全部、あの男が悪いのよ。避妊したから妊娠しないの、自分も家事に参加するから出産してもキャリアを維持できるの、自分も育休を申請するの、言ったこと、全部、嘘だった。

帝石に育休を申請しただけのはずが、気がついたら寿退社ってことにされていた。勝手に書類を書き換えたのよ。自分よりも格の高い企業で妻が働いているのが気に入らないって、それだけの理由で。

共働きの世帯収入での人生設計は、半分以下の収入でやりくりしなければならなくなった。誰がか？　私がよ、専業主婦だから。

働きもないくせに外面だけがいい男。他人の前だけイクメンぶるクズ。出産から三週間後に初めて殴られた。なぜだと思う？」

「なぜだ？」

「あの男が抱えきれない仕事を私がマクロを組んで効率化して、綺麗なデータにしてやった。会社では上司にも高く評価された。でも、あの男にマクロなんか組めないから、すぐに私が作ったことがバレた。それで面子を潰された。それが理由よ。妻にできることを自分も学ぼうという向上心なんか欠片もない。虚栄心はあってもプライドはないそんな人間よ。

奴の奨学金の残金を、私の貯金で一括返済するまで、離婚届には判を押してくれなかった。私の人生の汚点、そんな奴と結婚しなければならなかった原因が享よ。法律があるからあの状況では産むしかなかっただけで、生まれてなんか欲しくなかった」

「だったら、どうして享くんを引き取ったんだ、悪ぶっているが可愛いからだろ！　だからこそ熱心に進学させようとしたんじゃないのか！」

「あなたがそんな台詞を口にするとは意外ね。仕事を理由に俊輔くんのことを何も知らなかったあなた。息子の進学の相談を仕事の邪魔と思っていたあなたなら、私の気持ちもわかるはず。

私もあなた同様、自分の仕事の障害物が欲しくもない子供だった。ただあの男は親権が欲しかった。跡取りが欲しかったから、私に息子を産ませたわけよ。だからあの男に絶対に親権なんか渡さなかった。あいつのＤＶが原因だもの、親権も手に入った」

「それだけじゃないだろ。シングルマザーの大変さはわかっていたはずだ。それでも有名私立に進学させようとしていたのは、子供への愛情じゃないのか」

「愛情ではないわね、憎悪だけよ。

あの男の息子よ。生まれながらの馬鹿に決まってるでしょ。だからこそ競争の激しい私立を受けさせるのよ。授業で、塾で、模試で、享は自分の頭の悪さを見せつけられる。毎日が挫折と敗北の日々なのよ。それでも私に認められたいなら、結果を出すしかない。それは地獄の日々でしょうね。嫌なら生まれなかったらよかったのよ」

「本気なのか」

「ここでこんな嘘をあなたに言ってどうなるの。酷い母親だと思いたければ思えばいい。あなたにその資格があると思うなら。

女の私が大学を卒業し、帝石に入って、あのポジションを得るために、どれだけ辛酸をなめてきたか、あなたにわかる？　その苦労も、未来への希望も、享とあの男が奪った。そしていまは前科もついて、私の人生はもう終わり。無意味な未来しか待っていない」

手塚には前川の論理がまるで理解できなかった。だが、それで彼の気は晴れもしない。前川の言っていることが理解できないからこそ、自分は雪菜と俊輔を失った気がしてならないからだ。

「死ぬつもりなのか？」

手塚は、前川のこの電話は他者へのSOSではないかと感じたのだ。前川は孤独だ。だからこそ孤独な手塚に無意識にSOSを出していると。だが違っていた。

「終わった人生だけど、死ぬつもりはない。仮に死ぬとしても、まだやり残したことがあるからさ」

それが元夫と息子の享を意味するのが手塚にはすぐにわかった。だがあの二人は日本をいくら探してももういない。前川麗子の元夫というだけで、彼は職も財産も失った。彼がDV加害者だった相手は元妻の麗子だけでなく、他にも何人もいたため、それが格好のスキャンダルとなったのだ。この流れで前川に対する減刑嘆願さえ起きていたらしい。

享は実父に引き取られたが、それ以上のことはわからない。しかし、彼が麗子の息子であることはすぐに知られたに違いない。ただ事件がようやく世間から忘れられた半年ほど前に、享からスマホにメッセージが届いていた。

「ご迷惑をかけました、僕らはオーストラリアに行きます」

誰も享が事件の当事者として悩んでいたことを見ていなかったのだろう。それ故の手塚へのメッセージだったのだ。

「頑張れ」

手塚はそれだけを返した。返信をした時、自分は享のこと以上に、俊輔のことを知らないまま終わったことに涙が出た。

「復讐なんか何も生まないぞ」

手塚はいう。しかし、いまの前川には復讐だけが生きる気力となっているのかもしれない。時が解決するまで、彼女に幸せは来ないだろう。

「予言してあげるわ。あんたは秋子とかいう女と再婚して、また同じ失敗を繰り返すわよ。あんたは何もわかっちゃいない、私のことも自分の失敗の理由も。私は自分の人生を生きてゆく。あら、おしゃべりしていたらこんな時間、もう出ないと」

「そうやって日本中を彷徨《さまよ》って人生を浪費するのか」

「そんなことよりいいことを教えてあげる。私はあんたに何の興味もないのよ。私の邪魔さえしなければ、大瀬秋子は傷つくことはない。どこかから爆弾が降ってきたりはしないわけ。だから大人しくなさい、じゃあね」

前川は防音空間のドアを開けたらしい。スマホが切れるわずかな時間だが、外の喧騒が聞こえた。そこは駅ではなく空港のようだった。喧騒の中で、構内アナウンスによる便名と搭乗手続きという単語だけを聞き取ることができた。調べるとそれはオーストラリア行きの便だった。

この作品はフィクションで、登場する人物・団体・事件等は、
実在のものとは一切関係ありません。

光文社文庫

文庫書下ろし
Y《ワイ》　T《ティー》　県警《けんけい》組織《そしき》暴力《ぼうりょく》対策部《たいさくぶ》・テロ対策班《たいさくはん》
著　者　林《はやし》　譲《じょう》　治《じ》

2024年4月20日　初版1刷発行

発行者　三　宅　貴　久
印　刷　ＫＰＳプロダクツ
製　本　ナショナル製本

発行所　株式会社　光　文　社
〒112-8011　東京都文京区音羽1-16-6
電話（03）5395-8147　編　集　部
8116　書籍販売部
8125　制　作　部

ISBN978-4-334-10276-0　Printed in Japan

組版　萩原印刷